講談社文庫

秋田殺人事件

内田康夫

講談社

目次

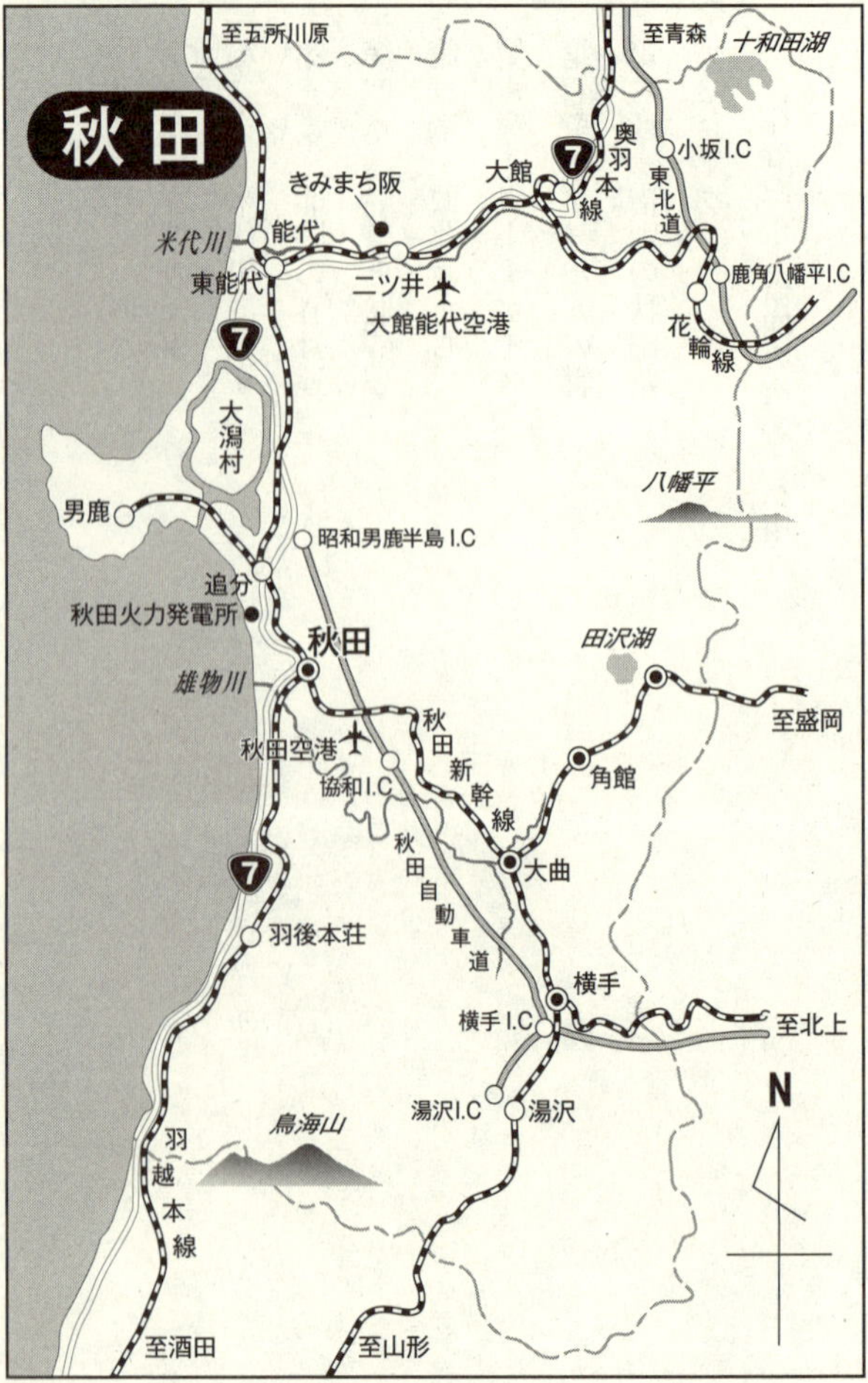
秋田
至五所川原
至青森
十和田湖
奥羽本線
小坂I.C
東北道
大館
きみまち阪
能代
米代川
東能代
二ツ井
大館能代空港
鹿角八幡平I.C
花輪線
大潟村
八幡平
男鹿
昭和男鹿半島 I.C
追分
秋田火力発電所
秋田
田沢湖
雄物川
至盛岡
秋田新幹線
秋田空港
協和I.C
角館
秋田自動車道
大曲
羽後本荘
横手
横手 I.C
至北上
湯沢I.C
湯沢
鳥海山
羽越本線
至酒田
至山形
N

プロローグ

富田《とみだ》秀司《ひでし》は寒さと息苦しさで目が覚めた。それほど飲んだつもりはないが、ずいぶん深い眠りに落ちたものだ。〝彼〟に運転を代わってもらったところまでは憶《おぼ》えているが、そこから先は空白だ。反射的に隣を見たが、運転席は空っぽだった。リアシートにもう一人いた男も消えている。どうやら俺だけを残して、行ってしまったらしい。

（いったい、ここはどこなんだ？――）

意識が冴《さ》えてくるのと同時に、車内に漂う強いガソリン臭にも気がついた。しかし、何にしてもこの寒さには我慢がならなかった。エンジンは停止して、車は冷えきっている。靴に付着した雪が溶けたのか、足元がビチャビチャと濡《ぬ》れているのも不愉快だ。

富田は助手席に坐《すわ》ったまま、思いきり腕を伸ばしてイグニッション・キーを回した。その瞬間、指の先から発した青白い炎が空中に拡散するのが見えた。足元の「雪解け水」にも引火して、車の中は一瞬のうちに火の塊になった。

（ガソリンだ！——）

事態を一瞬のうちに察して、富田は反射的に目を瞑《つむ》り口を覆いながら、ドアノブを引き、体当たりするようにドアを押し開け、炎と一緒に地面に転がり落ちた。

髪はもちろん、眉毛《まゆげ》にも火がついているのを、無我夢中で叩《たた》き消した。

足の痛みに気がつくと、たっぷりガソリンを吸った短靴が、ボウボウと音を立てて火を噴いている。意味不明の叫び声をあげて、靴を脱ぎ飛ばしたが、靴下に包まれた足そのものが燃えている。足だけではない、全身のいたるところが燃えていた。衣服にもガソリンがしみついているらしい。燃え方が異常に激しい。

（やられた！　ちきしょうっ！）

狂乱の中でそう思った。

火達磨《ひだるま》状態で、雪の上をまろびながら、富田は必死で服を脱いだ。上着を脱ぎ、セーターを脱ぎ、ズボンを脱ぎ捨てたが、ガソリンのせいなのか、衣服の化学繊維が溶けたのか、ベッタリとまとわりつくような感触を伴って、下着が、そして肌が燃えていた。

開けっ放しのドアから、繰り返し爆発を伴った炎が吐き出される。いずれ車のガソリンタンクに引火して、大爆発を起こすにちがいない。富田は転がり、這《は》うようにして車から離れた。

うっすらと積もったみぞれまじりの雪の上を転がったので、なんとか火は消えたが、全身に火傷《やけど》を負ったらしい。猛烈な熱さと痛みが襲って、呼吸ができないほどだ。いや、喉《のど》の奥まで火を吸い込んでいるのだろう、空気が通過するたびに、気管がヒリヒリと痛い。「助けてくれ」と叫んだつもりだが、ほとんど声にならなかった。

周囲は暗黒の世界だ。背後の炎に照らし出された松林以外に見えるものといえば、はるか遠くの火力発電所の建物の明かりと、煙突のてっぺんで点滅する航空障害灯のライトぐらいなものである。

「熱い……助けてくれ……」と、富田はうわ言のように言いながら、ヨロヨロと立ち上がった。どこに助けを求めようにも人家は見えず、この場所がどこなのかさえ、火力発電所に近いこと以外、見当もつかない。とにかく明かりのある方角を目指すよりなかった。

暗くてよく分からないが、手の甲も腕も、触るとヌルッと皮膚が剝《は》がれる感触がある。おそらく瀕死《ひんし》に近い重度の火傷なのだろう。(死ぬかもしれない——)と、耐えがたい苦痛の中で深刻に思った。同時に(死んでたまるか——)とも思った。

背後で車の爆発音が響いたが、もはや振り返る気力もなかった。ただひたすら歩いた。三百メートルか五百メートルか、行く手に金網のフェンスが立ちはだかった。火力発電所のいかめしい門は閉じられていた。門のすぐ内側にある守衛所は明かりが消え、人の気配はない。高い煙突のそそり立つ本屋は門からはるかに遠い。

富田は諦《あきら》めて、次の目標を定めて歩きだした。火力発電所から県道に出た辺りに、病院があったことを思い出した。

しかし県道までが長く、県道に出てからも病院までかなりの距離があった。熱さと痛さに加えて、ものすごい寒さが襲ってきた。衣服を脱ぎ捨てて、下着姿で、おそらくは氷点下になっているであろう夜道を辿《たど》るのである。全身がガクガクと震え、シャーベット状の地べたを踏む焼けただれた足の痛さと冷たさは、気が遠くなるほどだ。ただ生きたいという気力だけで前進した。

ほとんど人家のない新開地の闇の中に、白い壁の病院がぼんやりと浮かんでいる。勇気づけられて、足の運びが速くなった。赤い軒灯の下に辿り着いて、ドアをノックした。強く叩いたつもりだが、思ったほどには力が入らないのか、それとも寝静まってしまったのか、しばらく待っても反応がない。

富田は周囲を見回して、石を拾い、ドアのガラスを叩き破った。二つ三つと続けざまに石をほうった。屋内のどこかでドアの開閉する音や人の動く気配がして、複数の足音が近づいてきた。

建物の中に明かりが灯《とも》り、「誰だ？」と、虚勢を張ったような男の怒鳴り声がした。向こうも脅《おび》えているのだろう。

「助けてくれ……」と、富田は破れたガラスの部分に顔を見せて、か細い声で言った。

「どうしたんだ？」

富田の惨憺《さんたん》たる様子を見て、さすがに、ひと目で事態を察したのだろう。ジャケット姿の医者らしい男と、それに続いて看護婦が二人、飛び出してきた。看護婦は宿直なのか、白衣を着ている。その白衣が富田の目には天使のように映った。

「助けてくれ、熱い、やられた、車が燃えた、痛い、助けてくれ、寒い、苦しい、やつらにやられた……」

富田は途切れ途切れに言った。それが精一杯だった。「どうしたの？」という天使の声を聞いたのを最後に、意識が遠のいた。

第一章　女性副知事

1

部屋を入った途端、登庁を待っていたかのように、デスクの電話が鳴った。秘書の平賀玲二郎《ひらがれいじろう》が刑事局長の脇をすり抜けて受話器を取り、「はい局長室」と言った。

「文部省の望月《もちづき》婦人教育課課長さんからだそうですが」

いかがいたしましょう――と目で訊《き》いている。

「ほう、望月からか。繋《つな》いでくれ」

浅見陽一郎《あさみよういちろう》はコートをソファーに放って、平賀の手から受話器を受け取った。

「やあ、しばらく」

「ご無沙汰《ぶさた》してます」

望月世津子《せつこ》の透明感のあるアルトが聞こえてきた。

「珍しいな朝っぱらから」

「すみません。この時間ならまだスケジュールが始まっていないと思いまして」

「それにしてもタイミングがいい。どこかで見張っていたのじゃないのか」

言いながら窓の外を見下ろした。むろん彼女の姿があるはずもない。まだ二月に入ったばかりで、芽吹きには間がありそうなプラタナスの下を、登庁を急ぐ人の群が流れていた。

「いちど先輩に、折入ってご相談したいことがあるのですが、今日か明日、お時間をいただけませんか」

「ふーん、ご相談ねえ……いよいよ結婚ですか」

「違いますよ」

望月世津子は慍《おこ》ったように言った。そういうむきになった口調は、学生時代からずっと変わっていない。東大で陽一郎が四年のときの新入生だったから、彼女は確か四十三か四歳になったはずだ。美貌《びぼう》にもかかわらず、あるいは美貌であるがゆえなのか、最初の文部省入省を皮切りに、独身のまま省の出先機関や地方自治体に何度も出向して、去年の春いまの地位に収まった。仲間うちで「凱旋《がいせん》祝い」をやったのが、去年の五月のことである。

その望月世津子から、折入ってご相談——とくれば結婚を連想したからといって、べつに不思議はないだろうに——と思う。

「すまんすまん。で、何なんだい？　その様子だと、ややこしいことのようだね」

刑事局長は笑いを含んだ声になった。

「ですから、いちどお時間を作ってくださいとお願いしているのです」

「分かった。それじゃ、昼飯をここの食堂で食いながらというのはどうかね」

「食堂でですか?……もう少しそれらしい場所はないでしょうか」

「それらしい場所っていったって、想像してごらんよ。刑事局長がきみみたいな美女と二人きりでデートしている風景だよ。マスコミの餌食《えじき》にならないわけがないだろう」

望月世津子は「ぷっ」と吹き出した。

その日の昼、ラッシュ・アワーを少し過ぎた時刻に浅見陽一郎と望月世津子は食堂の殺風景なテーブルで向かい合った。世津子はダークブルーのスーツの典型的な官庁ファッションで現れた。テニス焼けした引き締まった顔だちは、相変わらず美しい。もともと大学のテニス愛好会で知り合った仲だ。

食事中はそのテニスの話題で終始した。陽一郎の妻の和子《かずこ》も、軽井沢《かるいざわ》のテニス仲間だったから、世津子はしきりに近況などを知りたがった。

食事を終わる頃には、周辺から職員たちの姿はほとんど消えていた。もっとも、ラッシュの状態でも、進んで局長のいるテーブルに近づこうとする者など、めったにいないものである。

陽一郎が自ら二人分のコーヒーを運んできて、ひと口啜《すす》ったところで、世津子はかたちを改めて言いだした。

「じつは十日ほど前、うちの局長に呼ばれて、また転勤の話が出たんです」

「ふーん、そうなのか。しかし、きみは確か去年の春の異動で本省に戻ったばかりじゃなかったかい？」

「ええ、だからあと二年ぐらいは動かないと思っていたんです。そのことを言って、抵抗したんですけど、だめでした。先方からのたっての希望だというのです」

「先方とは？」

「秋田県です。自治省を通して、正式の要請があったそうです」

「秋田県？……いまさら秋田県あたりへ出向するといっても、きみのランクにふさわしいセクションはないだろう。局長クラスの椅子を空けてくれるにしたって、大阪府か神奈川県か、せめて愛知県あたりの大型県ならともかく……いや、どこの県にしたって、そんな人事は子飼いの職員が黙っちゃいないな。いったい何をやれというんだい？」

「副知事です」

「副知事……そうか、なるほど、そういう手はあるね。なるほど、秋田県がねえ……うーん、そうか、なるほど……」

刑事局長は唸《うな》り声を発し、何度も「なるほど」を繰り返した。

「浅見先輩としても、秋田県からそういう要請をしてくる理由に、思い当たるものがあるわけですね」

「ん？　いや、むしろその逆だよ。秋田は保守的なところだ。副知事の選出にしても、知事の息のかかった人物を登用するのがふつうだ。まして地縁も血縁もない人間を引っ張るようなことは異常といってもいい」

「それなのになぜ——という疑問があるし、先輩はその答えも分かっていらっしゃるのじゃありませんの？」

「そういうきみはどうなんだ。私に相談を持ちかけるからには、それなりに事情に通じたところがあるのだろう」

世津子は「ふふふ……」と笑った。知性の塊のような女性だが、そういう表情は少し艶《つや》っぽい。

「おたがい肚《はら》の探り合いをしていても仕方がありませんね。それじゃ、ご相談を持ちかけた私のほうから正直に言います」

望月世津子はふたたび真顔になった。どこから見ても文部省婦人教育課課長の顔だ。

「千葉県での秋田杉美林センターの事件、先輩はもちろんご存じでしょうね」

浅見刑事局長は黙って頷《うなず》いた。その件に関する千葉県警からの報告は、数度にわたって入っている。

秋田杉美林センター——略称「秋美《あきび》」は秋田県と民間が半分ずつ出資した、典型的な第三セクター方式の住宅専門の建築を手掛ける会社である。木曾《きそ》の檜《ひのき》とならんで有名な秋田杉を使ったマイホームを——とうたった宣伝を大々的にうって、数年前から東京にも拠点を設け、関東地方に進出した。

中央紙の一面を使った広告が、当時、話題になっている。秋田杉の美林をバックに、県知事の顔を大写しに出して、「ご愛顧を願って」と知事のメッセージで纏《まと》めた、意欲的な広告だった。宣伝コピーも知事の寄稿文をそのまま掲載したといった趣旨のもので、秋田杉美林センターは秋田県が全面的にバックアップする会社であると強調していた。

用材が「秋田杉」であり、朴訥《ぼくとつ》で真面目なイメージのある秋田県が全面保証するというのだから、秋田杉美林センターはこれ以上はないくらい、信用度が高かった。

予想どおり、広告やパブリシティの浸透度はきわめてよく、ユーザーの反応もよかった。秋田杉美林センターが設計から建築までを請け負う「秋田杉の家」は広告投下と同時に人気を集め、東京を中心に関東各地から引き合いが寄せられたのである。

すべてが順調にいっているように思えた秋田杉美林センターが、間もなく、躓《つまず》いた。千葉県で展開した建売住宅団地が、あいついで破綻《はたん》を生じたのである。

きっかけは「欠陥住宅」の発覚だった。千葉県内陸部の「S」町に建築した住宅が、わずか一年も経過しないうちに傾いた。ドアや障子が歪《ゆが》み、屋内を歩くと床がユサユサ揺れて、ここに地震でも起きたらたちまち崩壊しそうな危険さえ感じたという。

恐怖に駆られた住人が、白蟻駆除業者に頼んで床下を調べて啞然《あぜん》とした。白蟻被害どころか、床下の地面が陥没して、まるで洞窟《どうくつ》か鍾乳洞《しようにゆうどう》のような空間ができ、そこに水が溜《た》まって異臭を発していたのである。

古くからこの土地に住んでいる農家に聞くと、その辺りは沼地だったところで、とてものこと家を建てるような場所ではなかったらしい。そこを二束三文で買って、その場凌《しの》ぎの整地をして売り出したらしい。知らない者の目には、平坦《へいたん》で美しい住宅地に見えたが、じつはそういうことだった。その上に建物が建てば、重みで地盤が沈下するのは、赤子でも分かることだった。

それを契機に、秋田杉美林センターの建売住宅の「欠陥」ぶりが次々に明らかになってゆく。

「秋田杉を使って」といううたい文句とは裏腹に、使われているのは粗悪な用材であることが暴露された。一見、美しい杉のムクを使っているように見える板や柱も、じつは集成材やベニアに紙のように薄い柾目《まさめ》の板を貼ったものであることが分かった。通し柱であるはずのものが、何箇所も継いだ柱で、しかも途中の継ぎ方が板をクギで打ちつけただけというお粗末さだったり、土台石から柱が浮き上がっていたりしていた。根太が緩んでいるのなどは珍しくもない。これでは床が傾くし、歩くたびに家中がユサユサ揺れるはずであった。

なまじの悪徳業者でもやらないような、これほどまでひどいことを、秋田県が出資する第三セクターの秋田杉美林センターがなぜやったのか――。

その第一の理由は、組んだ相手が悪かったということのようだ。

もともと秋田県人の気風は、東北地方では珍しいほど陽気で、お人好《ひとよ》しだ。ナアナア主義のことなかれ主義が、伝統的な美風のように思われている土地柄でもある。悪くいえば万事につけいい加減で、面倒なことは何でも先送りするような横着――というと、さながら日本の政治風土そのものに通じるといえるかもしれない。

そういう曖昧《あいまい》さと、殿様的な甘っちょろさに付け込むワルがいたということだ。逆にいえば、知事を筆頭に、県の幹部もまた、業者を操って、甘い汁を吸うつもりになっていたといえないこともない。それがあるから、事態が悪化してもなお対応が遅れ、気がついたときにはニッチもサッチもいかない泥沼に突っ込んでいた。

旗揚げ当初は前述したような「秋田杉」を売り物にした注文住宅が中心だった。滑り出し快調に見えたものの、その実態は必ずしもよくはなかった。うたい文句どおり、上質な用材を使い、丁寧な仕事をしたために、思ったほどの利益が上がらなかった。経営体質の杜撰《ずさん》さから、万事がドンブリ勘定だったこともあり、仕事量が多かったわりに決算は赤字だった。それも帳簿上だけで六億、粉飾分を含めると十億円を超えるらしい。

秋田県は秋田杉美林センターの経営陣を刷新して、難局を打開する方策を講じた。県当局はもちろん、地元銀行を中心とする民間出資者の命題は、とにかく赤字を補塡《ほてん》し利益と配当を確保することにあった。そのためには社是である「良質な秋田杉の家を提供する」という思想そのものを見直すことも辞さない構えであった。

とりあえず社長を更迭し、副知事を名目の会長に据え、東京の大学で非常勤講師として経済学を教えていた鵜殿博《うどのひろし》という人物を社長に抜擢《ばってき》するとともに、それまでは秋田県林業組合など地元の有力者だけで固めていた経営トップの中に、県庁をはじめ外部からも人材を登用した。

この改革は成功したかに見えた。鵜殿社長を中心とする新経営陣は積極経営を旗印に掲げ、販売戦略も一新した。従来は受けの姿勢であったものが、一転して攻勢に出た。そのもっとも具体的かつ代表的な戦術が、住宅団地の開発と建売住宅の販売だ。関東近郊——とくに千葉県内陸部の安い土地を次々に造成して販売した。狙いどおり利益は上がり、三割という高い配当も実施できた。

しかし、当然ながら販売する「商品」の質は著しく低下した。問題の「欠陥住宅」は、その過程で起こるべくして起きたといえなくもない。やがて各所からクレームが出て、秋田杉美林センターの評判は一挙に下落した。秋田杉はもとより、秋田県人の資質さえ問われるありさまになった。切り札として登場したはずの鵜殿の、強気一点張りの経営方針が裏目に出て、会社は自転車操業状態に陥った。

売り上げが落ち、追い打ちをかけるように、欠陥住宅の民事訴訟が起こされた。業務はほとんどストップし、赤字は信じられないスピードで増加した。それにもかかわらず会社は高額の配当を出しつづけ、それによって加速した赤字を補塡するために、県は総額百億を超える追加融資を行なった。しかし、そんなものは焼け石に水であることは、それこそ火を見るよりも明らかだ。

信じられないことだが、資本金わずか一億円、従業員わずか十数名の会社が二百億円近い負債を抱えて倒産した。その負債のほとんどは、そっくりそのまま、秋田県が引っ被《かぶ》る。つまりは県民の血税で支払われるということである。

その責任を取る形で、「天皇」といわれたワンマン知事はついに辞任した。任期を一ヵ月半残したとはいえ、遅きに失した感がある。

新人同士で争われた知事選挙は「秋田杉美林センター破綻」の責任追及を掲げた側

が勝利した。新知事は早速人事に取り組んだが、なかなか思いどおりには事が運ばなかった。「天皇」のもとで十六年の長きにわたって行なわれてきた人事は、伏魔殿のように人脈が錯綜《さくそう》し、体質は硬直している。首長が代わったからといって、にわかに体質そのものを一新できるはずもなかった。

ごく一部を除いて、人事は従来どおりのままに据え置かれた。副知事の選任にあたっても、幹部連中の意向を無視するのは難しい。一人については、秋田杉美林センター問題の処理を理由に民間から弁護士を登用したものの、残る一人については、県職員のトップから出すよう、強い圧力がかかった。もしその要望が容《い》れられなければ、クーデターもどきの反抗も予測された。

知事はやむなくその意向に添うことにし、出納長の横滑り人事を表明した。

ところが、これには県民から猛烈なブーイングが沸き起こった。出納長は「天皇」の県政を支えた、いわば「共犯者」である。その戦犯ともいうべき人物が、いまだに県の中枢にいること自体おかしいのに、副知事に就任するとは何事か——というわけだ。日頃はおとなしく、よろずおカミの言うなりに思えた県民世論が、今回ばかりは猛烈な盛り上がりを見せた。秋田杉美林センター問題で秋田県と県民の評判が地に落ちたことを、いかに怒っているかを物語る。

出納長は副知事就任どころか、現職を辞任する羽目に追い込まれた。それはそれでいいのだが、肝心の副知事人事は暗礁に乗り上げた恰好《かっこう》で停滞した。

2

「そこで私にお鉢が回ってきたということなんですって」

望月世津子はため息まじりに言った。

秋田県知事は、地元出身の代議士を介して自治省に申し入れ、副知事にふさわしい人物を中央省庁から選抜してくれるよう依頼した。その際、「なるべくなら女性を」と注文を加えている。一つには次期選挙での女性票を期待する意味もあるのだろうが、女性副知事を採用することで、県政全体のイメージを一新する狙いがあることは事実だ。

「いいじゃないですか。受けなさいよ」

浅見陽一郎は強く勧めた。

「それはそのつもりですけど、でも、そんなふうに簡単におっしゃらないでくれませんか。秋田県はいま、大揺れに揺れているどころか、泥沼状態なんですよ。そこへ乗り込んでゆくのは、まるで火中の栗を拾いに行くようなものです。私みたいな女の細腕で何ができると思います？」

「細腕はないだろう」

　陽一郎は笑った。

「きみの辣腕《らつわん》ぶりはあちこちで耳にしたよ。井上《いのうえ》氏もいささか持て余しているようなことを言っていた」

　望月世津子の上司の名前を言った。井上は陽一郎より二歳年上だが、東大では同期だった男だ。

「あら、局長が悪口を言ってたんですか」

「いや、悪口じゃないさ。きみの才能を認めているということだ。今度の副知事にしたって、その証拠といっていいだろう」

「そうでしょうか。追い出す絶好のチャンスだって思っているんじゃないかしら」

「ははは、そんな僻《ひが》みはきみらしくないな。どういう悪条件にしたって、副知事ならやり甲斐《がい》があると思うけどね。とはいえ、きみが嫌なら断ればいい」

「あら、断るなんて言ってませんよ。お受けするつもりです」

「なんだ、だったら何も問題はないじゃないか。私のところに相談に来ることもない」

「違うんです。先輩にご相談したいのは副知事就任のことではないんです。もちろんそれに関係するわけですけど、向こうへ行ってから直面するであろうことについて、先輩の助けをお願いしておきたかったのです」

「つまり、事件がらみのことか」

「ええ」

「何か予感とか予兆があるの？」

「いえ、そうではないですけど……」

世津子の顔が曇った。視線を逸《そ》らして、どうしようか迷ってから、ハンドバッグを引き寄せた。

「実は一昨日《おととい》、こんなものが届きました」

バッグの中から一通の封書を出した。宛て先はワープロの印字で「文部省婦人教育課課長　望月世津子様」だが、引っ繰り返すと差出人の名はなかった。消印は「東京中央」になっている。東京中央郵便局管内で投函《とうかん》されたものだ。

「読んでいいのかな？」

陽一郎は世津子が頷《うなず》くのを確かめてから、封書の中身を取り出した。指紋をつけないように配慮した手つきになっている。

ごくふつうの便箋《びんせん》が一枚。そこにただ一行、やはりワープロで書かれた文字が並んでいる。

〔警告、秋田には魔物が棲《す》んでいる。〕

「どう思いますか?」

世津子は探るような目で刑事局長を見つめた。

「読んだとおり、警告なんだろうね」

陽一郎は便箋を封筒に戻しながら、無表情に答えた。

「脅迫でしょう」

「さあ、それはどうかな。脅迫にしてはずいぶんソフトな表現だ。それに、少しユーモラスでもある」

「それがかえって不気味じゃないですか。それこそ魔物が、舌なめずりして待ち受けている感じです」

「待ち受けて、何をするつもりかな」

「それが分からないから不気味なんです」

「しかし、こんな物を送ってくるところを見ると、きみに秋田に来られては困る人間がいることだけは確かだね」

「私というより、誰にしたって余所者《よそもの》は敬遠したいということなのだと思いますけど」

「そうかもしれない。それで、井上はこれについてどう言っているの?」

「うちの局長には見せていません」

「ほう、それじゃ、私だけに？」

「ええ」

「それは光栄だ……と言わなければならないのかな。しかし、なぜ井上に見せないんですか？　順序としては逆でしょう」

後輩を窘《たしな》める口調になった。

「うちの局長は心配性ですから」

「ふーん……なるほど、きみとしては、秋田行きは既定のことなのか」

「ええ、こんな物のためにぶち壊しになってはたまりません」

「千万人といえどもわれ往かんか。きみらしくていいな」

二人とも同じような表情で頬を歪《ゆが》め、笑った。

「それはそれとして、何かが起こることは予測しなければなりません。私のつもりとしては、どのような状況にも対処できるはずですが、万一ということもあります。その場合、先輩にだけはこういう物があったことを知っておいていただいたほうがいいと思ったんです」

「おいおい、まるで死地に赴くような言い方をするなよ。いやしくもわが日本は法治国家だからね。そうそう無茶なことが起こりはしないさ」

「そうでしょうか。刑事局長の前ですけど、近頃の風潮を見るかぎり、必ずしも法治国家が完全に機能しているとは思えません。むしろ犯罪の異常性ばかりが目立つような気がします。短絡的な動機で――というより、動機さえ明確でないような理由で、いとも簡単に殺人に走る事件が頻発しています。それに対して、警察の態勢のほうが立ち遅れているのではないですか」

「手厳しいご指摘だね」

浅見刑事局長は苦笑した。

「確かに、きみの言うとおりだ。最近の犯罪傾向はあたかもパソコンの中のバーチャル・リアリティを現実の世界に延長したような、ゲーム感覚としか思えないものが目立つことは認めるよ。しかし、だからといって犯罪の主流がそっちへ移行したわけではない。ほとんどの犯罪にはきちんと説明のつく動機なり方法がある。したがって、それに備えてさえいれば、通常は市民生活の安全が脅かされることはごく稀《まれ》だといっていい」

「通常は、ですわね」

望月世津子は皮肉な言い方をして、バッグの中から二つ目の封筒を出した。消印は「秋田中央」で日付は昨日。さっきのとは違って肉筆でやはり「文部省婦人教育課課長　望月世津子様」とあり、これまた差出人名は書かれていない。

封筒の中身は新聞記事の切り抜きであった。切り抜きは二枚あり、一枚は事件の発生を告げる五段抜きの大きなもの。もう一枚は事件の「その後」といった趣旨のもので、ほんの小さな記事であった。

〔深夜の病院に火達磨《ひだるま》の男性／事件？　事故？　奇怪な出来事——秋田市飯島《いいじま》

　昨夜午後十一時頃、秋田市飯島の「K」病院を男性が訪れ、救いを求めた。当直の医師と看護婦が応対に出たところ、男性は意識を失ったため、ただちに院内に収容、応急の処置をとった。男性は下着姿で、全身に火傷《やけど》を負っており、「事故」当時はおそらく火達磨状態だったと推測された。すでに手のつけられないほどの重傷だったために、同病院では救急車の出動を要請、男性を交通災害センターに搬送した。同センターでは男性を集中治療室に収容して治療に当たっている。同センター医師の診断によると、男性は全身のほぼ七十パーセントに火傷を負っており、意識が混濁したままの重体がつづいている。

　秋田北警察署の調べによると、昨夜遅く「K」病院から二キロほど離れた、東北電力秋田火力発電所近くで大きな火の手が上がるのを見たという情報があり、確認したところ、同所に炎上した乗用車が放置されていた。ナンバープレート等から、この車の持ち主は秋田市川尻総社町《かわしりそうしゃまち》の富田秀司さん（四六）で、火傷の男性と同一人物かどうか、身元の確認を急いでいる。〕

　以上が記事の要旨で、それに付随した解説と関係者の談話が載っている。その中で、最初に富田を診察した「K」病院の須永由紀夫《すながゆきお》医師の談話がもっとも重要なものであった。

「富田さんは苦しい息の下から、何度も『やられた』と言っていました。『やつらに』とも言ったように聞こえたので、何者かに襲われたのではないかと、その時は思いました」

そしてもう一枚のほうの切り抜きには、次のような記事が載っていた。

〔**火達磨自殺の男性、死亡**
先月十八日に秋田市飯島の松林脇で、車の中にガソリンを撒《ま》き、焼身自殺を図った男性が、昨夜遅く、交通災害センター内で死亡した。この男性は秋田市川尻総社町のアパート経営富田秀司さん（四六）で、同センター集中治療室でおよそ二週間の治療もむなしく死亡したもの。〕

たったそれだけの記述で終わっている。

「自殺？……」

陽一郎は思わず声に出した。

「ええ、自殺ですって。おかしいでしょう。最初の記事を読んだかぎりでは、須永医師の感想どおり、何者かに襲われた殺人事件としか受け取れません。それがいつの間に自殺になってしまったのか、不思議ですよね」

望月世津子は気負い込んで言った。

「まあ、確かにこの記事だけではそういう疑問が生じるね。しかし捜査の結果としてそう判断したのだろうから、いちがいにおかしいとも不思議とも言えない」

「じゃあ、なぜわざわざこの記事を切り抜いて送ってきたのかしら？」

「そう、そのことのほうが問題だね。きみの副知事就任に絡んでいるとすれば、単なるいやがらせ以上のものがあるかもしれない」

「でしょう？　そうでもなければ、私のところにこんな物を送ってくる理由がありませんもの。明らかにこの男……かどうか知らないけど、この手紙の主は『火達磨』事件の真相を知っていて、殺人事件といえども闇から闇へ葬り去られることがあるのだ――という警告を発しているんだと思います。ひょっとすると警察の無能をあざ笑っているのじゃないかしら。もしこれが浅見刑事局長のもとに送られたのなら、警察への挑戦と受け取れますけどね」

それこそ挑むような目つきだった。

「ははは、私を挑発する気かね」

「まさか、そんな気はありませんよ。でも、浅見刑事局長としてはこの手紙をどう判断するかぐらい、聞かせてくださってもいいと思いますけど。火達磨自殺の真相だとか、私の副知事就任とどう関係するのかとか」

「手紙だけでは何ともコメントのしようがないな」

「でも、新聞記事の整合性のなさは歴然としていますよ。先輩はこの事件のことは、ぜんぜんご存じなかったのですか？」

「うん、聞いていない。自殺として処理したのだから、こっちまで上がってこなかったのだろうね」

「じゃあ、いまこうして関知するにいたったのですから、事件の実態を調べて、判断を下していただけませんか。それがせめて、これから死地へ赴こうとしている、か弱い女への餞《はなむけ》だと思うのですけど」

「ははは……」

世津子のジョークを受けて、「か弱い女はないだろう」と陽一郎は笑ったが、すぐに真顔になって言った。

「個人的にはそうしたいところだがね、しかしきみが言うほど単純な問題ではないよ。地元の警察と秋田県警が捜査をして自殺と判断したものに、中央が妄《みだ》りに介入することは指揮系統を乱す結果になりかねない。そうでなくても、全国で発生している事件の一つ一つに、警察の中枢が関わっていては、組織の意味がないことになる」

「つまり、何もしてくださらないということですか」

「そうは言っていない。一応、データは取り寄せて検討はするが、しかし多くは期待できないだろうね。少なくともいまの時点で、何かを約束したりはできない」

「分かりました」

世津子は憮然《ぶぜん》として、二通の封書をバッグの中に戻した。

「でも、せめて骨ぐらいは拾ってくださるのでしょうね」

「おいおい、そんな厭味《いやみ》を言うなよ。その手紙なんかより、きみのほうがよっぽど脅迫めいているぞ。そうだな……よし、分かった、何とかしましょう」

「えっ、ほんとですか？」

仏頂面にパッと喜色が広がった。

「じゃあ、刑事局長のお声がかりで、捜査を再開してくださるんですね」

「いや、それはさっきも言ったとおり、難しいよ。そういう公式的なことではなく、いわばプライベートな形での応援なら可能だ」

「プライベートって……まさか、浅見先輩がおん自ら助けてくださるわけじゃないのでしょう？」

「ははは、冗談は抜きにして、どうですか、私設秘書みたいなものを雇うというのは。副知事ともなれば、その程度の予算措置もあると思うのだが」

「つまりボディガードってことですか。それはたぶん、予算が下りると思いますけど、頼りになりますかしら」

「少なくとも私よりは頼りになると思う。とくに事件の真相に迫るという意味ではね」

「ふーん、そうおっしゃるからには、人選について心づもりがあるってことですわね。どういう人かしら？　柔道や合気道の達人？　それとも、アメリカ映画の『ボディガード』みたいなタフ・ガイですか？」

「ぜんぜん……」

刑事局長は自信を喪失しかけたような顔になって、首を横に振った。

「膂力《りょりょく》という点でいえば、まったく頼りにならないかもしれないな。しかしそれを上回って余りある知力があることは保証しますよ。とくに勘のよさは抜群だ」

「へえー、いいですねえ。そういう人って大好き。でも、そんな人がいるんですか？浅見先輩より頼りになるなんて……いったい誰なんですか？」

「大きな声では言えないが」

陽一郎は周囲を見回して、声をひそめて言った。

「私の弟だけどね」

「えっ、光彦《みつひこ》さん？……」

世津子は思わず甲高い声を張り上げた。

兄に「書斎に来い」と呼ばれると、あまりいいことはない。どこかで何か失態をやらかしたことへのクレームか、それとも、いつまでも独身を通して、この家の「居候」でいることについて、家長としての教訓を垂れるかのいずれかである。

ただし「来てくれないか」という言い方をされた場合はその限りではない。兄の側に負い目のある話題か、ときには家の中でもオープンにしたくないような依頼の趣があると考えて、ほぼ間違いない。

このところの浅見光彦は、警察の捜査に首を突っ込んで、母親の神経を逆撫《さかな》でするような真似もしていないし、まして、刑事局長である兄の足元を脅かすような暴挙にも出ていない。強いていえば、平林《ひらばやし》夫人が持ち込んだ八度目の見合い話をあっさり撃退して、母親の面子《メンツ》をつぶしたかもしれないことはあったが、その件に兄がしゃしゃり出ることはないはずだ。

陽一郎は帰宅して弟の顔を見て、家族の耳を気にしながら、遠慮がちに「あとで書斎に来てくれないか」と言ったのである。「あとで」と「くれないか」と、二重の願望が込められているのだから、悪い話ではないに決まっている。

3

陽一郎が風呂《ふろ》から上がった頃合いを見計らって、浅見は兄の書斎を訪問した。陽一郎はパジャマの上にガウンを着た恰好《かっこう》で調べ物をしていた。すでに午前二時近いというのに、仕事の鬼のような男である。

弟を迎えると、陽一郎はデスクに向かったまま、「忙しいかね」と言った。

「大したことはありません。兄さんの手伝いぐらいは引き受けられますよ」

「ほう……」

陽一郎は振り向いた。

「私の手伝いと、どうして分かる？」

「理由は……勘です」

二重の願望のことは言わなかった。

「ふん……」

満足げに笑った。

「ちょっと長い仕事になるかもしれない」

「はあ」

「ひと月か、いや、ふた月かかるかな」

「いいですよ。どこへ行って何をすればいいんですか」

「秋田だ。今度就任する副知事の私設秘書になってもらう」

「私設秘書……この僕がですか？　似合いそうもないけど……なるほど、秘書は仮の姿ってことですか。さりとてボディガードはもっと相応《ふさわ》しくないし……ひと月かふた月、副知事さんの周りでウロウロしていれば、事件が解決するというわけかな？　だとすると、かなりの難事件ですね」

勝手に憶測したのが当たった。陽一郎は二度、大きく頷《うなず》いて「難しい事件らしい」と言い、これまでの経緯を簡単に説明した。

千葉県での秋田杉美林センターの騒動は、新聞やテレビにもしばしば取り上げられていたから、浅見も多少の知識はあった。

もっとも、住宅問題は居候の浅見にとって、当面はそれほどの関心事ではない。事件としてとらえるにしても、経済事犯となるとどうも苦手だ。その二つの理由から、ニュースに接触していたとしても、ああそういう出来事があるのか——といった程度の認識に終わっている。

ただ、そういうゴタゴタの尻拭《しりぬぐ》いに、中央省庁から外様《とざま》の副知事を招聘《しょうへい》するという事情は了解できた。しかし、その副知事にボディガードまがいの私設秘書がなぜ必要なのかについて、陽一郎はなかなか肝心なことを話さない。

「秋田杉美林センター問題がこじれているにしても、身辺警護が必要なほど、危険な状況なんですかね」

浅見は焦《じ》れて、催促した。

「いや、差し迫って危険であるというほどのことはないと思う。もしそうであるなら、それこそ本物のボディガードかSPをつけなければならないだろう。ただ、向こうではそれとは別に妙な事件が起きていてね。本筋の秋田杉美林センター問題とは一見、関係なさそうなのだが、脅迫もどきの手紙が送られてきた。それを彼女は気にしている」

「彼女？　というと、副知事は女性なんですか？」

「ん？　ああ、まだそのことは話してなかったかな。そうだよ、新任の副知事は女性だ。望月世津子、きみも知ってると思うが」

「望月さんですか……いや、知らないな」

「私の大学時代からのテニス仲間で、うちにも何度か来たことがある。先方はきみのことを知っていたよ。弟だと言ったら、すぐに光彦の名前を言った」

「ああ、それじゃ、あのひとかな、色の浅黒い、精悍《せいかん》な美人ですね」

「ははは、美人はともかく、色が黒いというのは確かだな」

「そうか、あのひとが副知事にねえ……すごい出世じゃないですか。兄さんより年下ですよね。女性の副知事は、日本中でも何人もいないでしょう」

「少ないことは少ないが、最近は女性知事も誕生しつつあるよ。ただしきみが言うとおり、断然若い。いろんな意味で注目される人事だろうね。期待がある反面、足を引っ張ろうと手ぐすね引いて待っている人間がいるかもしれない」

「脅迫状もどきの手紙もその兆候ですか」

「そうとも考えられる」

刑事局長はあくまでも慎重な物言いだ。

「それで、事件というのはどういうものなんですか」

陽一郎はデスクの引出しから分厚い書類袋を出して、弟に渡した。

「これがそうだ。副知事の赴任まで十日ほどあるから、その間に下調べだけしておいたほうがいいだろう」

手にするとズシリと持ち重りがして、それがそのまま「事件」の重大さを象徴しているように思えた。

「それには秋田杉美林センター関係の資料も入っている。それともう一つの事件とがリンクしていることを示す根拠は何もないが、私は繋《つな》がっていると思う」

「どうしてそう思うんですか？」

「それは……」と思案してから、「勘だな」と言った。

兄弟はどちらからともなく顔を見合わせて、ニヤリと笑った。

部屋に戻って早速、書類を拡《ひろ》げてみた。まず千葉県での秋田杉美林センターが行なった「欠陥住宅」のほうから目を通した。こっちのほうは被害に遭った「客」の側から裁判所に提出された陳述書のコピーが、「事件」の概要をもっともよく伝えている。

原告は「奥村千鶴《おくむらちづ》外《ほか》三二名」、被告は「秋田県外一九名」となっている。三十三名もの原告団が結成されるのだから、被害の規模の大きさは想像できる。原告団は「秋美被害者の会」という名称で陳述書を作成している。それを読むと被害の状況がつぶさに分かる。要するに沼地を埋め立てた湿地帯のような土地に、欠陥だらけの住宅を建てたということが事件の発端になっている。

陳述書には、その欠陥を知った時の被害者側の驚きや恐怖が、生々しい体験談として書かれてある。中には自殺を考えるほど、精神状態がおかしくなった人もいたらしい。歩くたびに家がグラグラ揺れる恐怖を訴えた際、実地調査に来た秋田県調査部の次長が、「私は専門家ではないが、震度三ぐらいの地震ならなんとかもちますよ」とか「もし地震で潰《つぶ》れたとしても、それは天災だから仕方ないですね」と笑ったと述べている。

〈その時の心ない言葉は一生忘れません。この家に潰されて死ぬくらいなら、いっそ秋田県庁の前でガソリンをかぶって焼身自殺をしようかと思い、家を出かけた時、娘に「死んでしまったら、それっきりじゃない。死ぬ気になって闘おうよ」と言われました。」

原告側の誰もが一様に主張しているのは、家を買うと決めた最大の理由が「秋田県がバックについている『第三セクター』だから信用した」という点だ。質についても価格についても秋田県が保証しているのだし、知事さん自ら先頭に立っていることに、強い好感と信頼を抱《いだ》いたというものだ。

ところがそれが完全に裏切られた。住宅に欠陥のあることが分かったのは、じつは騒ぎが起こる三年ほど前のことらしい。その件については、秋田杉美林センター側が客の求めに応じ、五百万円の契約金を返して解約しているのだ。もしその時点で適切な措置が取られていれば、後続の被害は起きなかったにちがいない。それを頰かぶりして、さらなる欠陥住宅を売りつけつづけたことにこそ、被害者側の悔しさと怒りの根源がある。

個々の「欠陥住宅」の欠陥ぶりを見ると、なるほど、ニュースで騒いでいたのも納得できる。それに対する秋田杉美林センターや秋田県側の対応の仕方にも相当な問題があったようだ。あげくの果て、秋田杉美林センターは「破産申請」を出して、あっさり雲散霧消してしまった。

被害者側の怒りの矛先は、必然的に秋田県本体に向けられた。被告の中心が「秋田県」になっているのはそのためだ。

ところが、秋田県側は県もまた被害者であることを主張した。秋田杉美林センターに出資した二百億円近い金が戻ってくるあてはまったくないというのである。そうはいっても第三セクター方式で成立した会社である以上、秋田杉美林センターの一方の主体は秋田県だ。しかも客は秋田県を信用したからこそ、大船に乗ったつもりで住宅を購入している。道義的にいっても秋田県の責任は免れようがないと、誰もが考えるだろう。

その難問を前にして、最高責任者である県知事が任期満了直前に退陣した。責任を取ったといえば聞こえはいいが、はっきりいって敵前逃亡である。しかも規定どおりの退職金二億三千万円を受け取っている。法的に問題はないにしても、被害者側にしてみれば盗人《ぬすっと》に追い銭のように思えたにちがいない。

それにしても、秋田県が追加融資した百億円を超える金は、いったいどこへ消えてしまったのだろうか。それには地元銀行も絡んでいるはずだが、そっちのほうの関係はどうなっているのだろう。

浅見は経済だとか金の問題になると、まるっきり弱いのだが、その浅見ですら首を傾げたくなるような話だ。この難問に新任の女性副知事はどう対処するつもりなのかと思うと、なんだか気の毒になる。さりとて自分が彼女の力になってやれる自信など、さらさらなかった。

それに較《くら》べればまだしも、「火達磨《ひだるま》事件」のほうが浅見の好奇の虫を刺激する。最初の新聞記事を見るかぎり、どう考えても殺人事件のように思えるのが、いつの間にか自殺で片付けられた経緯に、手品のタネを推理するような興味をそそられた。

陽一郎が浅見に渡した資料は、新聞記事の切り抜きや裁判所に提出された訴状のコピーばかりで、警察の調書類はなかった。事件の全貌《ぜんぼう》を知るには、警察の調書がもっとも参考になるのだが、たとえ兄弟といえども、融通を利かさないところは、当然とはいえ兄らしい厳正さだと浅見は思った。しかし、兄が調書類を見せない本当の理由は別のところにあるらしいことが、次第に分かってきた。

それは事件発生時の印象が明らかに「殺人事件」であったにもかかわらず、ものの一週間も経たないうちに、急速に「自殺」へと判断が傾斜していることから推測できる。新聞記事は事件発生から数日で尻《しり》すぼみになっていった。やがて紙面から当該事件関係の記事が消えたあと、およそ二週間後の死亡記事では「自殺を図った男性が」と、文字通り葬り去っている。

新聞が報じた内容を読むかぎり、警察は最初の医師の証言を無視したか、あるいは「何者かに襲われた」と語った医師のほうが、捜査段階で自分の思い違いに気づいて証言を撤回したか、とにかく「自殺」の結論で収束する、何らかの理由があったということなのだろう。

兄はその経緯の中に、捜査当局の作為を感じ取ったにちがいない——と浅見は思った。当初の医師の談話からは、どう考えても他殺の印象を受ける。少なくとも二週間程度の捜査で百八十度の方向転換があることを匂わせるような内容ではない。

かといって、その疑問をぶつけて、再度、捜査をやり直しさせるのは難しい。単に新聞記事の上での疑問に過ぎないのだ。それを材料に警察庁刑事局長が末端の捜査に干渉するのは、警察の中枢自ら、警察組織のルールを無視することになる。

だから刑事局長としては、調書類などの捜査資料の提出を求めるようなことをしなかった——というより、できなかったというのが当たっているのだろう。浅見はそう憶測して、あらためてこの事件の難しさを思い、ますます好奇心をそそられた。

(秋田か——)

ベッドに仰向《あおむ》けになって天井を眺めながら、浅見は秋田の風物のあれこれを思い浮かべた。

秋田は食べ物は旨《うま》いし、好きな土地の一つだが、それ以上に、浅見は秋田には奇妙なくらい縁がある。恐山《おそれざん》のイタコにまつわる事件では、十和田《とわだ》湖や田沢《たざわ》湖や、東北の小京都といわれる角館《かくのだて》へ行ったし、小野小町《おののこまち》の伝説がからんだ事件では秋田県南地方を訪れた。静岡県の寸又峡《すまたきょう》で起きた事件を追って大曲《おおまがり》市へも行った。日本海沿岸の仁《に》賀保町《かほまち》の事件も記憶に新しい。

こうしてみると、一見のどかそうに思える秋田県も、けっこう殺伐《さつばつ》とした事件が多いのかもしれない。しかし、それはそれとして、旅先で知り合った秋田の人々の鷹揚《おうよう》な性質は独特なものがある。もっとも、そういう資質が一歩間違えると無責任であったり、投げやりであったりする危険性を秘めているともいえる。秋田杉美林センターの事件なども、そういう鷹揚さが裏目に出たと考えることもできそうだ。

いろいろと思いを巡らせて、浅見は次第に今回の秋田行きが憂鬱《ゆううつ》になってきた。秋田で何が起こっているのか、殺人事件ばかりでなく、経済事犯まで手掛けなければならないらしい。リポートに纏《まと》めるにしても、かなり面倒な作業になりそうだ。こんな野暮用ではなく、景色と食い物を楽しむ旅だったらいいのだが――と、つくづく思った。

第二章　米代川《よねしろ》に死す

1

岩手県二戸《にのへ》郡安代町根石山《あしろちょうねいしやま》付近に源を発し、西へ、秋田県内の花輪《はなわ》盆地、大館《おおだて》盆地、鷹巣《たかのす》盆地、能代《のしろ》平野を貫流して能代市で日本海に注ぐ大河を米代川という。大館市までの上流域はJR花輪線と、大館から西は奥羽《おうう》本線と国道7号とほぼ並行して流れているから、地図上ですぐ発見できる。

中流域の終わり近く、流れがゆったりと広がり、屈曲して、周囲の風景ともあいまって、米代川がもっとも美しいとされる辺りが秋田県山本《やまもと》郡二ツ井町《ふたついまち》である。人口はおよそ一万二千。白神《しらかみ》山地に抱かれ、古くから秋田杉の古里として知られていたこの町も、林業の衰退とともに、ご多分に洩《も》れず過疎傾向がつづいた。しかし、良質の杉を背景に、製材や木工、木製品などの開発を進め、このところ、かつてのような活況を呈してきた。

二ツ井町には「きみまち阪《ざか》」という有名な観光名所がある。奇岩怪石が連なる山肌を桜や紅葉が美しく彩って、四季おりおりに目を楽しませる。

明治十四年、東北巡幸の途中この地方を訪れた明治天皇が、その風景を愛でて「傒《きみ》后阪《まちざか》」と命名したという説と、天皇が坂に差しかかるのを待ち構えたように渡された皇后の手紙に、「大宮のうちにありてもあつき日をいかなる山かきみはこゆらむ」という歌がしたためられていた——というエピソードから、その名前がついたという説がある。

きみまち阪を全国区なみに有名にしたのは、明治天皇の故事にちなんで二ツ井町が企画した「きみまち恋文全国コンテスト」のイベントである。平成六年に実施されて以来、毎年、応募数はかなりの数にのぼる。

二ツ井町のもう一つの名物は米代川ライン舟下りである。東から流れてきた川は、二ツ井町域に入って「W」状に大きく屈曲する。二つ目の北へ向かって岬が突き出したカーブの対岸が「きみまち阪」だ。最初の「V」の南へ突き出した岬の突端には「七座《ななくら》神社」がある。斉明《さいめい》天皇四年（六五八年）に阿倍比羅夫《あべのひらぶ》が七天の神に五色の布と舟を供えて、土地の人々との和平を祈願したのが開基と伝えられるから、かなり古い神社だ。

ライン舟下りの営業は四月から十一月までだ。十二月から三月いっぱいは冬季休業になる。とくに一月から二月頃にかけて、この辺りは雪に閉ざされ、川岸に近寄る人影もほとんどない。まれに訪れるのは釣り人ぐらいなものである。米代川はアユ釣りで有名だが、ポイントさえ知っていれば、寒バヤなどもよく釣れる。

二月十一日――建国記念の日、二ツ井町薄井《うすい》の会社員塚本圭介《つかもとけいすけ》が独りで釣り場にやって来た。きみまち阪のトンネルを過ぎた辺りで国道7号と分岐する県道を南に下ると、七座橋で米代川を渡る。橋を渡ったところを川沿いに右折してしばらく行くと、「W」の最初のヘアピンカーブにさしかかる。この付近の淀みが寒バヤ釣りのポイントである。

塚本は足場の悪い川べりを、雪代水を湛《たた》えた川の様子を探りながら歩いた。この辺りは夏はライン下りの舟が行き交って、観光客で賑《にぎ》わうのだが、対岸の広い川原にも人っ子一人いない。四辺に立ち込めた、シンとした空気が怖いほどである。

いつものポイント近くに来て、川岸に雪庇《ゆきびさし》が張り出した下に、塚本は妙なものが漂着しているのを発見した。白いゴム長靴である。それも片方だけでなく、きちんと二本揃った状態で雪庇の下から突き出ている。

塚本は本能的にゾーッとした。

(まさか――)と思いながら、腰を屈《かが》めて、恐る恐る雪庇の下を覗《のぞ》いた。

白い長靴の根元のほうに黒っぽいズボンが続いているように見える。どうやら塚本の直感は不幸にして当たっているらしい。

それからが大騒ぎだった。

塚本の通報で駆けつけた消防隊と駐在巡査が、川下りの舟を出してもらって、苦労して長靴の主を「救出」した。死体は雪庇の下にある雑木の枝に引っ掛かっていたが、米代川の流れは緩やかとはいっても、雪代水で増水しているだけに、油断していると流されかねなかったところだ。

死んでいたのは四十代から五十代ぐらいの男性で、白いゴム長靴からは想像できない、きちんとしたスーツ姿だった。内ポケットから免許証入れ兼名刺入れが出てきて、身元はすぐに分かった。名刺には「秋田県調査部部長付石坂修《いしざかおさむ》」とあった。

「県庁のお役人だべか」

駐在の顔に緊張が走った。

死体は能代署から応援の本隊が駆けつけるまで、川岸の雪の積もった道路の上に、青いビニールシートを被《かぶ》せて横たえられた。

休日ということもあって、野次馬が百人以上も集まった。現場保存といっても、元々の現場は川の中だから、保存のしようがない。町立病院から医師がやって来て、応急の検死をした。

死体には誰かと争ったような着衣の乱れはなかった。また、転落の際に受けたような小さな擦り傷以外、顕著な外傷が見られないのと、肺の中にかなりの水を吸い込んでいる点から判断して、どうやら死因は溺死《できし》らしいということである。死亡推定時刻は昨夜半から今日の未明にかけてだろうという。

やがて警察の本隊が到着した。型通りに実況検分を行ない、死体を収容し、能代市の病院へ搬送した。第一発見者の塚本に事情聴取をするいっぽう、捜査員たちは付近の聞き込みに散った。

間もなく、七座橋からそう遠くない県道脇に、見かけない車が放置されているのを、捜査員が確認したところ、死亡した石坂名義の車であることが判明した。ドアに鍵《かぎ》はかかっていない。キーはスターターに差したままになっていた。ちょっと道端で小用を足しに降りた——といった様子に見える。もっとも、エンジンは完全に冷えきっている。

状況から、石坂は七座橋から米代川に落ちて、そのまま溺死、漂着したものと考えられた。自分から進んで落ちたのか、それとも何者かに突き落とされたのかは不明だが、とにかくそういうことだ。ただし、懐中には一万円余りの現金とクレジット・カードが残されたままになっているので、殺人事件だとしても盗み目的ではなさそうだ。

周辺での聞き込み捜査の成果はあまり芳しいものではなかった。昨夜半にそれらしい車や人間を見たという情報はどこからも得られない。だいたい、この県道は夜間になるとほとんど交通が途絶えてしまうのである。

昼近くになって、石坂の身内の者と、勤務先である秋田県庁の同僚が能代署にやって来た。身元を確認するとともに、事情を聴取された。石坂の家族は妻と大学生の長女と中学生の長男。秋田県庁からは同じ調査部の部長とその部下が来た。

石坂の妻は突然の不幸に動転して、死体と対面したときは、ほとんど失神しそうな様子だった。長男も茫然《ぼうぜん》として、涙もなく突っ立っているばかりだ。まだしも娘のほうが健気《けなげ》で、警察官に死体発見時の状況や、今後の対応の仕方を質問していた。

県庁の同僚は困惑しきった顔で、警察の事情聴取にもしどろもどろ、不得要領な受け答えで終始している。

石坂の妻・彩代《さよ》の話によると、石坂はその日の夕刻、少し帰宅が遅くなると電話してきたのが最後だったそうだ。朝の内まで雪が降っていたので長靴を履いて出かけている。この日はマイカーに乗って行った。車で登庁することはあまりないのだが、役所を出るような仕事がある時はそうしていたという。深夜までの残業もよくあることだし、夜半過ぎまでは心配もしなかった。

警察が石坂に自殺をするような背景があるかどうかと尋ねたのに対して、家族は異口同音に否定した。石坂には自殺を匂わせるような言動はまったくなかったそうだ。もちろん遺書やそれに類するものはない。「仕事上でいやなことがあったのは知っていますが、父はそれでめげてしまうような人間ではありません」と、とくに長女は力説した。

その件については、同僚のほうはいくぶんニュアンスが異なった。確かに石坂はしっかりした人物だったが、このところの役所内での微妙な立場を考えると、相当なストレスが溜《た》まっていたのではないか——というのである。

「微妙な立場とは何だすか？」

事情聴取に当たった能代署の川添義博《かわぞえよしひろ》部長刑事は訊《き》いた。川添は米代川上流域の鷹巣町の農家の出身で、刑事には珍しいオットリした風貌《ふうぼう》の男だ。しかし、仲間内では顔に似合わずきびしいと定評がある。かつて、暴走族のボスを張り倒して怪我を負わせ、父親が怒鳴り込んできたことがあった。川添はその父親の胸ぐらを摑《つか》んで、「てめえの息子のケツも拭《ふ》けねで、文句を言うんでね」と怒鳴り返した。

そういう性格のせいで、昇進が遅れているのか、間もなく五十歳になろうとしているのに、いまだに巡査部長どまりである。

「刑事さんはご存じないんだすか」

県庁の二人は顔を見合わせた。どうしようか——という視線を交わしている。

「じつは、石坂は秋田杉美林センターの件さ関係してるすものな」

上役のほうが言いにくそうに説明した。

石坂修はいまのセクションに来る前は、建設部木材振興課長という肩書だったのだが、秋田杉美林センター事件のあおりを食らって、課長の椅子を棒に振り、調査部部長付という「窓際族」に追いやられてしまったのだという。しかも、「秋美事件」の背景に通じているキーパーソンとして、県議会の「秋美問題調査特別委員会」の案内役を務める一方、秋田・千葉両県警ばかりか、地検からも連日のように呼び出しを受けており、その心痛ぶりは並大抵ではなかっただろうということだ。

「娘さんはああ言ってますが、ご家族の前では弱気を見せねくても、実際はご本人としてはかなりきつかったんでねすべか」

「なるほど、そういうことがあったんだば、自殺の動機も成立するすな」

秋田杉美林センターの事件のことは、もちろん川添も知っている。川添の郷里である鷹巣町も秋田杉の生産地だし、現在の勤務地である能代市は、木材の集散地として「秋美事件」問題に無関心ではいられない。郷土の誇りである秋田杉の名誉、いや、秋田県人そのものの名誉を失墜させた大事件なのだ。

調べてみると、確かに石坂は県警捜査二課と秋田地検のターゲットになっていたことが分かった。現に、事件を知った二課と地検の担当係官が能代署に出向いてきて、事実関係を聴取して行った。係官は石坂の「自殺」によって「秋美事件」の捜査に一つの区切りがついたのと同時に、新たな壁が生まれたことを、しきりに嘆いてもいた。

石坂は木材振興課長時代には「秋美」経営のお目付役の立場にいたし、事件発覚後、調査部に飛ばされてからは、県議会の「調査特別委」と帯同して、長期にわたり調査に携わっていたから、「秋美」スキャンダルの核心部分にかなり通じていたはずだという。

「これで、『秋美事件』の捜査は行き詰まるかもしれない」

検事の一人はそんな弱気をポロリと洩《も》らした。

(冗談でねえ――)と、川添はひそかに思った。関係者の一人が死んだくらいで、大事件が闇から闇に葬られてたまるか――と腹立たしかった。巨大詐欺事件とも、あるいは巨大疑獄事件といってもいいような「秋美事件」が、石坂のような、県庁の一職員だけの裁量で成立したはずはないのだ。真の悪玉はほかに存在する。その悪玉にとって、石坂が「自殺」してくれて、捜査の矛先が鈍るようなことがあるとすれば、願ったり叶《かな》ったりではないか。

そう思ったとき、川添の胸の内でくすぶっていた疑惑が、はっきり形を成した。

(石坂は消されたのではないか？――)

もちろん、石坂の死体が発見された当初から、死因については自殺、事故、他殺の可能性を視野に入れた捜査が行なわれている。当初の段階では自殺の心証を抱いていた署長も、「他殺」説を強く主張する川添に煽《あお》られる恰好《かっこう》でかなりのやる気を示していた。ところが五日目に入ると突然、「自殺」の線で捜査が終了した。川添が驚いて、なおも他殺の可能性を進言すると、渋い顔をしてそっぽを向いた。

「その件に関しては、本部からきみのところさも挨拶《あいさつ》があったんでねえが？　殺しということであるんだば、県警本部のほうで手つけるべ。本署としては事件の状況をありのまま検討し報告すればいいことだ。『秋美事件』の重要人物だからとしても、消されたんでねえべかなどと疑う必要だばない」

これが署長の見解で、刑事課長も当然のようにそれを支持した。

2

浅見が望月世津子と顔を合わせたのは、彼女が秋田へ出発する前日の日曜日のことである。準備で慌ただしい中、わざわざ浅見家を訪ねてくれた。陽一郎が学生だった頃から、父親が亡くなって別荘を手放すまで軽井沢のテニスコートなどで何度か会った。その後も陽一郎・和子夫妻の共通のテニス仲間としての付き合いがある関係で、お互い見知った顔だが、それほど親しく話したことはない。

「とにかくよろしくお願いしますね」

介添え役の陽一郎があらためて紹介すると、望月世津子は男っぽく言って握手を求めた。若い頃よりいくぶん太めになったが、日焼けした顔や引き締まった腕など、相変わらず精悍《せいかん》な感じである。秋田の状況については、彼女自身、まだあまり詳しい事情を知らないから、すべては出たとこ勝負のつもりで行くことになるだろうという。

「ただ、あれからまた、気になるニュースが一つ出ているのです」

世津子はバッグから新聞の切り抜き二枚を取り出した。「秋田S新聞」という秋田県の地元紙のものだ。

最初の日付の分には〔**元建設部課長謎の死／自殺か？　二ツ井町の川で発見**〕

こういう見出しで、秋田県庁の職員の不審死を報じている。現在は変わったが、以前、建設部木材振興課という、まさに「秋田杉美林センター事件」の渦中にあったセクションにいた人物――と紹介されている。もう一枚の切り抜きは、ごく小さく、二ツ井町の変死が自殺と断定されたことを報じたものだった。

「結局、自殺ということで解決しているのですけど、この前の『火達磨《ひだるま》事件』といい、この事件といい、わりと短期間で自殺と断定してしまうのが、ちょっと気になります。いったい、警察はやる気があるのかしらって思いますわね」

いくぶん皮肉のこもった目を警察庁刑事局長の顔に向けながら、言った。

「でもまあ、鬼が出るか蛇が出るか、楽しみにして行ってみますわ」

どこまでも強気な女性だ。

望月世津子の副知事着任より三日遅れて、浅見光彦は秋田県庁に入った。もっとも、その三日間は副知事はこれから住むことになる官舎での引っ越し荷物の片付けや庁内の挨拶回り、それにマスコミへの対応に追われて、ほとんど執務室で席を温めている暇はなかったそうだ。

着任早々は、どの報道機関も少なくとも表面的には、「女性副知事誕生」を好意的に迎えた。ただし、県庁内の各セクションや、県議会の中では、立場や人によって「歓迎」の仕方にかなりの温度差があったことも事実のようだ。ある部課では女性職員が拍手で迎えたが、別の部では沈黙と冷やかな白い目に出くわした。

「前途多難て感じよ」と、浅見が到着するのを迎えて、望月世津子は笑った。ほんの僅《わず》かだが、疲労の色が浮かんでいた。

秘書室や周辺の連中には、浅見のことを期間限定の私設秘書という触れ込みで紹介された。業務が軌道に乗って、秋田での生活が落ち着くまでの間、新副知事の身辺の世話をするというわけだ。さほど珍しいケースではないのか、秘書室にはそういう臨時職員のための空デスクが用意されている。もっとも、浅見はやはり、こういう組織内のデスクはどうも落ち着かない。ずっと昔に経験した悪夢のようなサラリーマン時代を思い出した。

私設秘書といっても日常的な業務は決まっていないのだが、べつに何も言ったわけでもないのに、周囲ではボディガード的な存在ではないかと受け取ったらしい。そのほうが説明しなくてすむので、浅見もわざとそれらしく振る舞うことにした。

それにしても、副知事の日程は多忙を極めた。女性副知事という珍しさもあるのだろう、いきなり数箇所の自治体から講演の依頼が舞い込んだり、文化的な催しに主賓として招かれたりした。そういうスケジュールで、浅見の手帳は初めて、向こう一ヵ月間のページが真っ黒になった。

表敬訪問の最後に、望月副知事は県警本部を訪れた。それにはもちろん浅見も随行している。というより、県警だけは浅見のために残しておいたものである。

県警本部長の横井《よこい》敏樹《としき》は京都大学の出身である。望月世津子をひと目見るや、挨拶もそこそこに「いやあ、スマートな副知事さんですな」と言った。

「私は秋田に来てから六キロも太りました。ここは米も酒も旨いから、気をつけないといけませんな」

確かに、横井は頬の肉がふっくらして、制服がきつそうに見える。六キロというが、実際はもっと太ったような印象だ。

本部長室には警務部長と秘書室長が同席している。

「秋田はいま、いろいろな事件が起きているようですから、本部長さんはさぞかしお忙しいのでしょうね」

世津子は同情をこめて言った。

「なに、大したことはないですよ。いずれも小さな事件ばかりです」

「でも、例の秋田杉美林センターの事件などは、いまだに騒ぎが収まっていないそうではありませんか」

「ああ、あれは地検と地裁のほうで扱っているやつです。被告人である県庁は大変だが、警察はその件についてはあまり関知していませんよ。むしろ副知事さんのほうが、後始末で忙しいことになるんじゃないかな」

「ええ、そうらしいのです。それで私も、にわか勉強をしなければならなくなったものですから、横井本部長さんにいろいろ教えていただきたいと思っております。それにつきまして、早速ですけれど、あの事件に関係していたと見られる、元の建設部木材振興課長が亡くなったというのは、事件性はぜんぜんなかったのですか？　つまり、他殺の疑いとかはありませんでしたの？」

「なかったようですな。完全な自殺です。彼は秋田杉美林センター問題の中心人物で、真相究明に当たったわけですが、被害者の会やマスコミの攻勢ばかりでなく、最後には捜査当局にマークされて、かなり参っていました。そのストレスに耐えきれなかったということなのでしょう」

「自殺と断定したのは……」

と、望月世津子の斜め背後に離れて佇《たたず》んでいた浅見が、遠慮がちに声を発した。

「……どの段階で、でしょうか？　所轄署でしたか？　それとも、県警の捜査一課レベルで、でしょうか？」

「ん？　あちらは？」

横井本部長は不愉快そうな目を浅見に向けて、世津子に訊《き》いた。

「あ、ご紹介が遅れました。今回、副知事を拝命するにあたって、しばらくのあいだ手伝いをしてもらう秘書として、東京から連れて参った者です。浅見と申します」

「浅見、さんか……」

じっと浅見の顔を見つめた。さすがに鋭い目つきをしている。

「警察庁刑事局長と同じ名前だが、何か関係でもあるのですかな？」

「よくお分かりですねえ」

世津子は感嘆して見せた。

「じつは浅見刑事局長の弟さんですの。無理を申して、お借りして来ました」

「そうか、ちょっと聞いたことがあるな。確か私立探偵をやっているとか」

「いえ、それは単なる噂でありまして、本当はフリーのルポライターにすぎません」

浅見は慌てて否定した。

「ふーん、そう……で、手伝いとはどういうことをするのですかな？」

「どういうことって、決めたわけではございませんけれど」

世津子は困ったように答えた。

「事前のお話ですと、こちらは何かと物情騒然としているようにお聞きしたものですから、落ち着くまで身辺のことを世話してもらうつもりです」

「ボディガードですか」

「そんな大げさなものではございません」

「警察だけでは信用できませんか」

「いいえ、とんでもありません。体のいい運転手さん代わりでしょうかしら。でも、ときにはいろいろなデータを探してもらうような仕事もお願いすることになっております。とくに秋田杉美林センターに関する資料は、県庁内部のものだけでは物足りない場合もございますでしょう。今度のように、キーパーソンが自殺してしまったりすれば、なおのこと、真相を知るには苦労します。本部長さんにも何かとご指導いただくことになるかもしれませんので、その節はどうぞよろしくお願いいたします」

よく回る舌で一気に喋《しゃべ》った。本部長は辟易《へきえき》したように背を反らせた。

「なるほど、そういうわけですか。しかしまあ、警察は万全を期して仕事をしておりますのでね、あまり熱心に動き回らないでいただきたいものですな。事件関係者、とくに秋美の社長だった鵜殿については、しばらく接触しないように願います」

「えっ、鵜殿氏には会えないのでしょうか？」

「そういうことです」

「それはどういう理由でしょう？」

「捜査上の機密を話すわけにはいきませんな。とにかく鵜殿に近寄らないでいただきます」

釘《くぎ》を刺しておいて、「それでは」と立ち上がった。厄介な客を早いとこ追い払ってしまいたい気分が、表情に表れている。

「あの、ちょっとすみません、先程お訊きしたことですが」

浅見は遠慮がちに言った。

「えーと、何でしたかね？」

横井はとぼけた。

「自殺と断定した経緯についてですが、所轄署の段階でなのでしょうか。それとも県警捜査一課の判断でしょうか？」

「ああ、その件ですか。それはまあ、所轄署か、あるいは捜査一課長の判断でしょうな。私はそういうことになったという報告を受けただけです」

明らかに、万一の場合を想定して、責任回避の逃げ道を用意している。県警から引き上げる途中、望月世津子は憤懣《ふんまん》やるかたないという口調で、「あなたのお兄様とはえらい違いね」と言った。

「あの人は自己保全ばかりを考えている。悪しき官僚の見本みたいな人ですよ」

自分の兄が褒められたことになるので、浅見は賛意を表するわけにもいかなかったが、たしかに横井本部長にはそういう一面のあることを感じた。横井の指揮する秋田県警察のモラルがどのようなものなのか、気掛かりなことではあった。

秋田での浅見の住居は、望月世津子の住む官舎からほど近い、独身者用の官舎を使うことになった。築後十数年のコンクリート三階建て公団アパートといったところか。家具はほとんど備付けで、テレビも食器類も、少し古いのを我慢すればすべて間に合った。

朝が早いのには閉口した。望月副知事の出勤は八時。それより前に副知事の官舎に行っていないと具合が悪い。遅くとも七時半頃には自宅を出るつもりで、七時に起床。もちろん朝食は抜き。ふだんの生活ではまだ深夜に近い朦朧《もうろう》状態である。

東京からソアラで来たが、通勤は副知事の車に同乗させてもらう。運転手は佐藤《さとう》という中年の、無口で、見るからに真面目そうな男だ。自宅はここから三十分ほどの郊外だそうだが、毎朝必ず、七時半には副知事の官舎前で待機している。当たり前といえば当たり前だが、浅見には信じられない律儀さだ。

浅見は「着任」してから数日で県庁内部の情勢をほぼ把握した。驚いたのは、秋田杉美林センター問題については、どこへ行っても箝口令《かんこうれい》がしかれていることだ。いや、秋田杉美林センター問題ばかりではない、来てみて分かったのだが、秋田県はそれ以外にも、職員の会食費問題や畜産公社不正問題といった不祥事やら疑惑やらが、次々に噴き出しているのだった。そのいずれについても、同様に箝口令がしかれているから、県職員の口は重く閉ざされがちだ。

「秋田県ばかりじゃないのよ」と望月副知事は慰めるように言う。日本各地の自治体を回ってきた彼女の目は、数知れないほどの不正や堕落を見ているのだそうだ。

「それで、望月さんは改革をしようとなさらなかったのですか？」

「もちろん、自分でできる範囲のことはしてきたつもり。でもね、中央省庁からたかだか二年やそこいら出向していった人間に、何程のことができると思う？外へ向けて、たとえば市民サービスの向上とか、そういう改革は可能だけれど、内部を改革しようとするのはほとんど不可能に近いわね。ゴムでできた分厚い壁を叩《たた》いている感じっていえば分かるかしら。だから大抵の人間は、中央に復帰するまでの期間、大過なく過ごして、いわばお茶を濁していればいいという気になってしまうもののようね」

「じゃあ、ここでも同じですか」

「ううん、秋田では違う。なぜなら、私は副知事なのよ。副知事という名前は伊達《だて》じゃないし、単なるお飾りでもないの。その気になりさえすれば県警本部長と同等の立場に立てます。この人事で秋田県当局の失敗があるとすれば、それは私を副知事なんかにしちゃったことね」

その言葉を聞いて、浅見は望月世津子という女性に惚《ほ》れた。いや、女としての彼女にではなく、人間として尊敬し好きになった。彼女のためなら死んでもいい——とまでは言わないが、身を粉にして働いてもいいと思ったものである。

3

秋田に来てちょうど一週間目、浅見は能代署を訪ねた。ソアラを駆って久しぶりのドライブであった。

能代市は東から西へ流れる米代川を、大きく北へ迂回《うかい》させるような台地の上にある、人口五万ほどの典型的な地方都市である。東北では早くから開けた土地で、縄文期の遺跡が数多く発見されている。

米代川流域は秋田杉の宝庫であるばかりでなく、本支流の上流地帯には銅山をはじめ多くの鉱山を擁していた。その豊富な産物は米代川の水運を利して能代に集められ、ここから全国に出荷された。

とくに木材業は盛んで、戦後の復興期にはここから出荷される木材の七十パーセント以上が東京方面に送られたという。

しかし、輸入木材が安く、潤沢に入ってくる時代になって、能代の木材関連工業は衰退した。それだけに秋田杉美林センターの事業は、能代市にとっても期待の星だったにちがいない。

能代署は街の活気のなさをそのまま映したような、くすんだ灰色の建物だった。

受付の婦警に「秋田県副知事秘書」の肩書を印刷した名刺を出して、「二ツ井町で起きた自殺事件のことをお聞きしたいのですが」と言うと、びっくりしたような目でこっちを見てから、「ちょっと待ってください」と奥のデスクの、おそらく次長と思われる制服の警部のもとへ報告に行った。

婦警はすぐに戻ってきて、「どうぞ」と奥へ案内してくれた。警部はやはり次長であった。ややうろたえぎみに「どのようなご用件だすべか?」と訊《き》いた。頭の後退ぶりから推測すると、五十歳ぐらいだろうか。秋田訛《なま》りがきつい。

浅見は婦警に言ったことを繰り返した。

「わざわざ副知事さんの秘書さんがおざったたっていうと、あの自殺さ何か問題でもあるんだすべか」

「いえ、そういうわけではありませんが、ただ、亡くなられた石坂さんは秋田杉美林センターのことに詳しい人だったので、どういう理由で自殺されたのか、念のためにお聞きしてこいと命じられて伺ったのです」

浅見はそれとなく、副知事の意思であることを伝えた。

「んだすか……えーと、いま刑事課はほとんど出払っておるんでねすべかな……ちょっと待ってたい」

次長は電話で連絡をした。

「川添という者がおりましたので、刑事課さ行ってけねますか。あの階段を上がって、右さ行ったところだす」

次長が言ったとおり、刑事課の部屋は閑散としていた。デスクにいるのは一人だけ。五十がらみのおっさんのような私服が、入ってきた浅見をジロリと振り返った。

「川添さんですか？」

「うん、川添だけど」

返事にも愛想がない。浅見はめげない笑顔で名刺を出した。名刺の肩書を見て、さすがに態度が変わった。

「ほう、副知事さんのところから……あれですか、女の副知事さんのほうですか？」

「そうです、望月副知事の使いで参りました。お忙しいところ、恐縮です」

「いや、忙しいってことはないです。そしたらまあ、あそこさ坐《すわ》ってください」

部屋の隅にある粗末な応接セットを指さした。ソファーに坐ると、川添は手垢《てあか》のついたような名刺をくれた。「秋田県能代警察署刑事課　巡査部長　川添義博」とあった。いわゆる部長刑事だ。

「早速ですが、川添さんは二ツ井町で石坂修さんが亡くなられた事件の捜査には参加されたのですか？」

「ああ、もちろん参加してますよ。これっぽっちの人間しかいませんからね。全員が出向きました」

「それで、その自殺ですが、ずいぶん早い段階で自殺と断定しているように思うのですが、いかがでしょう」

「それは仕方ねえでしょう。上のほうで自殺と断定したのですから」

「ほう……」

浅見は思わず川添の仏頂面を見つめてしまった。彼の表情からはありありと、鬱積《うっせき》した不満が感じ取れる。

「なるほど、最終的にはそういうことでしょうが、しかしそこに至るまでには、捜査の現場ではいろいろな意見があったのではないでしょうか」

「それはまあ、ないこともなかったですけどね」

自分がその「意見」の持ち主であったことを、言外に滲《にじ》ませる口ぶりだ。浅見は金鉱脈を探し当てたような手応《てごた》えを感じた。

「じつはですね」と、浅見は前かがみになって声をひそめた。

「僕はあの事件のことを聞いて、ひょっとすると石坂さんは何者かに消されたのではないかと思ったのです。警察の中にも、そういう疑いを持った捜査員の方がおられたと思うのですが」

「…………」

川添部長刑事は、落ち着かない視線をドアのほうにチラチラと向けた。

「くれぐれもここだけの話にしておいていただきたいのですが、副知事もその点を非常に気にしておられましてね、もっと詳しい事情を聞いてくるようにと言っておられるのです。場合によってはおまえが真相を調査しろとも、です」

「は？　真相を調査するって、あんたがですか？」

「そうです。そういう命令です」

「しかし、どうやって調べますか」

「それはもちろん、最初は川添さんに事情をお聞きすることから始めます」

「えっ、自分に、ですか……」

「ええ、川添さんほどのベテラン刑事さんなら、当然、何らかの疑惑を抱かれたに決まっています。その辺りをひとつ、聞かせていただけませんか」

「そう言われたって、あんた……」

その時、ドアが開いて若い制服巡査が入ってきた。川添に「すみません」と言っているところを見ると、留守番役のデスクワーク専門の巡査で、トイレにでも行ってきたのかもしれない。

「したらあんた、現場さ行きますか」

川添がふいに言った。浅見の返事を待たずに立ち上がり、若い巡査に「ちょっと二ツ井町の現場さ行ってくる」と言い残して、さっさとドアへ向かった。

浅見のソアラで行くことになった。

「いい車だなや」

レザー張りのシートの感触をしきりに楽しんでいる。そういうところは、ごく普通のおっさんといった印象だ。しかし、話題が二ツ井町の事件になると、まぎれもなく刑事の目つきに変わった。

「自分はあれは、自殺なんかでないと思っているのですよ。第一、遺書もなかったし、家族の話を聞いても、自殺を予感させるような言動はまったくなかったと言っているのですからな。しかも、石坂の置かれていた背景を見れば、殺害の動機を持つ人間はいくらでもいる。石坂が生きていては困る連中です。そいつらは石坂が死んで喜んだべな。その連中のアリバイを当たるぐらいのことはしても良かったんでねえかと思ったが……」

「えっ、それもしなかったのですか？」

それには浅見も驚いた。

「んだ、してねえす」

川添は吐き捨てるように言った。

「事情聴取をすることはしたが、裏を取ることもしねえで、さっさと自殺で片付けてしまった。ちょっと早すぎると思ったすとも」

「それはおたくの署長さんや課長さんの判断ですか。それとも県警のほうの指示ですか」

「それは県警の意向ですよ。うちの署長も課長も最初はけっこうやる気になっておったんですのでね」

「だったら、能代署だけでも捜査を続ければよさそうに思いますが」

「ははは、あんた、警察っていうのは、そういうところではないですよ。どんな場合でも組織が優先するのです。上からの命令を無視したら、組織は成り立たねえですよ」

「なるほど……」

能代市から米代川沿いに大館市、弘前《ひろさき》市へと向かう国道7号は「羽州《うしゆう》街道」という。むろん浅見は初めて通る道だ。杉に覆われたなだらかな山と、山裾に広がるささやかな田園は、いかにも東北の原風景のようで、見る者の心を和ませる。

浅見がそのことを言うと、川添部長刑事は嬉《うれ》しそうに「んだすべ、いっすべぇ」と笑った。

「しかし、こういう穏やかな風景の中でも、殺伐とした事件は起きるのですねぇ」

「それだば、あんた、仕方ねすべ」

川添部長刑事はすっかり地元訛《なま》りになっている。

能代から三十分ばかりで二ツ井町に入り、町の中心を通りすぎ、右折して橋を渡ったところで車を停めた。もう少し行った辺りに、石坂修の車があったそうだ。

「雪もだいぶん溶けてしまったすなあ」

車を出て、川添は周囲を見渡して言った。事件当時はこの辺り一帯、一メートル近い雪に覆われていたのだそうだ。このところ急に気温が上がったせいか、山沿いの日陰はともかく、平地のほとんどは斑《まだら》模様に地面が露出している。南側の斜面はもう、萌《も》え出した色浅い草に染まっている。

「あそこの、川がカーブした辺りさ引っ掛かってたんだす」

橋の上から、死体が漂着していた地点を指さした。米代川の流れは二ツ井町付近ではゆったりとして、川幅が百メートルを超え、湖面のような淀みをなす。その流れが山裾に寄せる岸辺には、丈の低い灌木《かんぼく》が覆いかぶさっている。

「石坂は、いまわれわれの車のある少し先のところさ車を停めて、この橋まで戻って、落ちたんでねぇべかということだす」

身を投げた——と言わず、落ちた——と表現したことに、川添の事件に対する執念のようなものが感じられる。

「石坂さんはなぜこの場所を選んだのですかねえ？」

浅見は素朴な疑問を投げかけた。

「さあ、分からねえすな」

「えっ、分からないって、捜査会議で検討はしなかったのですか？」

「話は出たすとも、結局、分からねえというのが結論だったんだす。そもそも、川さ身を投げて死ぬ方法を選んだこと自体、説明がつかねかったすもんね。ほかにもいろいろ方法がある中で、わざわざこの寒いのに川さ飛び込むことはねえんでねえかと」

冗談で言っているわけではないのは、彼の真面目くさった顔を見れば分かる。

「それ以前に、自殺しなければならなかった理由も分からないのではありませんか。ご遺族はいまだに自殺を否定していると聞きましたが」

「んだす、説明がつかねかったですよ。自分はいまでもさっぱり分かんねえすとも。

自殺したといえば自殺かもしれねえすが、殺されたといえば殺されたかもしれねえ。少なくとも、もうちょっと調べてもいいんでねえべかとは思いました……いや、これはここだけの話だすとも」

川添の思考の中には、強気と弱気が交錯しているようだ。その淀んだ流れの中に一石を投じるように、浅見は言った。

「警察が事件から手を放したのなら、やはり僕が調べてみますよ」

「本気だべか……」

呆《あき》れたように口を大きく開けた。

「素人の僕では無理だとおっしゃりたいのでしょうね」

「ん？　ああ、いや、まあそうだすな」

「しかし、誰かがやらなければ、殺された石坂さんやご遺族の無念は永久に晴れないでしょう。悪いヤツばかりが笑うことになる。たとえ無理でも無駄でも、何もしないままでいるよりはましです」

「うーん……だども、それだば危険でねえすか。かりに殺人事件であったとすれば、相手は殺人犯人だすものな」

「それは承知の上です」

言い放った浅見の顔を、川添は放心したように見つめた。浅見もその目を見返した。少なくとも十秒ほどはそうしていた。

川添は先に視線を外して、大きく溜《た》め息をついた。口から吐き出された白い霧が、彼の胸をかすめて消え去った。

第三章　北国の春は遠い

1

望月世津子新副知事の評判は概して好ましいものであった。しかし「概して」というのは、必ずしも喜ばしく思わない人間が、少なからず存在することを意味する。とくに、秋田杉美林センター事件に多少なりとも関わりのある連中は、中央省庁から乗り込んできた女性副知事の動向に神経を尖《とが》らせた。

県内の人脈とは無縁の女性副知事は、余計な手かせ足かせがないだけに、何をやらかすか分かったものではない。脛《すね》に傷持つ連中にとって相当に鬱陶《うっとう》しい存在であることは間違いなかった。就任後しばらくは庁内や議会、各市町村への挨拶《あいさつ》回りなどで、笑顔を振りまいて歩いているが、それが一巡すればいよいよ本領発揮で、綱紀の粛正に大ナタを振るうのではないか――と誰もが思っている。

たしかに、望月副知事は精力的に庁内を回っているが、それは単なる表敬訪問というわけではなかった。部署ごとに業務の状況について話を聞いたり、雑談を交わしたりしながら、それとなく秋田杉美林センター問題の知識を仕入れつつある。職員の口は重いが、仮にも副知事からの「ご下問」とあっては知らん顔もできにくい。それなりに状況を説明せざるをえない。望月は「へえー」とか「あらまあ」とか、まるで井戸端会議のおばさんのノリで面白そうに相槌《あいづち》を打ちながら、相手の話を引き出した。

背後で会話を立ち聞きしている浅見は、メモを取ることはしないが、少しずつ「事件」の全体像を把握できた。

前知事時代の二人の副知事は、ともに文字どおり知事を補佐する存在であった。というと聞こえはいいが、自己主張のまるでない、ただのロボット。知事の分身というより、知事の一部のように、すべて知事の意向のままに動いた。その一人は秋田杉美林センターの会長を兼任したが、経営に実質的に携わるわけでもなく、ただのお飾りとして祭り上げられていたにすぎない。

その副知事兼会長のあずかり知らぬところで、秋田杉美林センターはひと握りのワル共の手によって食いつぶされた——ことになっている。

前の知事が自ら任命した社長の鵜殿博と専務の二村和光《ふたむらかずみつ》がその元凶で、この二人が土地ブローカーである千葉中央開発の柏原政規《かしはらまさき》という人物とつるんで秋田杉美林センターを食い物にした——というのが、ごく簡略化した事件の全体像である。

鵜殿も二村も、秋田杉美林センターの発足当時にはいなかった人間だ。

秋田杉美林センターの業務は発足から二、三年は「真面目な」仕事ぶりで、それなりに評判もよかった。ところが、第三セクター方式の欠陥というのか、殿様商売というのか、仕事をしたわりに、企業としての成績はさっぱりだった。

秋田杉美林センターの本社オフィスは東京・池袋のビルにあったが、関東進出の拠点を千葉県に置いた。東京のベッドタウンとして千葉県内では、庭つき一戸建ての住宅団地建設が盛んに行なわれていたから、目の着けどころとしては間違っていなかったはずだ。

しかし、管理職に就いた人間は生産地林業組合や県庁からの出向など、ほとんどがぽっと出の事務屋ばかりである。中には不動産業経験者もいたが、たとえそうだとしても、秋田県の業者に較《くら》べれば千葉県の業者は千軍万馬、海千山千のしたたかな連中が揃っている。

悪賢い土地ブローカーの口車に乗って、劣悪な土地をバカ高い価格で売りつけられたり、工期が大幅に遅れるなど、仕事はすれど利益は上がらずという状態がつづき、三年間でおよそ六億円の赤字が計上された。それも粉飾決算によってその程度に抑えられているのであって、実際はその倍近い損失だったのではないかといわれる。

赤字の補塡《ほてん》は秋田県が行なった。本来なら企業の金繰りをバックアップするのは銀行の役目だが、銀行がそんな不安定な企業にストレートに資金を注入するはずがない。第三セクター方式であることを理由に、銀行は秋田県を通して秋田杉美林センターへの融資を行なった。つまり、万一の場合は県が債務を肩代わりする構図である。

当然のことながら、そうするについては県議会の承認が必要だ。議会は大した論議もせずに議案を了承した。それほどに知事の威光は圧倒的だったということだが、一説によると、ある方面から実弾つきの根回しが行なわれていたともいわれる。

ただし、さすがに経営トップの責任は明らかにしなければならなかった。このときもワンマン知事の「英断」で、社長以下の役員を更迭、民間から経営や経済に強いエキスパートを起用した。それが鵜殿であり二村である。

もっとも、エキスパートというのは知事がそう信じただけで、結果から先にいうと、社長に据えた鵜殿はしたたかな詐欺師もどきであったらしい。マスコミはあたかもウサギ小屋に狼を招き入れたようなものだ――と評した。

二村のほうはまだしも人並みな良心の持ち主ではあったという。二村は小学校から中学校時代にかけて鵜殿と同級生だった。その関係で引っ張られて秋田杉美林センターに入ったが、それまでは県南の湯沢《ゆざわ》市にある実家が営む製麺《せいめん》所で経理を担当していた。鵜殿に専務の椅子と高給を提示されて、結果として悪事の片棒を担ぐ恰好《かっこう》になったが、当初は真面目に事業に取り組むつもりであったようだ。その証拠に、地元湯沢市で腕のいい大工を集め、千葉県の現場に送り込んで、まともな仕事をする態勢を作ろうとしている。しかし、その試みはあえなく挫折《ざせつ》した。大工たちは現場にある材木類を見て、とたんにやる気を喪失した。

「こんたもん、秋田杉ではねえべ」

腹を立て、さっさと引き上げた。

その時点で少なくとも二村は秋田杉美林センターの欺瞞《ぎまん》性を知ったはずだが、どういうわけか二村はその後も鵜殿の片腕としての役割を遂行しつづけた。高給もその理由にあっただろうけれど、むしろ二村は鵜殿のある種カリスマ的な呪縛《じゆばく》から逃れられなくなっていたのかもしれない。

問題は鵜殿である。鵜殿博は税理士の資格を持つ傍ら、東京の某大学で非常勤講師として経済学を教えていた。県人会の世話役として重宝がられ、秋田県出身者としては一応、それなりの名士という評価をされてもいた。知事がその肩書を信用したのも、あながち頷《うなず》けないこともない。鵜殿は経済学のほうの実績はともかくとして、人をそらさない、巧言令色を絵に描いたような世渡り上手であったことは確かだ。

社長に就任するやいなや、鵜殿はそれまでの、どちらかといえば地味な経営方針を百八十度転換、「安価、美麗、堅牢《けんろう》」を強調したセールスを展開した。もちろん「秋田杉」が大看板であった。秋田杉のムクをふんだんに使った本格木造建築の家が、坪単価三十万円台で——という売り込みだ。本来なら六、七十万円のところ、産地直送だからという理由に、客はコロッと引っ掛かった。

もっとも、いくら手抜き工事だとはいえ、常識外の価格設定には無理がある。それにも増して宣伝費と営業費、とくに接待費の比率が異常に大きすぎた。会社の業績は見かけ上は、右肩上がりの売上増がめざましいように見えるのだが、実情は欠損覚悟の安売り物件に頼っているので、典型的な自転車操業状態を強いられていた。それにもかかわらず、あたかも利益が上がっているように決算を粉飾して、二割三割と配当を出し、知事はもとより、県の幹部連中やうるさそうな議員連中を片っ端から金塗《かねまみ》れにして懐柔した。現地視察と称して上京してきた彼らを、夜の街に案内して、帰りには「お車代」を摑《つか》ませた疑いもある。

その結果、運転資金が足りなくなると、県のお墨付きで銀行融資を受け、決算の帳《ちょう》尻《じり》を合わせた。崖《がけ》や湿地帯など、二束三文の土地を買い漁《あさ》り、何十倍もの評価をつけて、担保物件とした。銀行のほうも担保価値がないことを承知の上で、県を保証人にすることを条件に積極的に融資を続けた。

そうして、秋田杉美林センターが総額約二百億円の債務を生じたところで、突如、銀行は融資を拒絶した。それ以上融資を続けるのは危険と察知したにちがいない。いくら県に保証させるにしても、この辺りが限度であるとの判断だ。かくして秋田杉美林センターは取引業者に対する手形のほとんどが不渡りとなって、あっさり倒産した。

残ったのは膨大な債務と、建築主からの欠陥住宅に対する民事訴訟と、秋田県からの業務上背任に対する訴訟であった。その一方で秋田県に対しても、業者からは債務の肩代わりを要求され、建築主からは損害賠償請求が突きつけられた。県側は直接の取引関係にはないのだから、損害賠償請求はお門違いだと突っぱねたが、原告側は道義的責任以上の責任があるという見解で、ついに告訴に踏み切った。

秋田杉美林センターの発足以来、広告物などに知事が顔を出し、バックに県があるがごとくコメントも発表している。秋田県の顔である県知事がそのまま秋田杉美林センターの「顔」として認知され、その信用によって商売ができたことは否定できない。客は秋田県知事を信用し、秋田県民の純朴なイメージに好感を抱き、美しい秋田杉で建てたマイホームを夢見たのだ。秋田杉美林センターが単なる建築屋に過ぎなかったとしたら、誰が全幅の信頼を置くものか。それよりましな業者はいくらでも存在する。

もちろん最大の悪者は鵜殿博である。県議会の「秋美問題調査特別委員会」の調査によれば、鵜殿は借入金を湯水のごとく使ったとされる。夜な夜な、事務所がある池袋の歓楽街へ出掛けては、女たちに札ビラを切ったそうだ。しかし、それだけで百億もの金が雲散霧消してしまうはずがない。二百億の負債を生じるまでには、どこかに金を流出させる穴が開いていたにちがいない。帳簿上に記載のない使途不明金が信じられない額に達していた。経理担当の二村専務も同罪だが、実際は鵜殿が勝手気儘《きまま》に仮払い伝票を切り、会社の金をほしいままに使っていたというのである。

それもさることながら、そういう危険な会社に対して、まるでチェック機能が働かず、ズルズルと融資を続けていた秋田県当局の責任が問われた。無責任というよりほとんど犯罪行為といっていい。知事をはじめ副知事も出納長以下の財務担当の事務方も、それに、執行部から提示される秋田杉美林センターへの融資案を、ろくな審議もせずに可決した県議会議員の多くも同罪だ。その中には、鵜殿に鼻薬を利かされ汚染されていた連中が少なくない——という噂が、かなりの信憑《しんぴょう》性を伴って流れたのも当然といえる。

秋田杉美林センター問題は「事件」となって、警察と検察の手が入った。しかし、そのことよりも秋田県と県民に対して抱いていた県外の人々の信頼と好感が、根底から覆されたことのほうに大きなダメージがあった。東京など出先で秋田県人であることを告げたとたん、相手のこっちを見る目が変わった——と嘆く事例が至る所で聞かれた。

人間ばかりでなく、秋田杉やほかの秋田県産品のイメージにも、きわめて悪い影響を及ぼした。県が誇る良質米の「あきたこまち」をはじめ、全国的にも知られた数多い銘酒も、イメージ的には大きな痛手を受けたにちがいない。

遅まきながら責任を取った形で知事が替わり、幹部クラスの人事が刷新されたといっても、それはあくまでも見かけだけのことで、行政全体の底流にある不健全なものがすべて払拭《ふっしょく》されたとはいえまい。銀行も被害者づらをして不正融資などなかったようにほっかぶりしているし、県議会の構成もほとんど変わっていない。百億か二百億か、とにかく巨額の資金を流出させた巨悪の本質も金の行方についても、いまだにきちんと解明されたとはいえないのである。

2

「驚いたわねえ」と、副知事室で望月は浅見に憤懣《ふんまん》を洩《も》らした。彼女との会話は副知事室か車で移動中か、食事のテーブルに着いているときに交わされることが多い。車で運転手がいるとき以外、周囲が無人である場合に限る。それでも望月も浅見も盗聴器の存在を気にして、あまり核心に触れるような話題はセーブするように注意していた。

「いくらドンブリ勘定だからといっても、百億近いお金の行方が分からないなんて、おかしいわね。百億ってお金はものすごい額ですよ。仮に半分を垂れ流しのように使ったとしても、残りの五十億以上はどうなったの？」

　望月はよそでは見せない苛立《いらだ》たしい表情を浅見にだけは露《あらわ》にして怒る。

「鵜殿社長と二村専務の二人による横領というけれど、警察と検察が彼らをいくら叩《たた》いても、金の流れについてはまったく出てこないんですって。そんな馬鹿なことってあるかしら。二村は社長にすべて渡したと言っているし、鵜殿は二村が経理を握っていたのだから細かいことは知らないの一点張り。それ以上はいくらつついても貝のように口を閉ざしてしまうだなんて、そんな生易しい調べ方でどうするのです」

　なんだか浅見に向かって怒っているような口ぶりだ。望月が憤慨するほどには、しかし浅見はその件に関してはあまり興味がない。どうも経済だの政治だのという話は自分とは無縁で疎遠な感じだし、もっとも苦手とする分野なのである。

「いま、鵜殿と二村の二人はどうしているのでしょうか」

「背任と横領の容疑で起訴はされたけれど、現在は保釈中らしいわね」

「えっ、もう保釈ですか。それはまた、ずいぶん早いですね」

「一ヵ月ほど勾留《こうりゅう》されたあと、保釈金を積んで出所したそうよ。逃亡や証拠隠滅のおそれがないということらしいけれど、そもそも、保釈金の出どころも問題だわねえ」

「どこから出ているのでしょう？」

「さあ……どうせ弁護士を通しているでしょうから、本当の出どころは分からないのじゃないかしら。それにしても、確かに早すぎるような気がするわ。警察も四六時中監視しているわけにもいかないでしょうし、逃亡したりしないのかしら」

「逃亡はともかく、証拠隠滅のおそれがないとはいえないと思います。それに……」

浅見は少し言い淀んだ。

「それに、なあに？」

「考えてみると、彼ら自身が証拠価値のある存在だと思ったのです」

「どういう意味？」

「つまり、証拠隠滅の対象にされかねないのじゃないかと」

「消されるってこと？　まさか……」

「いえ、ありえないことではありません。現に、元の建設部の課長だった石坂氏が亡くなっているじゃないですか」

「ああ、あれね……そう、浅見クンはやっぱりあれは殺されたと考えるの」

「もちろん確証はありませんが、しかし十分、疑うに足る事件です。にもかかわらず警察は早い段階で自殺と断定してしまった。捜査に当たった所轄署の中にさえ、その点に疑問を抱いた刑事がいるほどの不自然さです」

「というと、県警の措置には判断ミスがあるということ？」

「判断ミスならまだしも、県警上層部によって恣《し》意《い》的な判断が行なわれた可能性があると思っています」

「警察が？　まさか……」

望月副知事は目を剝《む》いて首を振った。彼女にもやはり官僚の血が流れているのだな——と浅見は少し悲しかった。

エリート官僚は民間人のやることには懐疑的でありえても、同じエリートに対してはどこかに同質であるという先入観があって、信頼する方向に作用してしまう。横井本部長について、あれほど批判的なことを言っていた望月でさえ、究極のところでは彼の仕事を肯定しているのだ。

「でも、そうなの？……」と、望月は沈黙した浅見の不満そうな表情に気づいて、当惑げにもう一度首を振った。

「浅見クンがそう思うのなら、そういうことなのかもしれないわね。だけど、なぜそんなことをする必要があるの？　いくらなんでも警察までが悪事に加担しているわけじゃないでしょう」

「もちろんそんなことはないでしょうが、秩序の安寧を第一義的に考えた場合には、真実から目を背けたり、真相を隠蔽《いんぺい》したり、恣意的な措置を取ることはありえます。首相の犯罪で法務大臣が指揮権を発動するなど、国家レベルではしょっちゅう行なわれているのですから、県レベルでそういうことがあったとしても不思議ではないと思うのですが」

「うーん……まあ、それは否定できないわねえ。となると、その隠蔽工作には横井県警本部長が動いたってわけね。動かしたのは、誰？」

「常識的には前知事の周辺でしょう。しかし分かりません。ほかにわれわれのまだ知らない人物が介在しているかもしれません」

「そうだとして、どうするつもり？　警察が結論を出した事件でしょう。いくら浅見クンでも捜査権がないのに、どうやって真相解明の端緒を見いだすの？」

「手掛かりは一つではありません。もう一つの事件が糸口になりそうです」

「ん？　というと……ああ、例の焼身自殺のことを言ってるのね。そうそう、あの事件は何だったのかしら。あれで死んだ人は、今度の元建設部の課長とちがって、秋田杉美林センターの事件とは関係がない人なんでしょ？」

「そうでしょうか。僕はむしろ関係ありというほうに賭《か》けますね」

「こらこら、いやしくも元文部省の人間に対して、賭けるなんてことを言っちゃだめですよ」

「ははは、そうでした、すみません。しかし、文部省だってサッカーくじという、れっきとしたギャンブルの元締めをしようとしているじゃないですか」

「うーん、それを言われるとつらいな。その話はやめましょう。それにしても、焼身自殺のほうも警察はすでに結論を出しているわ。それに逆らおうっていうわけね。これまた難しそうねえ。何か勝算はあるの？」

「いまのところはありません。しかし、死者はいろんなことを喋《しゃべ》ってくれるものです」

「なるほどねえ……お兄さんが推薦するのも納得できるわ。浅見クンは本当にそういう、人が死ぬような事件が好きなのねえ」

「ははは、人聞きの悪いことはおっしゃらないでください。べつに好きなわけじゃありませんから。ただ、殺人というのは究極の犯罪だと思うのです。地中で蠢《うごめ》いているマグマがほんの一瞬、地表に噴き出すように殺人事件が起きる。その噴出口から辿《たど》れば、マグマの深奥部を突き止めることができそうな気がするのです」

「なるほどねえ……でも火傷《やけど》しそう」

「ええ、場合によっては焼け死ぬかもしれません」

「だめだめ、そんな危険なことはしないでちょうだい。きみは浅見局長からお預かりした大切なひとなんだから」

「承知してます」

浅見は頭を下げた。

米代川で「投身自殺」を遂げた石坂修の家は秋田市保戸野八丁《ほどのはっちょう》にある。この辺りは通称「八丁」と呼ばれ、昭和四十一年までは保戸野八丁新町上丁と下丁に分かれていたところだ。八丁より少し北寄りの秋田市泉《いずみ》に「天徳寺《てんとくじ》」という曹洞宗《そうとうしゅう》の寺がある。ここは秋田藩主佐竹《さたけ》氏の菩提寺《ぼだいじ》で、居城である久保田《くぼた》城（現千秋《せんしゅう》公園）から天徳寺まで行く参詣道の道程がちょうど八丁だったことからその名がついたのだそうだ。

八丁界隈《かいわい》はあまり大きなビルのない、静かな住宅街である。ラグビーで有名な秋田工業高校に近い。

3

石坂家は何の変哲もない、ごく庶民的な二階家だった。雪国特有の風除《かぜよけ》室のある玄関前に立ってインターホンを押してから、ずいぶん間を置いて「はい」と、用心深そうな女性の声が聞こえた。

「突然お邪魔して恐縮です。県庁から参りました浅見という者ですが、石坂さんの奥さんですか？」

「はい、そうですけど、どういったご用件ですか？」

「じつは、私は望月副知事の言いつけでお邪魔しました。ご主人が亡くなられた事件のことで、少しお話をお聞きしたいのですが」

「副知事さんの？……」

インターホンからの声が少し遠のいた。背後に誰かがいて、小声で相談する気配があった。かすかに「やめたほうがいいわよ」という声が聞こえ、「だけど、わざわざ……」と言ったところで音声が途切れた。

しばらくして玄関ドアのロックがはずされて、中年の女性がドアを開けてくれた。かすかに線香の匂いが漂ってきた。

「どうぞ、入ってください」

通りの様子を窺《うかが》うように視線を走らせながら、浅見を招じ入れ、すぐにドアを閉めた。明らかにマスコミ攻勢に悩まされたことがある用心深さだ。

下駄箱の上に泥に塗《まみ》れたサッカーボールが載っていた。

あらかじめ調べておいた住民票によると、石坂家は「世帯主・修、妻・彩代、長女・留美子《るみこ》、長男・佳一《けいいち》」の四人家族である。そういう家庭の主が突然、死んだ。後に残された者たちの不安定な状況を、白と黒の斑《まだら》模様のボールが象徴しているように、浅見の目には映った。

「浅見という者です」

浅見はあらためて名乗り、名刺を渡した。夫人は上がり框《がまち》に膝《ひざ》をついてお辞儀をしながら、「彩代といいます」と言った。それを聞いて浅見は「彩代」が「サヨ」と発音することを知った。

彩代の目はしばらく名刺を見つめ、「副知事秘書」の活字を確かめてから、おずおずと訊《き》いた。

「あの、副知事さんがどういう？……」

「じつは、ご主人が亡くなられたことについて、副知事はたいへん気にしておられます。率直に申し上げて、真相はどうだったのか、警察が自殺と判断したのは正しかったのか、ご遺族のお話を伺って確かめるようにという命令です」

「…………」

彩代は口を丸くすぼめるようにして、客の顔をまじまじと見上げた。あまりにも意外なのか、咄嗟《とっさ》には言葉も出ないらしい。

「失礼ですが、奥さんはご主人が自殺をなさるような理由に、何か思い当たることがあるのでしょうか？」

「いいえ、とんでもない」

彩代は大きくかぶりを振った。

「私だけでなく、娘も息子も、主人が自分で自分の命を縮めるようなことは絶対にしない人間だと信じています。ああいうことになる直前まで、主人にもそんな様子はぜんぜんなかったのです。そのこと、警察にいくら言っても聞いてくれなくて……」

早口で喋《しゃべ》り、絶句した。涙こそ見せないが目には無念の想いが溢《あふ》れている。

「やはりそうでしたか」

浅見は対照的にゆったりと落ちついた声音で言った。

「確か、はっきりした遺書もなかったと聞いておりますが。警察は何を決め手に自殺と判断したのでしょうか？」

「分かりません。ただ……」

言いかけて、彩代は「あの、立ち話でもなんですので、上がってください」とスリッパを揃えてくれた。

そのとき、彩代の背後のドアの隙間から、敵意に満ちた鋭い視線がこっちに向けられていることに気がついた。「お嬢さんですね」と浅見が笑いかけると視線はスッと消えて、代わりに彩代が「はあ、娘の留美子です」と言った。

「もし差し支えなければ、お嬢さんもご一緒に話していただけるといいのですが」

「そうですね……」

彩代は浅見を応接間に通しておいて、奥へ行ったが、なかなか戻ってこない。やっと現れたと思ったら一人で、トレイにお茶を載せていた。

「すみません、娘はどうしても顔を出すのはいやだと言っておりまして。人見知りする子ではなかったのですけど、主人の事件以来、すっかり変わってしまいました。また後で呼んでみます」

「分かりますよ。社会に対して不信感を抱いていらっしゃるのでしょう。警察の対応が悪かったせいかもしれませんね」

「ええ、そのとおりです。警察はこっちの言うことなど、何一つ真剣に取り上げようとしないのですから。自殺の理由についても、いくら自殺じゃないと言っても、頭から決めつけているのです」

「どのように？」

「主人は秋田杉美林センターの不祥事で責任を取らされた恰好《かっこう》で、役所内の異動がありました。調査部に行ったのは、当分のあいだ、秋美問題の後始末だけやっていろということだそうで、朝早くから夜中まで、調べ物をしていました。そのことだとか、何度も検察庁に呼ばれて事情聴取を受けておりましたので、ストレスが溜《た》まっていたのではないかと言われました。でも、そんなことはないのです。それは確かに悩んでいましたけど、あの事件が公になる前から、県会議員の亀井《かめい》さんと一緒に東京の秋田杉美林センターへ何度も出かけたし、事件が発覚した後も一所懸命、真相を追求していたのです。その内に、まるで主人までも悪者のように、警察に調べられるようになってからも、いずれ本当のことを話して誰が悪者だったのかをはっきりさせると申しておりました。負け犬みたいに尻尾《しっぽ》を巻いて逃げたっきりには、絶対にしない主義の人でした」

「というと、検察の事情聴取に対しては、まだ本当のことを話してはいなかったのでしょうか？」

「ええ、ある程度のことは話したでしょうけど、いちばん肝心なことはまだ話してないと言ってました」

「それはなぜですかね。いずれ本当の話をするとおっしゃっていたのでしょう？　だったら、早い段階で検察なり警察なりに、その肝心な事情を説明すればよかったのではないでしょうか」

「私にはよく分かりません。主人には主人の考えがあったのだと思います」

「まだ真相を突き止めるところまで行っていなかったか、正直に話すと何かご自分に不利なことがあったか。それとも誰かを庇《かば》っていたか。あるいは身の危険を感じていたか……いろいろなことが想像できますね。結果的にああいうことになったのはその証拠かもしれません。ご自分の身だけでなく、ご家族にも危害が及ぶことを恐れたとも考えられます」

「あっ……」

彩代は何かを思い出したように口を大きく開けた。浅見は彼女の口から次の言葉が出るのを待った。

「もしかすると、そうだったのかしら。主人は私や子供たちに、外出したら道草を食わずにまっすぐ家に帰れと何度も言ってました。それは、いつも家の周りをマスコミがうろついていましたから、それに摑《つか》まらないようにという意味かと思っていたのですけど……そしたら浅見さんは、主人はやはり殺されたものと？……」

「もちろんです」

浅見は明快に答えた。こっちを見つめる彩代の視線に対して、（何をいまさら——）という目で見返した。

「そう……ですよね……でも、浅見さんが初めてです、私たち以外に主人が殺されたと思ってくれる人がいたのは」

「いえ、それは違います。警察の中にもあれは殺人事件だと信じている人がいます」

「えっ、うそ……私たちがいくらそう言っても、誰も取り上げてくれないのですよ。頭から自殺だって片づけて」

「警察は組織ですからね。会議などで個人的な意見を言っても、上層部が取り上げなければ、残念ながら警察としての意見や方針にはならないことがあるのです。たとえば埼玉県で女性がストーカーされたあげく殺されるという事件がありましたね。女性が警察に『名誉毀損《きそん》』で告訴したのに、警察は『被害届』に書き替えた。告訴だときちんと捜査をしなければならないけれど、被害届ならある程度放置しておいても構わないのです。もし告訴を受理して捜査をしていれば、女性は殺されることはなかったかもしれない。これなんか末端の警察官だけの知恵ではできません。上司からの入れ知恵があったか、少なくとも過去にそういう方法で手抜きができることを教えられていたのでしょう。若い警察官の中には、こんなんでいいのかな——と疑いを持った人もいたはずですが、やがて彼もまたベテランと呼ばれる頃には、同じようなことを後輩に教えるようになるのでしょうね。それが組織の恐ろしいところです。しかし、それでも中には組織に汚染されることなく、正義感を持ちつづける人がいます。そのことは信じてあげてください」

浅見は言いながら、どこかで兄の住む警察を弁護したい気持ちが働いているな——と、多少後ろめたくもあった。

「じゃあ、この秋田にも主人の事件のこと、本当は殺人事件だと思っているお巡りさんがいるのですか？」

彩代は疑わしそうに言った。

「ええ、少なくともそういう刑事さんを一人、知っています」

「だったらその刑事さん、なんでもっと調べてくれないのですか。いくら正義感があったって、何もしないのは何も考えてないのと同じことです」

「おっしゃるとおりです。しかし、さっき言ったように警察は組織至上主義で、そこから逸脱して独自に行動することは非常に難しいのです。その刑事さんも同じです。行動したくても現実にはなかなかできないでしょう。だから僕が彼の手足になって、事件の真相を調べることにしたのです」

「あなたが？……」

彩代はもういちど、改めて浅見の名刺を眺めた。

「副知事の秘書さんがなんで……そういう警察みたいなことができるのですか？」

「そのご質問は、そっくりそのままお返ししましょう」

浅見は微笑を浮かべて、言った。

「石坂さん――あなたのご主人は警察官でもないのに、なぜ一人で真相を追いかけていたのでしょうか？　そこにはたぶん、警察や検察には任せておけない何かの理由があったのだと思います。言い方を換えれば、警察ではだめだと思ったから、危険を冒しても自分の力だけでやろうとした。そしてかなりの線まで敵を追い詰めたにちがいありません。その結果として悲しいことになったのです」

「そしたら、あなたも主人と同じ目に遭う心配があるのではないですか」

「ええ、危険はあると思います」

「そんな……」

彩代は絶句した。

「しかしご安心ください。こんな言い方をするのは申し訳ないですが、僕はご主人と違って、こういう仕事には少し慣れています。危険を察知する能力もあります」

「それは主人だって同じでしたよ。主人はとても用心深くて、ことに秋美の問題が発覚してからというものは、身辺にはたえず気を配っていました。車も安全運転だったし、役所に行く以外、それこそ寄り道したり、私たちに黙ってどこかへ行くようなことは絶対にしないようにしていました。だから何の説明もなしに二ツ井町の川になんか、行くはずがないのです。でも、そう言うと警察は、行くはずのないところへ黙って行ったからこそ、自殺の証拠ではないかって言っていますけど」

また無念の思いがこみ上げるのだろう。彩代は唇を噛《か》みしめた。

「ご主人が用心深くて、身辺を警戒していたことはよく分かります」

浅見は慰めるような口調で言った。

「ところがですね、ご主人と僕とでは、決定的に違う点があるのです。それは何かというと、ご主人には周辺に親しい人が大勢いたということです。その点、僕は秋田県の知人といえば大曲と角館以南までで、それより北部には一人も知人がいません」

「？……」

彩代には浅見の言った意味が摑めなかったらしい。怪訝《けげん》そうな顔でしばらく思案していたが、諦《あきら》めたように訊《き》いた。

「それはどういうことですの？　親しい人がいないほうが危険ではないですか」

「いえ、それは違います。親しい人がいなければ、周りはすべて敵——とはいわないまでも、頭から信じていい人はいないということです。ところが、ご主人には気を許せる親しい人が何人かいた。そこがご主人と僕の違うところです」

「えっ、そしたら主人は……」

彩代の目が忙《せわ》しく宙を彷徨《さまよ》った。さまざまな人物の顔々が思い浮かぶのだろう。

「まさか、そんな……」

浮かんだ像を一つずつ打ち消すように瞬《まばた》きをして、首を横に振った。

「主人が親しくしていた方々は皆さんいい人ばかりです。そんな、あなたが言われるような疑いをかける人は一人もいません」

「そうすると、ご主人はあまり親しくない、十分疑うに足る人物と一緒に、あんな寂しい川のほとりへ出掛けて行ったのでしょうか。さっき奥さんがおっしゃった『用心深く』て『寄り道もしない』し『ご家族に黙ってどこかへ行くようなことはしない』というご主人のイメージとは、ずいぶん違いますね」

「それは……無理やり拉致《らち》されたのかもしれないじゃないですか」

「県庁を出てからお宅に帰り着くまで、ずっと人家が連なっているし、そういう街の真ん中で、誰にも目撃されないで、どうやって無理やり拉致するようなことができるのでしょうか？　それに拉致されたにしては、ご主人の車の中や服装に、誰かと争ったような形跡はなかったそうです。結論ははっきりしています。ご主人は拉致されたのではなく、きわめて友好的な状況で、犯人と行動をともにしたのです」

彩代は突然の寒さに襲われたように、肩をすぼめ、激しく身震いした。

4

そのとき、ふいにドアが開いて若い女性が飛び込んできた。最前の鋭い眼差《まなざ》しの主にちがいない。

「お母さん、この人の言うとおりだわ。そうなのよ、お父さんは誰か、親しくしている知り合いに殺されたのよ」

「留美子、何ですかいきなり！」

彩代は顔色を変えて娘を叱った。それから浅見に「すみません、不作法なことで」と詫《わ》びた。

「いえいえ、そんなことは気にしません。むしろちょうどよかった。ご一緒にお話をお聞きしたいです。初めまして、浅見という者です。確か留美子さんは秋田大学の二年、今度三年になるのでしたね」

「えっ、知ってるんですか？」

娘は驚いて客の顔を見つめた。

「もちろん、お宅に伺うからには、あらかじめその程度のことは調べて来ます。弟さんの佳一さんは、秋田東中学でしたね」

母と娘は顔を見合わせた。

「この子はミステリー小説が好きで」と、夫人はなかば諦めたような、力感のない口調で言った。

「父親が亡くなったというのに、ろくに泣きもしないで、犯人探しのような真似をしているのですよ」

「だって、仕方がないじゃない。警察が何もしてくれないんだもの」

留美子は口を尖《とが》らせた。

石坂留美子は顔が小さくスリムな体型だ。少女から女性へ脱皮しかけて、もう少し少女のままでいたい気持ちを捨てきれないという幼さを感じる。俗に「秋田美人」と呼ばれる女性に共通する色白で、黒目がちの大きな目をしている。何か言うときにその目がいきいきと輝いた。

「浅見さんが言った『親しい人が犯人』ていうの、ぜんぜん考えなかった。警察なんて初めから自殺って決めつけてるから話にならないけど、私たちだって、どうしてそんなことに気がつかなかったのかしら。映画の『ゴースト　ニューヨークの幻』だって、いちばん信頼していた友人が犯人だったじゃない」

娘が意気込んで言うのに、母親は嘆かわしそうに首を振った。

「だけど留美子、ふつうの人はそんなふうに考えないもんだわよ。よっぽどひねくれた人でないと」

「ははは」と浅見は笑った。

「だとすると、僕はふつうでなくて、相当ひねくれた人間ということですか」

「あっ、いえ、そういうわけじゃ……」

母親はうろたえ、留美子は「だめじゃないの、母さん」と叱りながら、おかしそうに白い歯を見せて笑い、つられて彩代も仕方なさそうに笑った。

それで急に三人は打ち解けた。

「よかった……」と、彩代はしみじみした口調で言った。

「留美子もそうだけど、私もお父さんが亡くなってから初めて笑ったわね。もう永久に笑える日はこないかと思っていたのに。お父さんごめんなさい」

母とそして娘も、仏壇のある方角へ向かって、手を合わせ頭を下げた。そういう仕《し》種《ぐさ》を見ると、本来の石坂家は陽気で仲のいい家庭であったことが想像できる。その家庭の安寧と幸福をぶち壊した犯人に、浅見はあらためて憤りを感じた。

「さて」と、浅見は真顔に戻って言った。

「それでは石坂さんが生前、親しかった人たちのことをリストアップする作業から始めましょうか」

そう言われて、母娘は顔を見合わせた。

「お父さんが親しくしていた人なんて、私はほとんど知らないわ。お母さんは知ってるの？」

「いいえ、私だってそんなによく知っているわけじゃないわよ」

「まず、常識的に考えて親類縁者の方々がいちばん親しいのでしょうね」

浅見が糸口を与えるように言った。

「えっ、親戚ですか？」

彩代は明らかに拒否反応を示した。

「うちの親戚にはそんな、主人を殺すような人はおりませんよ」

「もちろんそうだと思いますが、親しい人をリストアップするには、そこから順に始めたほうが分かりやすいのではありませんか。それに、そもそも石坂さんのお宅のことをまるで知らない僕としては、石坂さんがいつからこの土地に住み始めたのか、歴史のようなことも知っておきたいのです」

「そうよお母さん、浅見さんにお願いするからには、洗いざらいちゃんと説明しなくちゃだめよ」

娘に煽《あお》られて、彩代も「それはそうだけどさ」としばらく考え込み、それからおもむろに口を開いた。

石坂家が秋田市保戸野八丁に居を構えたのは修の父親の代からである。

戦後間もない頃、修の父親は南方戦線から復員して、一緒に復員した戦友の紹介で秋田の日本石油精密という会社に就職した。本来の郷里は東京の下町だったが、昭和二十年三月の大空襲で一家は全滅。帰るべき家も迎えてくれるはずの家族も、すべて失っていたのだ。

秋田県は新潟県と並んで石油を産出することで知られる。秋田市八橋《やばせ》というところに三十ほどの井戸が現在も稼働している。日本全体の消費量に較《くら》べれば、文字通りスズメの涙ほどの量だが、それでも国産石油であることに変わりはない。とくに戦中戦後の石油事情が逼迫《ひっぱく》している当時は、少ないとはいえ国産石油は貴重な存在だったのである。日本石油精密は油井に使われる掘削器具の製造とメンテナンスを請け負う会社だった。

やがて外国から石油がどんどん入ってくるようになって、国産石油は成り立たなくなったが、その代わり秋田にも原油の精製基地ができた。石坂修の父親は勧誘されてその会社に転職した。結婚は一九四七年。現在の保戸野八丁に家を建て、やがて長女と次女、一九五一年には長男の修が誕生した。

そこまでの経緯はじつは彩代は石坂と結婚してから、石坂や彼の両親の口から断片的に聞かされたもので、概略を記憶しているにすぎない。

一九七七年、修は東京の大学時代に知り合った彩代と結婚、保戸野八丁の家で両親と一緒に住むようになり、翌々年に留美子が誕生している。

修の母親は六年前、父親は五年前に相次いでこの世を去った。修の二人の姉は修よりずっと早くに結婚して、現在、上の姉は東京、下の姉は静岡市内に住んでいる。三人の姉弟はそれぞれに子を生《な》し、長女の家には孫も生まれた。

石坂修から見て、親しい親戚といえば、東京にある彩代の実家と、二人の姉の係累ぐらいなもので、それとても距離的に遠いせいもあり、それほど緊密な交流があるわけではない。第一、彩代が言ったとおり、それらの親戚が事件に関係しているはずもなかった。

この事件は秋田杉美林センター問題を巡って起きたものだと仮定すると石坂修の仕事上の付き合いの中から、それらしい人物を探し出すほかはない。

「どうすればいいのでしょうか？」

彩代は当惑して訊《き》いた。

「そうですね、お宅に来た年賀状を手掛かりに、該当しそうな人物を選び出すのがいいと思いますが」

「あっ、そうか、年賀状か。やっぱり浅見さんは頭がいいですねぇ」

留美子がオーバーに感心するので、浅見は照れた。

彩代は年賀状と住所録を持ってきた。何気なく住所録を開いて、浅見は望月に見せて貰《もら》った「秋田からの手紙」の宛て名書きと、筆跡が酷似しているように思った。後で筆跡鑑定すれば明らかになるが、ひょっとすると、あの二通目の手紙は石坂から送られたものかもしれない。石坂は女性副知事の身を案じるのと同時に、「火達磨《ひだるま》事件」の疑惑を解明してくれるよう願望を込めて、あの新聞記事を送ったのだろうか。

年賀状はおよそ三百通ほどだが、ごく儀礼的な付き合いと見られる相手のものを除いてゆくと、百通足らずになった。さらにその中から、石坂修が心を許すような相手を厳選した。

もちろんその作業は石坂母娘の判断に任せるほかはない。浅見はその峻別《しゅんべつ》作業を傍観しながら、母娘が年賀状を選ぶたびに、その理由を訊いた。

母も娘も石坂の家庭外での行動を逐一把握していたわけではない。同僚や上司、部下など、役所での付き合いが「親しい」関係といえるのかどうか、はっきりしない。

それでも、石坂が比較的よく名前を口にしたことのある人間は、まず親しかった部類に入れることにした。その中には県庁の同僚や、石坂と組んで「秋美事件」の真相を追求したという亀井資之《もとゆき》県議など役所関係の知人が最も多い。

役所以外では、同窓会関係の人間が多い。大学の友人はそれほどでもないが、中学・高校時代の同級生は住んでいる場所も近い関係で、ときどきお互いの家を訪問しあったり、近くの店に飲みに行くこともあったようだ。もっとも、近所付き合いをしている者とは賀状のやり取りはしていない。賀状を寄越すのは遠い土地へ移り住んだ者が多い。

親しさの度合いを判断するのが難しいのは、石坂が唯一の趣味としていた俳句の仲間であった。秋田杉美林センターの事件が発覚しない頃は、石坂は月に一度の例会には欠かさず出席していたし、年に二度ある吟行会にも参加していた。しかし、事件がややこしいことになって、警察や検察が出入りしたり、役所の異動があったりしてからは、俳句の集いから足が遠のいた。

「主人にとってはそれがいちばん辛《つら》かったのじゃないでしょうか。俳句のお仲間からお誘いがあると『付き合いたいけどなあ』って、寂しそうにしておりました」

彩代はしみじみと述懐した。もしどこかで俳句仲間に出会って、誘われたら断りきれなかったかもしれないという。

そうして選びに選んだ結果として残ったのは二十一人。内訳は役所関係がやはり多くて八人。近所付き合いが四人。同窓生などの私的な友人が五人。秋田杉美林センター関係が一人。俳句同好会関係が三人。

選ぶたびに彩代は「この人が主人をどうにかするなんて、そんなことは考えられませんよ」と抵抗した。

「だめだめ、お母さんのそういう先入観を捨てなきゃ。むしろそんな人だからこそ、お父さんも安心したんだろうなって考えるのよ。つまり盲点ていうやつね」

留美子は思索的な目を天井に向けて、母親を窘《たしな》めた。

「おまえは冷酷な子だねえ。ミステリー小説ばかり読むからだわ」

唯一の秋田杉美林センター関係者が問題の鵜殿社長だった。浅見にしてみれば、あたかも諸悪の根源、スキャンダルの元凶のような予備知識があっただけに、少なからず意外な気がしたのだが、彩代は「鵜殿さんもあんなことがなければ、とてもいい人でしたのに」と述懐した。かつて石坂夫婦が上京した時、親身になって東京案内をしてくれたことがあるのだそうだ。

親しい人物が疑わしい——という浅見の論旨からいうと、この鵜殿あたりが最も怪しいことになりそうだが、事件の渦中にいて警察に四六時中マークされているであろう鵜殿に、石坂殺害のチャンスがあるとは思えない。

とにもかくにも選び出した二十一人が多いというべきか、それとも少ないのか、浅見にはよく分からなかった。浅見にしたって、自分にとって信頼しきれる相手の数はせいぜいそんなものかもしれない。ただ、ちょっと気になったのは女性の名前が一人もなかったことだ。浅見がそのことを言うと、母娘は同時に笑った。

「主人は自分でも『おれは朴念仁だ』って言うくらい、真面目な人でした」

彩代はそう言った。

「そうね、お父さんに女の人の親しい知り合いなんていませんよ」

留美子も太鼓判を押した。

（さあ、それはどうかな——）と浅見は内心では首をひねった。写真で見る石坂修はとびきりのハンサムとはいえないけれど、優しそうな顔だちの男で、それなりに女性に好かれそうな印象だ。

浅見だって、こと女性に関するかぎり、臆病《おくびょう》で引っ込み思案の、それこそ朴念仁だと自認しているけれど、それでも女性の知り合いの一人や二人はいる。石坂は酒はいけるクチだったそうだ。行きつけの飲み屋だとかバーなど、女性との付き合いもそれなりにあったかもしれない。

それについてはしかし、母娘を深く追及するのはやめた。浅見はとりあえず、選び出した一人一人について石坂母娘が知っているかぎりのプロフィールを聞いた。

二十一人の中で、彩代が最後まで「容疑者リスト」から削除することを主張した人物は五人。二人は俳句仲間で、いずれも七十四、五歳の老齢。とてものこと、殺人事件などという生臭いことに関わりそうにないという。三人目は石坂夫婦が仲人を務めた建設部時代の部下である水谷保《みずたにたもつ》。入庁当初から石坂が可愛がり、二人生まれた子供の名付け親になったほどだ。四人目は前出の秋田杉美林センター問題で議会が県知事を追及した際の立役者となった亀井資之県議で、石坂がサポート役を務め、一心同体で不正を暴き出した。五人目は石坂夫婦の仲人をしてくれた、かつての上司である野《の》口静男《ぐちしずお》。七年前に退官して、まもなく妻を亡くし、現在は本荘《ほんじょう》市に大学を誘致する会の理事を務めている。

この五人は五人とも、石坂の通夜に駆けつけて、心から故人のために涙を流してくれたそうだ。そのことは母親に「冷酷」のレッテルを貼られた留美子も認めざるをえなかったようだ。

もちろん、五人以外の十六人の「親しい人々」についても、彩代は「まさか」と否定的であった。しかし浅見はあえてその五人も含めた二十一人全員を、差別なく「有資格者」として扱うことにした。いや、厳密にいえば二十一人に絞ること自体に疑問がないわけではなかった。それ以外の人々にも殺意を抱く可能性がまったくないとは断定しがたい。

玄関で「ただいま」と少年の声がして、気がつくと、いつの間にか夕刻近くになっていた。応接間に顔を出した佳一は姉によく似た細面の色白な少年だった。寒さのせいか頰が赤く、いまどき珍しい紅顔の美少年といった印象だ。

母親が客を紹介した。浅見が副知事秘書と知って、佳一は目を丸くした。前の副知事に替わって女性の副知事になったことを彼も知っていた。浅見が父親の事件の真相を調べようとしていると聞いて、最初は疑わしそうにしていた態度も完全に変わった。

「浅見さん、今夜は一緒にお食事をして行ってください」

彩代が言いだして、浅見は拒んだが姉弟もそれを望んだ。

「県庁に帰らないと、副知事さんに叱られるんですか？」

佳一が気の毒そうに言って、浅見を苦笑させた。

「まさか、そんなことはありません」

「だったらいいじゃないですか。まだいろいろ父のことでお話ししたいこともあるし。ね、お願いします」

留美子にも懇願されて、断りにくくなった。それに、留美子が言うとおり、知らなければならないことは沢山ある。

「よかった。それじゃ、浅見さんのために今夜はきりたんぽにしようかな。ね、それでいいでしょう？」

「もちろんです。秋田に来て、まだきりたんぽを食べてなかったですから」

「じゃあ、材料を買ってくる」

「えっ、これから買い物かい？　大丈夫なの留美子？」

母親が窓の外の黄昏《たそがれ》を窺《うかが》った。

「大丈夫よ、買い物に行くぐらい。スーパーまで五、六分。そんなのいちいち気にしていたら、生きていけないわ。そうだ、浅見さんも行きませんか。それなら安心ね」

結局、連れ立ってスーパーまで行く羽目になった。浅見は日頃、そういう買い物をすることはまったくといっていいほど、ない。いちど外出先から電話した時、ついでがあるからスーパーに寄って何か買って帰ろうかと言って、須美子《すみこ》にひどく叱られたことがある。「坊っちゃまは、あのようなところへ出入りなさってはいけません」なのだそうだ。

あとで食卓で笑い話にそのことを持ち出すと、母親の雪江《ゆきえ》がニコリともせずに、「そうだわね、須美ちゃんの言うとおり。光彦がスーパーの袋をぶら下げて、ウロウロしている姿など、見たくもありませんよ」と言った。姪の智美《さとみ》までが「そうね、おじちゃまのそういうの、似合わない」。まったく、浅見家の女どもの保守性には呆《あき》れてしまう。

スーパーの店内風景は、浅見にとっては刺激的で興味深いものがあった。ただし、勤め帰りなのだろう。スーツにネクタイ、コート姿の紳士が、スーパーの店名入りのビニール袋を下げて、俯《うつむ》きかげんに歩いて行くのを見ると、母親や須美子の拒否反応も理解できるような気がしないでもなかった。

すっかり明かりの灯《とも》った街を、かなり重い袋を下げて帰った。日が落ちると、北国の春はまだ凍《い》てつくように寒い。それを口実のように、留美子は浅見に寄り添い、腕に縋《すが》って歩いた。いままでの不幸な日々の反動なのだろう、やけにはしゃぐ。すれ違うおばさんたちが、思わず振り向くほどなのには、浅見は閉口した。

その夜はたぶん、石坂家にとっては久しぶりの賑《にぎ》わいだったにちがいない。母親も二人の子も、よく喋《しゃべ》りよく笑った。浅見のきりたんぽの食べ方がおかしいと言っては笑い、彩代の差し歯が抜けたと言っては笑った。

そうして、何かの拍子に笑いが収まって、ふっと静寂が漂ったとき、彩代はしみじみと「春がきたみたいだねえ」と呟《つぶや》いた。

第四章　名誉と恥辱《ちじょく》と

1

役所の年度末から年度初めにかけてがなんと忙しいものであるか――を、浅見は初めて体験した。このところずっと、望月副知事はまさに席を温める暇《いとま》もなく動き回っている。浅見は役所の実務に係《かか》わることはないのだけれど、なんとなくそわそわと落ち着きのない日々を送った。そういう間隙《かんげき》を縫って、浅見は秋美のもう一人の重要人物である二村和光を訪ねることにした。

秋田杉美林センターの元専務・二村和光は秋田県南の湯沢市にいた。保釈中の身分は、警察に対して常に所在を明らかにしておく義務がある。浅見が得た情報によれば、二村は独りで湯沢市内のマンションに住んでいるということであった。

湯沢には浅見は二、三度、訪れたことがある。湯沢よりさらに南の雄勝町《おがちまち》にある小《お》野小町《ののこまち》の史跡「小町塚」で起きた殺人事件に関わった（『鬼首殺人事件《おにこうべ》』参照）。その事件の所轄が湯沢署だった。しかしその時は、せいぜい湯沢署に出頭する程度で、市内の様子などを詳しく見るチャンスはなかった。

「湯沢」というと新潟県の「越後湯沢」がスキー場と温泉であまりにも有名だが、秋田県の湯沢もその名が示すとおり、温泉が湧きスキー場もある。「両関《りょうぜき》」「爛漫《らんまん》」など、銘酒を産することでもひけは取らない。越後湯沢との根本的な違いは東京から遠いことと、交通の便が悪いことかもしれない。

実際、山形県北部から秋田県南部にかけての地域は、東北地方の中でも際立ってインフラの整備が遅れている。明治九年に南の福島と北の青森を起点に始まった奥羽本線の鉄路が、最後に結ばれたのは湯沢—横手《よこて》間であった。そのことに象徴されるように、あらゆる開発の恩恵が、もっとも遅れてやってくる地域といってもいい。

東京から新潟まで、大清水《おおしみず》トンネルという大難工事を敢行してでも、早い段階で新幹線と高速道路を通してしまったのと対照的に、秋田県南と山形県北地方は新幹線にも高速道路にもそっぽを向かれたままである。山形新幹線も秋田新幹線も、ともに在来線に毛を生やしたようなミニ新幹線がやっと通ったが、これらの地域にはそれすら通らない。山形県新庄《しんじょう》から秋田県大曲までの約百キロのあいだ、奥羽本線は特急はおろか急行列車も走っていないのである（二〇〇〇年現在）。

上越新幹線や関越自動車道の通る新潟・群馬の両県からは、田中、福田、中曽根、小渕と総理大臣を輩出している。それに対して秋田、山形両県からは大物政治家といえるほどの人物は出ていない。力のある政治家が出るか出ないかでこれだけ差がつくという、これは恰好《かっこう》のサンプルだ。

それでも、秋田市から横手市までは秋田自動車道、そこから湯沢の市街地近くまでは湯沢横手道路が通じているから、それほど時間がかからなかった。

二村和光のマンションは、「マンション」というのも気がひけるような三階建ての小さなコンクリート造りのアパートだった。実家が製麺《せいめん》所を経営していると聞いていたので、ある程度の資産家を想像してきただけに、これは少なからず意外だ。

三階のいちばんはずれの部屋が二村の住まいだが、表札は出ていない。インターホンは壊れているのか、それとも電源を切っているのか、ボタンを押してもウンともスンとも答えない。浅見は仕方なく鉄製のドアをノックした。

部屋の中でかすかに人の気配がした。ドアスコープの向こう側から視線を感じる。見かけない男の正体に戸惑っていることだろう。浅見はドアスコープに笑いかけて「こんにちは」と言った。

「ど、どちらさんですか？」

うろたえたような声が答えた。外からも見えていると錯覚したのかもしれない。

「県庁から来ました。望月副知事のお使いです」

「副知事、さん？……」

副知事は二人いる。女性のほうの副知事であることにも、たぶん、どう理解すればいいのか当惑しているにちがいない。

「二村さんのお見舞いに行くように、言いつかって来ました」

浅見はぶら下げた土産の果物籠《かご》を掲げてみせた。それで効果があったのかどうか分からないが、しばらく待たされたあと、チェーンロックの外れる音がした。

ドアが開くと、ムッとするような温気《うんき》が溢《あふ》れてきた。石油ストーブの燃える臭いと、そば屋に入った時の匂いが漂っている。昼食は麺類だったな——と、すぐ分かる。

「どうぞ」

陰気な声に誘われるように、浅見は玄関に入り、後ろ手にドアを閉めた。ほんの半畳ばかりの三和土《たたき》に靴とサンダルが一足ずつあった。

空気が濁っている。外気に慣れた鼻には耐えきれないほどだ。

二村はトックリのセーターにコーデュロイのズボンを穿《は》いている。どちらも相当にくたびれて、不精髭《ひげ》を生やした妙に長い顔と同じ程度に精彩がない。裸を売り物にしてタレントになった男を連想させる。

「あの、どういったこと？……」

二村は遠近両用の眼鏡をかけ直して、浅見の名刺を眺めてから、上目遣いに、語尾のはっきりしない鈍重な口調で言った。

「まず副知事からお預かりしたものをお渡しします」

浅見は鹿爪《しかつめ》らしく言って、果物籠を差し出した。二村は少し躊躇《ためら》いながら、結局は受け取って「どうも……」と頭を下げた。

「少しお邪魔してもいいですか？」

「そうだすな……」

二村は後ろを振り返って、散らかっているけど……といったことを、口の中でボソボソ言いながら、それでも拒否はしなかった。むろん歓迎しているわけではなく、拒否することのできない状況に慣れっこになってしまったような、無力感が伝わってくる。

部屋は2DKというタイプだ。奥が寝室らしく、万年床を隠すのか、二村は急いで襖《ふすま》を閉めた。手前の居間には、いまどき売っていそうもない古くて粗末なちゃぶ台が置いてある。それ以外に家具といえるほどの家具は何もなかった。一枚しかない座布団を勧めてくれたが、ほころびから中身の綿がはみ出しているし、ジトッとする感触があった。

「空気が澱《よど》んでいるようですね。少し換気をしたほうがいいですよ。一酸化炭素中毒が多いみたいですから」

「そう、だすな……」

そんな注意をしてくれた人間は一人もいなかったのだろう。二村はびっくりしたような顔で、案外素直に、しかしノロノロと窓を開けに立った。窓の向こうは裏山の杉林だ。まだ冷たいが、森の香りのする空気がスーッと流れ込んできた。

「ほら、こんなに爽《さわ》やかじゃないですか。部屋にこもりっきりにならずに、たまには散歩でもしたらいかがですか」

「散歩だすか……」

思いもよらぬ——と首を振った。

「そういう気には、なれねえす」

「世間の風は冷たいですか」

「ああ、それはまあ、冷たいこともないわけではねえすとも……」

「それよりも、身の危険を感じますか」

「えっ……」

二村はギョッとして、窓を背に立ちすくんだ。

「県庁の石坂さんがああいうことになって、二村さんは、次は自分の番だと思ったのではありませんか？」

「………」

「望月副知事もそのことを心配しています。心配が現実にならないよう、そのために僕を派遣したものと思ってください」

「あんた……浅見さんを、だすか？」

もう一度、名刺を確かめている。

「僕みたいな青二才に、何ができるかとお思いでしょうね」

「は？　いや、そんなことはねえすとも」

「ははは、いいんです、初対面の得体の知れない人間を信じるほうがおかしいのです。しかし二村さん、いまのあなたを守ってくれる人がほかにいますか？」

「…………」

「もしいるなら、僕の出番はありませんが、たぶんいないでしょう。当面は警察があなたを監視しているので、滅多に手出しはできないかもしれませんが、警察だってあてにはなりません。現に、石坂さんの死も自殺で片づけられてしまいましたからね」

「えっ……」

二村は二足歩行をするオランウータンのように顎《あご》を突き出し、ヨタヨタと歩いて、ちゃぶ台の向こう側に膝《ひざ》をついた。

「したら浅見さんは、石坂さんは、あれだすか、自殺ではなく、殺されたと……」

「もちろん、その可能性があると思っています。二村さんだって同じご意見なのでしょう？」

「ああ、んー、んだすな。あの人は自殺するような人ではないす。その石坂さんが自殺したっていうもんで、それで私は恐ろしいんだす」

眼球が飛び出さんばかりに大きく見開かれた目は、二村の恐怖の度合いを物語る。

「恐ろしいからといって、こんなふうに縮こまってばかりいたのでは、いつまで経っても危険は解消されませんよ」

「そんなこと言っても、下手に外動き回ったら、何起こるか分からねえすべ。あんたが言ったとおり、石坂さんの次に狙われるのは私であることは間違いねえのすから」

「それが分かっていて、どうしてじっとしているのですか。危険がじわじわ迫ってくるのを、手をつかねて待っているつもりですか。なぜ真実を話さないのですか」

「だけんど、あんたが考えるほど、簡単ではねえすよ。田舎にはしがらみやら何やら、私だけの問題ではすまねえことがいろいろあるのだからして」

「だから、じっと秘密を抱えているというわけですね」

浅見は嘆かわしい――と首を振って、「まったく同じですね」と言った。

「ん？　同じとは？」

「石坂さんも同じように、しがらみやら家族のことやらを慮《おもんぱか》って、秘密を抱えたまま死んでいったのです。自分にもしものことがあったらという、安全弁の備えをするひまもなく亡くなった。律儀で、人を信じる人柄が災いしたのかもしれません。二村さんも本質的には善人であるだけに、石坂さんの轍《てつ》を踏まないことを祈りたいのです」

「ははは……」

二村は乾いた笑い方をした。

「私が善人だなどと、誰も思ってくれはしねえすよ。秋田中の人間が私を悪人だと思っている。秋田県の恥さらしをしくさったと、虫けらみたいに指弾しているんだ。身内の人間だって、誰も相手にしてくれねえし、顔を合わせても声もかけねえす。おめえなんか、死んでしまえばいいと、口には出さねえけど、そう思っているんだすよ」

「そうですね、確かにそれは認めないわけにいかないでしょう。しかし、それは結果だけを見ているか、あるいは表面に現れたことだけしか知らない人たちがそう思っているのであって、真相はそれとはまったく違うはずです。鵜殿さんはどうしようもないとしても、本物の悪玉はほかにいるのであって、二村さんは決して犯罪者ではありません。少なくとも、事件に巻き込まれるまでは善意の人であったのです。秋田杉美林センターを秋田県の誇るべきニュービジネスだと信じて、勇躍、東京へ乗り込んで行ったのではありませんか？　地元湯沢から選《よ》りすぐりの大工さんを連れて行ったことに、僕はあなたの意気込みを感じるのです」

「んだ、んだすよ……」

二村は口走った。信じられないものを見るような目で浅見を見つめ、また「んだ、そのとおりだもんね」と言った。それから、畳の上にペタッと尻《しり》を下ろし、ちゃぶ台に載せた両手をぼんやり眺めた。彼の心の中で、何かの変化が起こっているのが分かる。

「さて」と、浅見は腰を浮かせた。

「僕はこれで失礼します」

「えっ、もう帰ってしまうんだすか」

「ええ、副知事から言いつかった用件は終わりました」

「いや、終わってねえすべ。私がこれからどうすればいいのか、それを教えてもらわねえことにはねす」

「それは簡単でしょう。あなたが真実を話すことです」

「話すって、警察にかい？」

「そうですね」

「それはだめだすよ。警察は向こうの都合のいいことばっかし調書にする。あらかじめ決まったシナリオがあって、それに合った部分だけを採用するのだす。それ以外は何を言っても信じようとはしねえのす」

「たとえば、どんなことですか」

「たとえば……知事さんだとか、議員さんが上京したときに金を渡したことなんかがそうだすな。それをいくら言っても、一つも信じてくれねえす。そのくせ、鵜殿社長が交際費や運動費の名目で金を持って行ったことはすぐに信じる」

「それは証拠の有る無しの問題ではないのですか」

「証拠？　証拠だったら、社長に金を渡した証拠だってねえすよ。仮払い伝票も切らねえことが多かったのだすから。ところが、そっちのほうは無条件で信じる。まあ、社長が悪いのは否定できねえすけど、しかし知事さんや議員さんのほうだって、現実に金を貰《もら》っていたことは確かだすべ。そっちのほうは信じねえというのは何かあるとしか思えねえすよな。裏で警察とつるんでいて、おそらくもみ消しているに違いねえす。だから、そのうちに、いくら警察で言っても無駄だと分かって、何も言わねえことにしたのだす」

「なるほど、警察に不信感を抱くお気持ちはよく分かります。それにしても、知事や議員が金を受け取っていたとは、僕が警察でもなかなか信じがたいかもしれません。何か証拠があるといいのですが」

「証拠なら、じつは、あるんだす」

「えっ、証拠があるのですか？　だったらどうして警察に提出しなかったのですか」

「大抵のものは提出しただすよ。しかし、いま言ったみたいに無駄だったのす」

「それはなぜなのでしょうか？　証拠として採用しなかったのですか？」

「分からねえす。とにかく、それについての話はぜんぜん聞いたことがねえすな」

「提出したのはどんなものですか」

「簡単な受領証みたいなもんだす。それは経理の帳簿や伝票類と一緒に渡した――っていうか、家宅捜索に来て、押収して行ったものの中さ入ってたんだすから、警察が知らねえわけはねえす。私の言ったことを裏付ける証拠になるはずだす」

「にもかかわらず、採用されていないということですか」

「んだ、どこさ行ってしまったかも分からねえのではねえすべか。そんなもんだで、決定的な証拠になるものは提出しねえことに決めたんだす。知事や議員さんたちに金を渡したことを証明しても、私の罪が消えるわけではねえすもんな」

「驚きましたねえ……」

浅見は溜《た》め息をついた。警察がなぜその証拠を無視しているのか、二村の言うことだけを聞いたのでは分からない。知事や議員の犯罪に対しては、水面下でひそかに内偵を進めている可能性はある。しかし、その逆に二村が言ったとおり、意図的にあるいは恣意《しい》的に証拠を隠蔽《いんぺい》してしまう可能性だって、絶対にないわけでもなさそうだ。

「とはいえ、二村さんのその決定的な証拠になる品は、まだ眠った状態で生きてはいるのですね」

「ああ、ちゃんとしてありますよ。いよいよとなれば、それを持ち出して、お偉いさんたちと刺し違えてやるんだ」

「しかし、持ち出しても警察が相手にしてくれないのでは、同じ結果にしかならないのじゃありませんか。それに、その品に証拠能力があるかどうか……さっき二村さんが言ったように、受領証や伝票類だけでは、あるいは難しいかもしれません」

「いや、そんなもんではねえすっよ。もっとはっきりしたものだす。それと、警察は相手にしてくんねえみてえだで、これからは警察にではなく、全国のマスコミに送りつけてやるようにしてあるのす。たくさんコピーを取って、私が消されても証拠は消えねえようにしてあるのす」

よほどの自信に裏打ちされていることなのか、二村の精彩のなかった顔が、いきいきとしてきた。

「その証拠の品を見せてもらうわけにはいきませんか」

「浅見さんにだすか？　んだすな、見せてもいいが……だども、いまはまだだめだすな。浅見さんのことを完全に信用していいものかどうか、分かんねえすもんな」

「なるほど、それもそうですね。では踏ん切りがついた時はいつでも呼んでください。すぐに飛んできますから」

「分かりました。そん時はよろしくお願いします」

「それまでは、いままでどおり、身辺に注意して、それこそ外出には気をつけてください。ただし、ときどきは換気をしたほうがいいですよ」

「ははは、そうするようにします。どうもありがとうございました」

最後は二村に笑顔が戻った。

2

二村のマンションを出て、車に戻ったときから、浅見は尾行に気づいていた。一見したところ、白っぽい何の変哲もない中型の国産車だ。相手の素性は分からないが、念のために交通違反にだけは気をつけた。

案の定、一キロほど走って、湯沢横手道路のインターチェンジへつづく道に入ったとたん、尾行の車が急接近してきて「前の車、ソアラ、停まって」とスピーカーが怒鳴った。

道路脇に車を停めると、四十歳前後と二十を過ぎたばかりと思える若いのと、二人の私服が降りてきた。年長のほうが軽く挙手の礼をして、「すみませんが、免許証を見せていただけますか」と言った。警察のマニュアルどおり、一応は慇懃《いんぎん》だが、むろん有無を言わせない。

浅見は運転席に坐ったまま、免許証を差し出した。

「東京の方ですね」

「ええ、しかしいまは仕事の関係で秋田市におります」

「湯沢にはどういった用事で？」

「ちょっと人に会いに来ました」

「人といいますと？」

「二村さんという人です」

分かっているくせに——と、浅見は苦笑しながら答えた。

「二村さんとは、どういった知り合いですか？」

「知り合いというほどのものではありません。今回が初対面ですし」

「ほう、初対面であんな立派な果物籠《かご》を持ってきたのですか」

「それを届けるのが用事でしたから」

「ふーん、浅見さん、お仕事は何をしているのです？」

「こういうことをしています」

浅見は免許証と引き換えに名刺を出した。「副知事秘書」の肩書は効果的だった。

「えっ、副知事さんの秘書さんだすか。これは失礼いたしました」

刑事はあらためて挙手の礼をし直した。

「いえ、とんでもありません。お役目ご苦労様です。刑事さんは湯沢署の方ですか」

「いや、彼は湯沢署の人間ですが、自分は県警のほうから来ております」

若いほうの刑事を指さしてから、名刺を差し出した。秋田県警刑事部捜査二課　巡査部長　坂本一男《さかもといちお》——。捜査二課は経済事犯の捜査に当たるセクションだ。

「しかし、秘書さんがまた何で二村さんに会いに見えたのですか？」

坂本部長刑事はベテランらしく、相手がたとえ副知事秘書であろうと、確認すべきところは、ちゃんと訊《き》いてくる。

「二村さんという人は例の秋田杉美林センターの事件の中心人物なのです。刑事さんならご存じでしょうけどね」

「はあ、もちろんそのことは知っておりますが」

「それで、副知事は実情がどうなっているのか、直接、二村さんに会って話を聞いてくるようにという命令です」

「なるほど。それで、何か参考になるようなことは聞けましたか？」

「いや、県警のほうでお聞きした以上のことは聞けませんでした」

「でしょうな。警察と検察でさんざん取り調べたあとですからね」

「はあ、二村さんもそう言ってました。もう話すことなんかないと。ところで刑事さん、二村さんを見張っているのは、やはり逃亡のおそれがあるからですか？」

「それもありますがね、今回のあなたのように、外部から接触してくる人物がいた場合に備えてのことです」

「あっ、そうですか。じゃあ、いま現在、二村さんのお宅に誰か訪ねて来ている可能性もありはしませんか」

「えっ、ああ、それはそうだすな。すぐに引き返します。どうもご苦労さまでした。どうぞ、事故のないように、気をつけて帰ってください」

刑事は三度目の挙手の礼で、浅見の車がスタートするのを見送った。

どんな場合でも警察の不審尋問を受けるのは気持ちのいいものではないが、今回は少し条件が異なる。ああやって警察が目を光らせているあいだは、なんとか二村の身の安全だけは守られるだろう。

県庁に戻って副知事室に行くと、望月世津子副知事は不在だった。確か今日は午前中に入庁式があって、午後は県の有力者との昼食会と市民ホールでの講演会があって、帰庁は夕方になるはずだ。

留守をいいことに、浅見が煙草に火をつけようとしたとき、ドアがノックされた。浅見はまるで喫煙を見つかりそうになった高校生のようにドキリとした。客は、浅見も顔だけは知っている亀井資之県議である。

「やあ、副知事はお留守かね」

亀井は気さくな調子で言って、「そうか、きみが副知事ご自慢の秘書さんですか」と笑った。

「浅見といいます」

名刺を差し出して挨拶《あいさつ》した。

「亀井先生のことは、石坂さんのご遺族からお聞きしています。秋美問題では石坂さんとずいぶんご活躍だったそうで」

「いやいや、大したことはできなかったですよ。それなりに頑張ったつもりだが……石坂君は気の毒なことでしたなあ」

沈痛な顔で首を振った。

「副知事に何かご用でしょうか？」

「ああ、いや、表敬訪問ですよ。近いうちに一席設けようかと思いましてな。おたがい忙しいので、なかなかお目にかかれないが、県政についていろいろご相談したいこともある。よろしくお伝えください」

「畏《かしこ》まりました。私も先生に秋美問題のお話をお聞きしたいと望んでおります」

「ほう、秋美問題をねえ……何か心づもりでもありますかな？」

「はい、すべてが明らかになったとは思えませんので、私なりに調べてみたいと思っています」

「ふーむ、そうですか、やりますか。それならわしももう一度、調べ直してみてもいいが、しかし、ほぼ出尽くした感がありますぞ。すでに裁判も始まっているし」

「それでも未解決の部分は残っているのではないでしょうか。百億円といわれる金の行方もはっきりしていないと聞きました」

「おっしゃるとおりだが、しかしあれはもうだめでしょうな……いや、とはいえ、その気になったのなら、ぜひ頑張ってくださいや。わしもできるだけのことはしますよ」

「ありがとうございます」

亀井を送り出すと、浅見は煙草を吸いに、知事室と副知事室の前にあるサロン風のホールに出た。ここにはゆったりした空間に、応接セットが八箇所に置かれ、知事に面会する客の順番待ちに使われたり、ときには記者連中の溜《た》まり場に利用されたりする。

浅見が入って行ったとき、四人の新聞記者が隅のテーブルを囲んで秘密めいた様子で話をしていた。四人とも、望月副知事へのインタビューなどで浅見とも顔見知りだ。浅見は軽く会釈して、入口近くに坐《すわ》り煙草に火をつけた。副知事室は禁煙というわけではないのだが、望月世津子が煙草を吸わないので、浅見も当然のように遠慮している。

記者の一人が席を立ってやってきた。丹澤賢《たんざわけん》という、地元紙「秋田S新聞」の古手の記者である。火のついた煙草を弄《もてあそ》びながら浅見の隣に坐り、ヤニ臭い口を寄せて「聞きましたよ」と言った。

「は？　何を、ですか？」

「へへへ……」

丹澤は品のない笑い方をした。

「副知事の秘書さんが、自殺者の娘とデートするのは、あまり感心しねえんでねすか？」

「えっ？……」

一瞬、何のことか分からなかったが、すぐに石坂留美子とスーパーに買い物に行ったときのことだと気がついた。

「ほう……」

浅見はニヤリと笑った。

「丹澤さんのところの記者さんも、ちゃんと張り込みをしているのですねえ。そのくらいしっかりやっていれば、いつかはきっと、真相をスクープできることでしょう」

「いや、おれが話を聞いたのは、うちの人間からじゃなくて、しかるべき筋だすよ」

「しかるべき筋というと、警察ですか。それにしてはデートだなどと、下司《げす》の勘繰りをするものですね」

「下司かどうかは、あんたがよく分かっているんでねえすか？　晩飯の買い物袋をぶら下げて、仲良く歩いていたそうだしな」

「ええ、それはそのとおりですが、こちらの警察では、そういうのをデートというのでしょうか。もしそうだとすると、誤認や早トチリは日常茶飯。他殺を自殺と言ったとしても不思議ではないのかもしれませんね。ただ、マスコミまでがそれを鵜呑《うの》みにするのはどうかと思いますが」

「なに？……」

丹澤は気色ばんだ。腹立ちまぎれに煙草を灰皿の底で潰《つぶ》して、「あちち……」と指先をズボンの尻にこすりつけた。

「秘書さんよ、ひとつ忠告しておくが、ここは秋田だ。あまりいい気になんねえほうがいいすよ。東京と同じようにゆくと思ったら、大間違いだ」

「東京と同じだなどとは思っていません。秋田の人たちは東京ほど汚れていないと思っています。汚れていないからこそ、ほんの一握りのワルに、いいように引きずり回される。人を信じやすいし、信じている自分の正しさも信じつづけていたいのです。放漫な県政や不祥事でさえ、おかしい、何かヘンだと思いながらも、知事や議員を信じていたい気持ちのほうが勝ってしまう。県職員のでたらめな飲み食いも、それで町の景気がよくなればいいじゃないか——ぐらいに、善意に解釈している。秋田杉美林センターの事件など、前々からうすうす怪しいと思っていながら、知事や県の肝煎《きもい》りでやっていることだし、銀行もバックアップしているのだから——と信じようとする。そうして、トコトン行き着くところまで行って、ようやく愕然《がくぜん》と、被害を受けているのは、当の自分たちであることを悟るのです。秋田杉美林センターが犯した罪の被害者は、欠陥住宅を売りつけられたユーザーはもちろんですが、むしろ、あの事件の結果、日本中から不信の目で見られ、嘲笑《ちょうしょう》を浴びせられた秋田県民なのですからね」

「ははは、あんたもよく喋《しゃべ》るなあ」

丹澤はのけ反るようにして笑った。日頃は控えめで、無口といっていいほどの副知事秘書が、これほど饒舌《じょうぜつ》だとは思わなかったにちがいない。

確かに、浅見もこんなに喋るつもりはなかった。しかし丹澤の黄色く濁った目や、ヤニ臭い息と一緒に吐きかけられる悪意に満ちた言葉に触発されるように、胸の奥からふつふつと湧き出すものが、そのまま言葉になった。

「だどもなあ、秘書さんよ。とにかくいろいろあったけどさ、事件は立件されて、鵜殿も二村もとっ捕まったし、知事も引責辞任したのだし、秋美問題は一応、片がついたと考えていいんじゃないのかねえ」

「ほう、丹澤さんは本気でそう思っているんですか」

「ん？　いや、それはまあ、細かい点をあげつらえば、何もかも片づいたとは言えないし、裁判と被害者への補償問題なんかはこれからだろうけどね。しかし大筋ではすでに終わったよ。うちだけじゃなく、各社そう思っている。それとも秘書さんは何か心残りでもあるっていうわけ？」

「もちろんです。たとえば、石坂修さんの変死事件はどうなのですか？　その前には、富田秀司さんの焼死事件というのもあります。そのいずれも、自殺として処理されていますが、それをそのままにしてしまって構わないのですか？　皆さん、本気で自殺だと思っているんですか？」

「驚いたすなあ……」

丹澤は大げさに手を拡《ひろ》げてみせた。

「あんたこそ、本気でそんなことを言っていんの？　あんなもの、どっちの事件も警察がとっくに解決して、いまじゃ新聞ネタにもならねえすよ。それとも何か新しい証拠でも摑《つか》んだというのなら、話はべつだけどさ」

「まさか……」

浅見は悲しそうに首を振った。

「証拠があれば、警察がとっくに立件しているでしょう。物的証拠はないけれど、自殺とするにはあまりにも不自然すぎると僕は思いました。二つの事件とも、それぞれ自殺で片づけてしまっていいものかどうか、丹澤さんはどうなんですか。ジャーナリストとしての長い経験のあるあなたが、何も疑問を感じることはなかったのでしょうか？」

浅見が言った「ジャーナリスト」という単語に、丹澤はピクリと反応した。濁った目の中に、ほんの一瞬、忘れていたものを見つけたような光が灯《とも》った。

「そりゃ、あんたに言われるまでもなく、事件が発生した当初は、ウチの社会部の連中だって、もちろん殺人事件の可能性も視野に入れて取材したさ」

それまでの揶揄《やゆ》するような態度とは違う、まともに対応する口調になっている。

「新聞にしろテレビにしろ、自殺よりは殺人のほうがセンセーショナルであることは確かだからね。しかし殺しを裏付ける材料は何も出なかった。警察の捜査結果を見ればそういうことになる。それを無視して、単なる野次馬根性で、面白おかしく書きたてるわけにはいかねすべ。少なくとも社会の木鐸《ぼくたく》である新聞としてはだね。うん、そういうことだな、うん」

自分の言った言葉に満足したのか、丹澤はしきりに頷いてみせた。「社会の木鐸」とは、世の人々を目覚めさせ、教え導く人——という意味である。転じて、ジャーナリズムの代名詞として使われることがある。

「なるほど、それで警察に妥協してしまったのですか」

「妥協？……そういう言い方はねすべ。それじゃまるで、警察の杜撰《ずさん》な捜査を容認したように聞こえるすな」

「そうではなかったのですか」

「当たり前でしょう。他社のことはともかくとして、ウチの社としては事実関係を正確に伝えるのをモットーにしている。憶測で、恣意《しい》的に事実をねじ曲げたり脚色したりするような真似はしねえすよ」

「それでは、結果的に警察や行政当局の発表を鵜呑みにすることになりますね。まるで御用新聞みたいです」

「御用新聞とはいやなことを言うね。それはあんたの言いがかりってもんだ。少なくともウチの社はちゃんと裏付け調査もしているよ。石坂修の家族にも取材して、彼らの言い分を聞いている。そりゃ、家族としては、亭主や父親が自殺なんかするはずはないと主張したいに決まってる。それはそれとして記事にしたが、説得力はないもんね」

「自殺の動機には説得力があったんでしょうか？」

「ああ、周囲の関係者は概して、自殺の動機ありとする者が多かった。もちろん、中には自殺するとは思えなかったと言っている者もいたが、それはどんなケースでもそうだ。現に自殺しちまったんだから、それに勝る説得力はねえでしょう」

「丹澤さんは、家族の人たちに直接、取材したのですか？」

「いや、おれは県庁詰めだから、せいぜい石坂修の上司や同僚だとか、周辺の人間に聞き込みをしただけですよ。家族や隣近所なんかには社会部の連中が当たっている。そいつらから話は聞いたが、警察の判断を覆すような事実は何も出なかったすな」

「富田秀司さんが焼死した事件についても、何も疑問はなかったのですか？　あの事件では、病院に駆け込んだ富田さんが、『やられた』と口走ったそうではありませんか。医師や看護婦は、それを聞いて、何者かに襲われたと思った——と言っていたはずですが」

「ああ、事件発生当初はそう言っていたけどね。しかし、調べが進むにつれて、彼らの証言もあいまいなものになった。最終的には聞き間違えかもしれないなんてことを言っているらしい。だいたい、富田は二週間も生きていたんだから、もし襲われたのであれば、犯人の名前や犯行時の状況について、何か言い残しそうなものだすべ。それが何もなかったのだから、警察の判断が正しかったということでしょうよ」

「富田さんの容体はどうだったのですか。病院に収容された時点以降も、意識はしっかりしていたのでしょうか」

「さあねえ、担当じゃねえから、そこまではおれは知らねえすけどね。どっちにしたって、死ぬまで警察がつきっきりでいて、結局何もなかったっていうんだから、それを信じるほかはねえですよ」

言いながら丹澤は気がついた。

「だけど浅見さん、富田の事件は石坂の事件とは関係ねえでしょう。何でそこに富田が出てきたわけ？」

「さあ？……」

浅見は返答に窮した。望月世津子のところに届いた脅迫状めいた手紙に、〔火達磨《ひだるま》自殺の男性、死亡〕という記事の切り抜きがあった——などと言うわけにはいかない。

「一種の勘みたいなものでしょうか」

「勘？……へへ、すごいね、あんた。神がかりみたいなことを言うな」

丹澤にまた、揶揄するような態度と口調が戻った。

「そんな、あんた、勘みたいなものだけで、せっかく収まった話を引っかき回して、あっちこっち波風を立てねえほうがいいすよ。秋美の一件では、県民は被害妄想みたいなものに罹《かか》って、神経質になってるからね。下手に騒ぐと、副知事さんの立場を危うくすることになりかねない。所詮《しょせん》、あんたは余所者《よそもの》だってことを、少しは考えたほうがいいんじゃねえのかな。騒ぐだけ騒いで、後は野となれ山となれで、東京へ逃げ帰っちゃうんでしょうが。そこへゆくと、おれたちには地元への思いがあるからね。おれたちの秋田をこれ以上、無責任に貶《おとし》めねえでもらいたいって気持ちがあるのよ」

余所者、無責任――という言葉が、浅見の胸にグサリグサリと突き刺さった。

丹澤は「県民」と言い、「おれたちの秋田」と言った。それも一つの郷土愛の顕《あらわ》れであることには間違いない。

それに対して、自分に「都民」とか「僕たちの東京」というような発想があるか――と問われれば、浅見はどう答えていいか分からない。かりにそういう発想があったとしても、たぶんそれは秋田県民の思いとはかなり異質なものだろう。

秋田杉美林センターが犯した「犯罪」に類するものは、東京ではそれこそ日常的に起きているかもしれない。さらにいえば、国家的プロジェクトの名のもとに行なわれる、無謀で強引な、ほとんど犯罪的ともいえるような公共事業が決定される舞台も東京である。

だからといって、東京の住人がそのことを東京の恥であるとか、都民や東京が貶められる――とは感じない。浅見自身がそうだ。為政者や行政官の関係した犯罪があれば、「東京の恥」という以前に「日本の恥」「日本人の恥」という思いが先にくる。

これは誇るべきものでも、自慢できることでも、じつはない。東京人の郷土意識の希薄さを物語るだけだ。

東京には皇居があり、国会議事堂があり、各省庁があり、東京タワーがあり、国技館があり、そして国家の中枢がここに集中している——といった「お国自慢」はあるが、そこで発生する犯罪を「郷土の恥」だとする意識はほとんどない。

そのことに、浅見は愕然《がくぜん》と思い至った。

3

退庁時刻を過ぎて、望月副知事が戻ってきた。今夜は珍しく予定が入っていない。職員の秘書との明日のスケジュールの打ち合わせが終わると、「浅見クン、食事付き合いなさい」と命令口調で言った。

残務の片付けが済んだのは七時近かった。佐藤が運転する公用車で、赤れんが郷土館通りにある西洋料理の店に行った。車を降りるときに望月は「佐藤さん、時間がかかるから、もう帰っていいわよ」と言ったのだが、佐藤は律儀に「いえ、お待ちします」と頑固に首を横に振った。運転手はボディガードも兼ねているというのが、彼の考えだ。

「それじゃ、なるべく早く食べてきます」

望月はあまり抵抗しなかった。

テーブルに着くと、店の主人が敬意を表して自ら注文を取りにきた。

「浅見クン、今日は割り勘だから、あなたは安いものにしたほうがいいわよ」

望月はそう言って、今夜の食事がプライベートなものであって、官費ではないことを店に対しても宣言した。

浅見は言われたとおり、ハンバーグ・ステーキの定食にした。対照的に望月はオードブルと三百グラムのステーキとサラダ、それにビールを注文している。もっとも、ビールはグラスを二つ頼んだし、料理が運ばれてくると、望月はウェーターに取り皿を頼んで、浅見にもちゃんと、お裾分けをしてくれた。

浅見は湯沢の二村和光に果物籠《かご》を届けたこと、それに、二村が何か証拠を隠しているらしいことを報告した。望月は「ふん、ふん」と無表情に頷《うなず》いてから、「ご苦労さん」と労《ねぎら》った。

それからしばらく、食事に専念して、ふいに顔を上げた。

「浅見クン、何かあったの？　浮かない顔をしてるけど」

「えっ、そうですか……」

浅見はギクリとした。丹澤と話したときから、屈託したものを引きずっていることは確かだが、それを見破られるとは思わなかった。

「いえ、大したことではありません」

「大したことであってもなくても、何かあるのなら言ってくれなきゃ困るわ。隠し事は絶対にしないでちょうだい」

「はあ……」

しばらく躊躇《ちゅうちょ》してから、丹澤とのやりとり——とくに丹澤の言った「おれたちの秋田を貶める」という言葉にショックを受けたことを話した。

「所詮、僕が余所者でしかないという事実は否定できません。僕が正義のつもりでやっていることは、じつは秋田県民のプライドや郷土愛を逆撫《さかな》でしているのではないかと、忸怩《じくじ》たるものがあります」

「だめよ、だめ」

望月副知事は男性的に、毅然《きぜん》とした態度で否定した。

「そういうことを気にしていては、結局、何もできないことになるわね。そんなことは最初から覚悟の上でなくちゃ。弱気になってどうするんです。私なんか、あっちこっちへ飛ばされて、その先々で白い目で見られたり、いろんな抵抗に遭ったけれど、余所者だからこそできることがあるのだ——と信じて押し通したわね」

「強いですね。僕のような軟弱な人間は、とてもそうはいきません」

「それはどうかなあ。浅見クンが軟弱だなんて、私は思わない。あなたは確かに優しいけど、優しいのと軟弱なのとは違うでしょう。あなたはただ、相手を傷つけることを恐れる人なのよ」

望月は少し思案して、言葉を繋《つな》いだ。

「私の知り合いに腕のいいことで評判の外科医がいたんだけど、奥さんが心臓病に罹ったとき、自分ではどうしてもメスが握れなくて、友人に依頼して手術をしてもらったんですって。彼はね、そのことを恥じて外科医を辞めて小児科医に転身しちゃったそうよ。それと同じで、秋田県が抱えている病巣は、秋田県民自身の手では切開しにくいものなのよ。誰かが傷つく、その誰かが身内かもしれないもの。だから、われわれ外部の人間が友人として手術に参画する。その動機はただの余計なお節介ではなく、優しさからくるものなんじゃないの。そのことを自覚して自信を持たなきゃだめ。もちろん、中には痛みを感じる人もいるでしょう。嫌われるかもしれない。だけど、それを恐れたり、遠慮したりしていては、とてものこと、手術なんかできっこないわ。手術が成功したとしても、たぶん、誰にも感謝されないまま、それこそ東京へ逃げ帰るようなことになるでしょう。その点、あなたには申し訳ないと思っている。私には曲がりなりにも副知事という名誉な称号が与えられているけれど、あなたは憎まれるだけの損な役回りですもの」

「いえ、そんなことは気にしていません。それよりもむしろ、僕が行動することで、望月さんに迷惑がかかるのではないかと心配しています。丹澤記者も、暗にそのことを匂わせていたのです」

「心配なんかしないでいいの。そういう脅しや牽制《けんせい》は一切、無視しなさい。いまさら言われなくても、着任してからこっち、私への当てこすりや厭味《いやみ》はしょっちゅうですよ。県議の人たちはとくに露骨ね。もちろん、その中にはあなたのことを中傷する嫌がらせもあるわ。若くてハンサムな秘書さんといつもご一緒で、結構ですな——とかね」

「なんてことを……」

浅見はカーッと、頭に血がのぼるのを感じた。顔が真っ赤になったのは、ビールのせいではなかった。

「ほらほら、そんな風に素直に反応しちゃうのは、江戸っ子の悪い癖ですよ。下手くそで品のないジョークを言われたぐらいに、聞き流すことね」

「それは分かっていますが……」

浅見はグラスの水を飲んだ。彼が逆上したのは、県議の品のない皮肉に怒ったためばかりではなかった。無意識のうちに望月世津子への思慕のようなものが形作られていることに、ふいに思い当たったためだ。

「とにかく、私への気遣いなんかは無用にして、あなたは自分の役割を果たすことにだけ専念すればいいの。私の任期だって二年か三年、長くても四年。あなたはせいぜい三ヵ月でしょう。事件が解決すれば、お役御免でいつでも東京へ帰れるわ。どっちにしても、秋田にお墓を作るわけではないのだから、誰に気兼ねすることなく、存分に行動してください。そのためのバックアップはいくらでもするつもりよ」

浅見は黙って頭を下げた。何か言わなければ——と思ったが、喉《のど》が支《つか》えて言葉が出そうになかった。

望月は嫌がらせや当てこすりのことを言ったが、浅見はそうでなく、暴力行為のようなものを想像している。まだ浅見の「捜査」は緒についたばかりだが、これが進展して核心に迫る域まで行ったとき、敵が黙って指をくわえているとは考えられない。現に、石坂修が殺されているのだ。しかもその前には、富田秀司が火達磨《ひだるま》になって——。

(富田の事件とは、いったい何だったのだろう?——)

浅見は急にそのことが気になった。

丹澤は富田の事件と秋田杉美林センターの事件とは、まるで無関係のように言っていたが、それは彼が望月世津子のもとに届いた脅迫状まがいの手紙のことを知らないからであって、あの「警告」がまったく意味のないものだとは考えられない。

レストランを出て、望月を官舎まで送ったあと、浅見も佐藤に宿舎まで送ってもらった。佐藤は来年、大学を受験する娘のことを話した。本人は東京の大学へ行きたいと言っているのだが、心配だという。

「浅見さんはどう思います？　東京の大学と秋田の大学と、どっちがいいすべか」

「それはもちろん、ご本人が将来、何をやりたいかにもよるでしょうけど、純粋に勉強したいという目的なら、環境としては秋田のほうがいいに決まってます」

「んだすべ、秋田のほうがいいすべ。自分もそう思っているんだす。それだのに、娘ときたひには、何が何でも東京だっつうもんね。んだば、あいつさ言ってやるべ。浅見さんがそう言ってたって」

「ははは、僕の言ったことなんか、ぜんぜん効き目はないですよ」

「んでねえす。親の言うことなんか、馬鹿にしくさって聞かねえすけど、副知事さんの秘書さんがそう言ったとなれば、説得力はぜんぜん違うんだす」

佐藤運転手は大満足で帰って行ったが、浅見にはまた余計なお節介を焼いてしまったような後悔が残った。

その夜、深夜に電話がかかった。兄の陽一郎からだった。

「メールに望月からのメッセージが入っていたのだが、きみのことを心配していた。いろいろ気遣いがあって、ストレスが溜《た》まっているようだから、励ましてやってくれと。どうなんだ、問題があるのか」

「ははは、大丈夫ですよ。問題なんかないのになあ。むしろ、望月さんのことのほうが心配です。議会なんかの風当たりが強いんじゃないかって。そういう場所には、僕の出番はないですからね。だけどあの人は強いなあ。僕が心配するより先に、そうやって僕のことを気づかってくれる。逆に迷惑をかけているんじゃないかって、そっちのほうが心配になりますね」

「そうか。だったらいいのだが、無理はするなよ。ミイラ取りがミイラになってしまっては困る……ははは、これはあまりいい比喩《ひゆ》じゃなかったな。ところで、そっちの状況はどうなっている？」

浅見はこれまでの経緯を説明した。

「明日からは、富田秀司氏の火達磨事件のほうを調べるつもりです。こっちのほうは最初から完全に自殺で処理されているので、詳細についてはオープンになっていないことばかりです。そっちにも報告が上がっていないかもしれないけど、何かデータがあったら送ってください」

「了解」

「それともう一つ、頼みがあるんですが」

「何だい？」

「能代署に川添という部長刑事がいて、彼だけが石坂修氏の事件について殺人事件の疑いを持っています。内々に僕への協力を約束してくれたのですが、署内で浮き上がって具合の悪いことにならないようフォローしてあげてくれませんか」

「ああ、それはいいよ。といっても、結果至上主義の世界だから、きみが事件を解決してしまえば、何の問題もない。終わりよければすべてよしということだ」

「いいでしょう」

浅見はいっそう、責任を痛感することになった。

第五章　敗北者たち

1

死んだ富田秀司の住所「川尻総社町」は秋田市の中央に近い、閑静な住宅地である。昭和四十年に町名変更される前は、「川尻総社前《まえ》・川尻総社後《うしろ》」といっていたところだ。川尻というのは、市内を流れる旭川《あさひ》の河口に近いから、その名がついたものと考えられる。

浅見が訪ね当てた富田家は、しかしその住所地にはすでになかった。板塀をめぐらせたかなり広い敷地を持つ邸《やしき》だが、空き家で、表札もはずされている。たまたま顔を出した隣家のおばさんに訊《き》くと、事件から間もなく、邸を売って引っ越して行ったそうだ。

「お葬式が済んだら、奥さんがさっさと不動産屋を呼んでいったよ」

おばさんは面白くもなさそうに言った。

富田は死ぬ一年前に父親を、その半年後に母親を相次いで亡くし、家族は久里子《くりこ》という夫人がいるだけだったはずである。

「どこへ引っ越したか、分かりませんか」

浅見は途方に暮れた様子を見せた。

「おたくさんは、どういう？……」

おばさんは警戒する目で、自分よりかなり身長のある浅見を、斜めに見上げた。

「お貸しした金を集金に来たのですが」

「んだかや、借金を踏み倒しただかや」

おっそろしく悪意のこもった言い方だ。どうやら隣近所との付き合いでは評判が悪かったらしい。浅見がそのことを言うと、「奥さんの評判は最低だったすよ」と言った。

「亡くなっただんなさんは優しい、いい人だったけどねえ。いつも奥さんに叱られてばっかしだったなや。大きな声では言えねえども、あれは奥さんにやられたんでねえべかと、噂する人もおったんだ」

「やられたとは、つまり、奥さんに殺されたという意味ですか？」

「そんたらことたば知らねえな。私が言ったんではねえすもんな。ただ、そういう噂があるっつうことだ」

「なぜそんな噂が流れたのでしょうか」

「そりゃ、だんなさんが亡くなれば、奥さんは大喜びだもんね。なんしろ、大変な資産家だったすもんな。アパートを三つも持っていて、親御さんの遺産やら生命保険金やらが入ったし。だんなさんの保険だって馬鹿になんねかったんでねえべか。それに、奥さんには男がおったしな」

「えっ、愛人がいたのですか」

「ああ、おったおった。ご亭主だって知ってたんでねすか」

「驚きましたねえ。そのことは警察も知っているのでしょうか？」

「もちろん知っているすべ。私だけでねく、この辺りの人たちたばみんな知っていて、警察さ話したんだもの」

「しかし、その人は事件とは関係がなかったのですね」

「んだすべな。アリバイがあったとか、警察ではそう言ってたみたいだすな」

ということは、警察も一応は殺人事件の捜査はやっているわけだ。

「それで、引っ越し先は分かりませんか」

「知らねえこともねえすけど……」

おばさんはしばらく思案した。見ず知らずの男にみだりに話していいものかどうか、一応、自問自答したのだろう。

「ちゃんとした住所だば知らねえけど、千秋《せんしゅう》　城下町《じょうかまち》さできた新しい億ションだっつうことは聞いたっだな」

「千秋城下町というと、千秋公園の近くですね」

地図で調べるとだいたいの見当はついた。久保田城跡＝千秋公園の東側にある町だ。その辺で「億ション」を訊けばすぐ分かるにちがいない。

千秋城下町は病院や官庁の出先機関らしい建物の多い静かな街だった。寂しいといったほうが当たっているかもしれない。聞いてきたとおり「億ション」と言うとすぐに分かった。まだ新しいタイル貼りの壁の美しい建物で、見たところ人気がまったく感じられないほど静かだ。戸数は三十程度はありそうだが、不景気がつづいているだけに、部屋はまだ完売していないのかもしれない。

一階ロビーに郵便受けがある。思ったとおり、半分近くに名前が入っていない。302号室に「富田」の名前があった。名字が変わっていないのが不思議な気もしたが、考えてみると、名字を旧姓に戻す必要はないわけだし、遺産相続の手続きや生命保険金の受け取りなどが済むまでは、籍はそのままにしておくものかもしれない。

ロビーから先のエレベーター・ホールへ進むドアはオートロック・システムになっている。ドアの脇に、オーク材でできた厳《いか》めしいテーブル状のパネル台があって、パネルに並んだ部屋番号の302のボタンを押すと、女性の声で応答があった。

「富田久里子さんですか？」

「そうですけど」

「望月副知事のお使いで参ったものですが、お邪魔してもよろしいでしょうか」

「副知事の？……」

意表をついたのだろう、二村のときと同様、少し長い沈黙があった。浅見はパネルに嵌《は》め込まれたテレビカメラを見つめた。先方にはこっちの姿が映っているはずだ。秋田に来てからというもの、浅見は仕事のときは常にネクタイを締め、スーツを着用しているが、さらに真面目そうな表情を装った。

「それじゃ、どうぞ」

富田久里子は愛想のない投げやりな口調で言い、カシャッという音がして、ドアのロックがはずれた。

さすが「億ション」と呼ばれるだけあって、建物内部の天井は高く、床や壁の仕上げには高級感が漂う。エレベーターも一流ホテルなみだ。各階の廊下はふつうのマンションのような開放型ではなく、嵌め殺しの窓の入った密閉型である。外の騒音もなく、エアコンもきちんと作動している。

金モールの入った重厚な扉の前に立って、インターホンを押した。「はい」と声が聞こえてからしばらく間があって、ドアを開けてくれた。

玄関は大理石の床で、その奥に絨毯《じゅうたん》を敷きつめたホールがある。ホールといってもせいぜい五、六坪だが、それでも浅見の部屋よりよほど広い。

富田久里子は沓脱《くつぬ》ぎの上で、両肘《ひじ》を抱くようなポーズを作って佇《たたず》んでいる。ふだん着にしては派手な、大きな花と蝶《ちょう》をプリントしたワンピースは、そういう知識のない浅見の目から見ても、たぶんイタリアのブランドものだ。年齢は確か四十五歳のはずだが、それよりはるかに若く見えるのは化粧のせいにちがいない。

「お邪魔します。こういう者です」

浅見は名刺を出し、手に下げたバラの花束を差し出した。

「副知事からお見舞いのお花をお届けするように、言いつかって来ました」

「ふーん、副知事さんからねえ……」

花束を受け取ったものの、久里子は不審そうに首をかしげた。

「どういうことなの？　お見舞いって、何のお見舞いなんですか？」

「もちろん、ご主人を不慮の災難で亡くされたことへの、ですが」

「主人の？　そんなの、もうずっと昔の話じゃないの。ばっかみたい」

「事件は二ヵ月以上も前ですが、副知事が着任したのは、つい最近のことです。副知事としては、ご主人の奇禍については、県にも少なからず責任があると考えているのです」

「へえー、そうなんですか。だけど、どういう責任があるの？」

「ご主人の事件の原因は、もともと秋田杉美林センターの事件に絡んだもので……」

「えっ……」

それまでの虚飾がはげ落ちたように、久里子はポーズを崩し、驚きの表情になった。浅見はそれを無視して言葉をつづけた。

「秋田杉美林センターは県が五十パーセント出資の第三セクターでしたから、自《おの》ずから県にも責任があるという……」

「ちょっと待ってよ。秋田杉美林センターがどうして主人の自殺と関係があるの？何か勘違いしているんじゃないの？」

「は？　いま奥さんは自殺とおっしゃいましたか？」

「ええ、そう言ったわよ。だって自殺なんだもの。自殺でなく事故だったら、保険金だってもっと多かったのに、警察は自殺って決めちゃったのよね」

「というと、奥さんは警察の判断にご不満なのですね」

「不満ていうわけじゃないけど……じゃあ、あんたは違うっていうわけ？」

「私よりも、奥さんとしてはどうお考えですか？　ご主人は自殺するような方だったのでしょうか？　あるいは、その頃のご主人には、自殺しなければならないような理由があったのでしょうか？」

「そんなこと、いまさら言われたって困るわよ」

「警察にもその点を訊《き》かれたと思うのですが、奥さんは何て答えたのですか？」

「そりゃ、まあ、最初は自殺なんかするはずがないって言ったわよ。だけど、警察にいろいろ言われると、やっぱり自殺なのかって思うしかなかったわけよ」

「警察はどんなことを言いましたか」

「だから、主人は自殺だろうって」

「先に自殺と決めていて、それを奥さんに押しつけ、納得させたのですか。それじゃまるで、保険会社とグルで、保険金の額を少なくするように協力したみたいですね」

「まさか、そういうわけじゃないでしょう。はじめはいろいろ調べたんじゃないの。だけどその結果、要するに、現場の状況やなんかから見て、自殺だと判断したみたいよ」

「それに対して、奥さんは不審に思わなかったのですか？」

「思うも何も、警察がそう決めつけるんだもの、こっちにはそれは違うと言えるような証拠もないし」

「遺書のたぐいはなかったのでしたね」

「まあ、遺書って言えるようなものはなかったわね。だけど、遺書がなくて自殺するケースは、結構あるっていうじゃない」

「それはそうですね。しかし、遺書がなくても動機ははっきりしているものです。ご主人が自殺したものだとして、動機は何だったのでしょうか」

「動機……」

久里子はグッと喉《のど》が支《つか》えたように黙った。

「遺書もなしに、警察が早い段階で自殺と決めたからには、何か有力な動機があったとしか考えられません」

浅見はジワッと催促した。

「動機は、だから、あれですよ、ノイローゼみたいなものよ」

「ノイローゼですか。警察もそれで得心したのでしょうか」

「得心かどうか、警察のほうがノイローゼだろうって言ったんだから」

「奥さんはどう思ったのですか。ノイローゼの原因があったのですか？」

「あったのでしょうね、きっと」

「そんなあやふやなことで、警察の言うままになっていいものですかねえ。もう一度お訊きしますが、ノイローゼの原因になるようなことがあったのですか」

「あったわ、あったのよ、私のせいよ」

やけっぱちのように口走った。

「奥さんのせい？　奥さんが原因ですか」

「そうよ、私の悪妻ぶりに嫌気がさしたんでしょう。金遣いは荒いし、浮気はするし、家事はろくすっぽしないし。こんな女を女房にしたら、あんただって死にたくなるんじゃないの？」

「いいえ」

浅見は平然と答えた。

「私は死にませんね。自殺は敗北です。逆に奥さんを追い出しちゃいます」

「ははは……」

久里子はヒステリックに笑った。

「そんな度胸も根性も、富田にはなかったってことよ。そうでなければ、あんたの言うとおり、とっくの昔に私を追い出していたんじゃないの」

「それは違うでしょう」

「違うって、何が？」

「富田さんは度胸も根性もあった人です。奥さんが、おっしゃったとおりの悪妻だとすれば、なおのこと、それにじっと耐えて、離婚もせず、追い出しもせず、逃げもせず、一緒に暮らしつづけた根性は男の鑑《かがみ》のように見上げたものです」

「ばかばかしい。そうじゃないわよ。私に別れ話も切り出せないような男に、根性なんかあるわけがないわ」

「根性はあったじゃありませんか。火達磨《ひだるま》になって、全身に火傷《やけど》を負いながら、ほとんど瀕死《ひんし》の状態で二キロもの雪の夜道を歩いて、病院に辿《たど》り着いた……なみの根性ではそんなことはできません。なんとかして生き延びて、事実を伝えなければならないという、その精神力だけだったと思いますよ」

話しながら、浅見には極寒の雪道を、蹌踉《そうろう》として歩いている富田秀司の壮絶な姿が思い浮かんだ。おそらく、聞いているほうにも、その思いは伝わるのだろう。久里子は寒そうに身を縮めた。

「やめてよ、気味が悪い。そんなの根性とはいえないわ。ただ死に切れなくて、助かりたい一心だったってことじゃないの。それより何より、富田は車の中にガソリンを撒《ま》いて火をつけたのよ。警察の検証でも、単なる事故じゃないことははっきりしているって、そう言ってたんだから」

「事故ではないでしょうね」

「でしょう？　だったらどうして自殺じゃないなんて言うのよ」

「自殺でもないのです」

「自殺でもないって、じゃあ……」

久里子は花束を落とした。真紅のバラの花びらが数片、大理石の床に散った。

「あ、あんた、主人は殺されたって言いたいわけ？」

「私が、というより、奥さんがなぜそのことをおっしゃらないのか、不思議でならないのですがねえ。事故でも自殺でもなく、ご主人は殺されたと、どうして警察にそう主張なさらないのでしょうか？」

「そんなこと……冗談じゃないわよ。私がそんなこと分かるはずないじゃないの。もし殺されたのなら、警察がそう言うでしょう。殺人事件のサの字も言わないんだから、殺された証拠がなかったってことだわよ。ただ、私にはその時刻にどこにいたかとか訊いていたから、ぜんぜん調べなかったわけじゃないみたいだわ」

「つまりアリバイ調べですね。奥さんにはアリバイがあったのですね」

「もちろんよ」

「奥さん以外にも、動機を持つ人物がいたのではありませんか？」

「知らないわよ、そんなこと。だけど、動機を持つ人物って、たとえば誰なの？」

「たとえば、奥さんの恋人とか」

「ははは、そうね、確かに動機はあるっていえばあるのかな。警察ももちろんそっちのほうも調べたわ。だけどちゃんとアリバイがあったわ」

言いかけて、浅見はあっ——と思い当たった。

「どうして……」

「なるほど、奥さんと一緒だったのですか。当然、それを証明してくれる人間がいたというわけですね。たとえばホテルの従業員であるとか……あ、失礼。お気を悪くしないでください」

「べつに気を悪くなんかしないわ。私の浮気なんか、主人にだって分かっていたことだもの。要するにそういうことね。それ以外に富田を殺す動機を持った人間なんて、いなかったってことでしょう」

「さあ、それはどうでしょうか」

「じゃあ、ほかに誰かいたっていうこと？　もしそうなら、警察が調べるでしょう」

「警察にもうっかりミスはありますから」

「ふーん、なんだかあんたにはそれが分かっているみたいな言い方ね。どこの誰が動機を持っているっていうの？」

「ですから、さっき言った秋田杉美林センターの関係です」

その名前に、久里子は微妙に反応する。聞きたくないことを聞いた——という不快感のようなものが、一瞬、眉根《まゆね》の皺《しわ》になって現れた。

「それが主人とどう関係するの？　主人が秋美と付き合いがあったとか、取引があったって話、聞いたことがないけど」

「奥さんは石坂さんという名前をご存じありませんか。秋田県庁の石坂修さんですが」

「県庁の石坂さん？……聞いたことがあるような気もするけど、でも、知りませんよ。その人がどうかしたんですか？」

「石坂さんはかつて、県庁内で秋田杉美林センターを担当していた人です。その石坂さんのところに、富田さんからの年賀はがきが届いていましてね。それもずいぶん親しげな内容でした」

浅見はありもしないことを言った。

「ふーん、そうなんですか……」

久里子の視線が宙を彷徨《さまよ》った。（何かあるのかな？――）と模索する顔だ。しかし無駄な試みだったらしい。

「じゃあ、その人が主人を殺す動機を持っていたんですか？」

不安げな目で浅見を見つめた。

「いえ、そうではなく、石坂さんがご主人の事件の真相を知っているかもしれない――ということです」

「だったら、その人に訊《き》いてみればいいじゃないですか」

「ええ、そうできればよかったのですがね。ところが、残念ながら石坂さんは亡くなってしまったのです」

「えっ……」

「それも、米代川で溺死《できし》していました」

「あっ……そうなの、あの人なの。テレビのニュースで見たわ。確か二ツ井町じゃなかったかしら」

「そうです、二ツ井です。その石坂さんも、ご主人と同様、警察は自殺だったとして処理しました」

「…………」

久里子は大きく目を見開いて、口を噤《つぐ》んだ。

「ご主人の遺品の中に、石坂さんからの手紙のようなものはありませんか。たとえば年賀状でもいいのですが」

「ないですよ。主人の物はみんな捨てるか焼くかしたもの」

後ろを振り向いて、大きく両手を拡《ひろ》げた。それから早口で「もういいでしょう」と言って、ドアのほうに手を差し伸べた。客に対して、ついに「お上がりなさい」のひと言もなかった。

2

秋田北署は千秋公園の西隣にある。四階建ての無表情な建物だ。あらかじめアポイントをとっておいたので、すぐに応接室に通してくれた。浅見の本職である「フリーライター」と違って、「副知事秘書」の肩書はこういうときにものをいう。

刑事課長は矢羽田《やはた》務《つとむ》という四十歳前後の警部で、ズングリした体型はいかにも柔道が強そうだ。浅見がそう言って水を向けると、照れたように笑った。

「大学時代はですね、国体の代表に選ばれたこともあるとです」

「あれ？　矢羽田課長さんは九州のご出身ですか」

「あ、分かりますか。だいぶ直したつもりでしたが」

矢羽田は熊本県の出身だそうだ。

「大学で同期だった女房が秋田の人間で、それに釣られて、自分も秋田にやって来てしまったとです」

「そうですか、南国熊本から北国秋田へですか。不思議なご縁ですねえ」

「まったくですなあ。最初の頃は寒いのと雪が多いので参りましたが、いまはもう、すっかり秋田の人間になったとです。住めば都とはよく言いよったもんです」

結論が出たところで、浅見は本題を切り出した。

「きょう伺ったのは、富田秀司さんの事件のことについてなのです」

「富田さんの事件というと、あれですか、車の中にガソリンを撒いて焼身自殺を遂げたという」

「ええそうです。じつは、副知事のところに妙な投書が舞い込みましてね、あの事件は自殺なんかではない——といったような趣旨のことが書かれていたのです。それで副知事が気にされて、どういう事件だったのか聞いてくるように言いつかりました」

「なるほど……自分は一ヵ月前に本荘署から転勤してきたばかりで、詳しいことは知らんのですが、確かあの事件は、県警本部主導で捜査した結果、自殺で処理されたのではなかったとですか」

「そのはずですね。ところが投書はそうではないと言っているのです。まあ、いたずらかもしれませんが、一応、念のために、当時の捜査経過を教えていただけませんか」

「分かりました。ちょっと待っとってくださいよ。当時の状況について詳しい者を呼びますので」

署内電話で部下を呼んだ。大迫《おおさこ》という部長刑事で、矢羽田課長の話によると、「事件」当時は捜査の実務面で中心的な存在だったようだ。

大迫浩之《ひろゆき》部長刑事は矢羽田より少し年長と思える小柄な男だった。客が副知事秘書で、用件が富田の「火達磨《ひだるま》事件」のことだと聞いて、かなり緊張した様子を見せた。

「どうなのでしょうか、投書に書かれたような疑問があったのでしょうか？」

浅見はなるべく柔らかな口調で訊いた。

「いや、そういうことはなかったです」

「そうしますと、警察が自殺と断定したのは当然だったわけですね。それにしては、なぜあのような投書が来たのでしょうか」

浅見が首を傾げると、大迫も「さあ……」と首をひねった。

「自殺の動機は何だったのですか？」

「夫婦間の問題だと思料されます」

「確か奥さんの浮気でしたか」

「そうです」

「しかし、そんなことで自殺するものですかねえ？　僕がその立場に立ったら、さっさと離婚するか、場合によったら奥さんを叩《たた》きだしそうな気がしますが。大迫さんだったらどうしますか？」

「そうですね。自分も同じだと思いますが、しかし人それぞれですので」

「遺書のたぐいもなかったそうですね」

「そうです。たぶん衝動的に厭世《えんせい》的な気分に陥って、自殺を図ったのではないかと思料されます。そのために死にきれず、病院に助けを求めたものではないでしょうか」

「なるほど……ところで、警察としては他殺の可能性については、まったく考えなかったのでしょうか？」

「いや、そんなことはないです。事故を含めて、一応、あらゆる可能性について捜査をしております」

「しかし他殺のセンは出なかったということですね」

「そうです」

「決め手は何だったのですか。つまり、他殺の可能性はないと判断するに至った理由ですが」

「それはあれです、聞き込みや事情聴取をした結果、交友関係等に富田さんに殺意を抱くほどの恨みを持つ人物がいなかったこと、また、問題の奥さんや愛人関係にあった人物にはアリバイ等があったこともありますが、それより何より現場の状況からそのように判断したと思われます」

「思われる——ということは、現場の状況判断には大迫さんは参加しておられなかったのですか?」

「そうです。自分は関係者の事情聴取や周辺での聞き込み等、もっぱら事件の背景に関するデータを収集する役割でしたから」

「そうしますと、現場の状況に関しては、主として鑑識の人たちが担当していたということになりますか」

「そうです」

「それらのデータを分析して、自殺の結論を得たわけですか。その結論を出したのはどなただったのですか?」

「………」

大迫部長刑事はチラッと矢羽田課長に視線を送った。こういう質問に答えていいものかどうか、問いかけたいのだが、矢羽田はそっぽを向いている。自分には関わりのない事件だ——と、その表情は語っていた。

「結論を出したのは捜査会議で、県警捜査一課長さんのご意見で纏《まと》まったと思います」

「どういう結論だったのでしょう?」

「殺人が行なわれたことを示す証拠が、現場にはなかったのだと思います」

「具体的に言いますと?」

「具体的には……そうですね、現場は火力発電所の敷地近くで、アスファルト道路がそこで行き止まりになっております。当時、現場付近にはまだ雪が消え残っていて、燃えた車の周辺の雪の上には足跡があったのですが、その足跡はいずれも富田さんのものばかりであったということです」

「えっ、燃えた車の周辺に雪があったのですか? 確か、車は全焼したと聞きましたが、周辺の雪は溶けなかったのでしょうか」

「もちろん、車の近くは溶けていましたが、少し離れたところから先には残っていたのです」

「どのくらい離れたところですか」

「それは、たぶん三、四メートルくらいではないでしょうか」

「その足跡が富田さんのものであると特定できたのですね」

「そうです。富田さんは足にも火傷《やけど》を負っておりまして、車から少し離れたところで靴や靴下まで脱ぎ、素足になっていたのです」

「あっ、なるほど……しかし、それ以外の足跡はぜんぜんなかったのですか」

「そういうことです」

「それはちょっとおかしいですね」

浅見はほとんど呆《あき》れる思いで言った。

「確か、その事件の際、大きな火の手が上がっていると通報があって、まず消防が駆けつけたのではありませんか？」

「そう、でした」

大迫は不安そうに頷《うなず》いた。

「消防自動車は何台だったのでしょう？」

「管轄の土崎《つちざき》消防署から消防車、救急車など合わせて四台が出動したと聞いております」

「四台に分乗して行ったとすると、署員の数は十数人程度でしょうか？」

「たぶんその程度だと思います」

「その人たちの足跡はどうだったのですか。まさか、はるか遠くから放水したわけではないと思いますが」

「実際には化学消火剤を使用しただけで、放水はしなかったそうです。消防が駆けつけたときには、すでにほぼ鎮火状態だったということでした」

「それにしても、まだ燻《くすぶ》っている車を見て、ぜんぜん何もしないとは思えません。現に化学消火剤を使用しているのですし、近づいて内部に人がいないかどうか確かめるとか、出火原因を突き止めるとか、十数人もの消防隊員が現場周辺を歩き回ったのではないでしょうか」

「そう、だと思います」

「それなのに、富田さんの裸足の足跡しかなかったと、どうして言えるのですかね？」

「いや、それはつまり、不審な人物のものと思われる足跡——という意味ではないでしょうか」

　応接室の空気は寒いほどなのに、大迫部長刑事の額には汗が浮いていた。

「その道路は、現場で行き止まりになっているのでしたね」

「そうです」

「そうすると、消防の四台はそこでUターンして帰路についたことになりますね。あるいはどこか脇道のあるところまでバックして方向転換をしたとか。さらにその後、警察の車が何台かやってきて、実況検分をしているのですから、道路上に足跡が残らないのは当然でしょう」

「いや、富田さんの裸足の足跡は、ところどころ消えてはいるものの、県道まで続いていたのです」

「それはもちろん、富田さんは意識がもうろうとして、よろけながら歩いていたのでしょうから、道路の端や、ときには道を外れた地面に足跡が残っていても不思議はありません。しかし、かりに何者かが富田さんの車にガソリンを撒《ま》いて放火したあと、別の車で現場から逃げたとしても、その後の車両の出入りを考えると、足跡どころか、タイヤ痕《こん》も残っていなくて当然ではないでしょうか」

「…………」

大迫は答えるすべを失った様子だ。

「いずれにしても、最初は一一九番で大きな火の手が上がっているという通報があって、消防車が出動し、さらに警察も出動したわけで、その時点では自殺にしろ殺人事件にしろ、警察には人身がからむような事件性があるという認識はなかったと思うのです。もしあれば、消防が出動する段階から、現場保存への配慮がなされていたはずですからね。曲がりなりにも事件性の疑いが出たのは、富田さんが駆け込んだ病院からの連絡があってからで、そのときには、とっくに消火活動は終了していたのではありませんか？」

「そうですね」

「それにもかかわらず、比較的早い段階で自殺と断定し、その理由として『足跡がなかったから』というのはおかしいですね」

「いや、それは、自分がそう思っているのであって、実際には何かほかの理由があるのかもしれません」

「たとえば、どのような？」

「それは、自分には分かりかねます」

大迫はいよいよ困惑している。

「自殺の結論を示されたとき、大迫さんは何も疑問を感じなかったのでしょうか？」

「若干は疑問に思いましたが、しかし、現場の状況がそういうことであるのなら、自殺なのかな——と考えました。とにかく、上の人たちがあらゆる面から判断して、そういう結論に達したのでありますから」

「大迫さんは聞き込み捜査に従事されたのでしたね。その聞き込み先で、富田さんには殺されるような怨恨《えんこん》関係はなかったとおっしゃったわけですが、それでは、自殺するような背景はあったのですか？」

「ですから、奥さんとの関係がうまくいってなくて、それで悲観したのではないかと」

「それは、さっきも話したように、本当にそんなことで自殺してしまうものかどうか、かなり疑問ではありますよね」

「それはまあ、そうですが……しかし、絶対にないとも言えないわけでして」

「それともう一つ、こっちのほうがもっと不思議でならないのですが、富田さんは病院に転がり込んだとき、『やられた』と告げているのでしたね。その点についてはどう判断されたのでしょうか？」

「その点については、自分もよく分かりません。お医者さんと看護婦さんがそう聞いたと言っていたのですが、聞き間違いの可能性もあるわけでして」

「何と言ったのを聞き間違えたのでしょうか？」

「それは分かりませんが、かりに事実そう言ったとしても、奥さんや愛人に対する当てこすりの目的だった可能性もあります」

「当てこすりやしっぺい返しをするのなら、もっとましな方法がありそうなものですが。たとえば、遺書を書いて、恨みつらみを並べ立て、それを公表するとかですね。

その遺書さえないのですから、どうもよく分かりません。第一、自殺を覚悟した人が、瀕死《ひんし》の重傷を負いながら、二キロも離れた病院まで、それこそ必死になって辿《たど》り着いたというのが、奇跡というより奇怪な話です。こういった疑問を、大迫さんはすべて納得されたのですか？」

「…………」

大迫はついに沈黙した。

「僕の印象を率直に申し上げると、どうも警察の捜査ははじめに自殺の予見ありきで、その結論に当てはまらないファクターはすべて無視するか否定してしまったように思えてならないのですが、いかがでしょう、矢羽田課長さんはどう思われますか？」

「えっ、自分ですか？……」

いきなりふられて、矢羽田は慌てた。

「いや、そう訊《き》かれても、自分は詳しい状況を把握しておらんので、何とも言えんとですなあ。とにかく前任者に訊いてみないことにはですね」

矢羽田の口からは、やはり常套句《じょうとうく》が出た。警察に限らず、役所が責任問題に触れるような質問に出会うと、かならず「前任者」と言い、その前任者を捜し出して訊くと、「過去の事実関係については発言する立場にない」などと逃げ口上を述べる。

「事件当時の刑事課長さんは、現在の勤務地はどちらでしょうか?」

「前任者は今回の異動を機に、すでに退官されたとですよ」

「えっ、そんなお歳だったのですか?」

「いや、まだそれほどの歳ではなかったのですが……樋口《ひぐち》さんはなんぼだった?」

矢羽田は大迫に訊いた。

「たしか四十五か六だったと思いますが」

「そんなにお若いのに……」

浅見は意外な気がした。

「退官された理由は何なのですか?」

「さあ、それは知らんですが、おそらく警備会社かどこかに引っ張られて、勇退されたのと違いますかな」

浅見は前任者の住所・氏名を訊いた。

「横手市大沢《おおさわ》、樋口保隆《やすたか》」

反射的に浅見の脳裏には横手の冬の風物詩である「かまくら」の風景が浮かんだ。

3

県庁に戻ると、秘書課の女性が石坂留美子から電話があったと伝えた。至急、ご連絡くださいということであった。

「ああよかった、ようやく摑《つか》まった」

よほど焦っていたのだろう、留美子は電話に出るなり、率直すぎる感想を発した。

「このあいだ、浅見さんが年賀状を調べていらっしゃったので、私もほかの手紙類やら父の遺品を整理してみたのです。そしたら、写真の入っている段ボール箱の中から、ちょっと気になるものが出てきたんです」

「ほう、何ですか？」

「写真のネガなんですけど、車ばかりが写っているんです」

「車がご趣味だったのでしょうか？」

「いいえ、写真はよく撮っていましたが、父に特別、車に趣味があるなんて、聞いたことがありません」

「どういう車が写っているのですか？」

「ネガですからはっきりしませんけど、ごくふつうの国産車みたいです。それも、むやみやたら撮ったようなものばかりで、構図も何も、ぜんぜん面白味がありません」

「なるほど……分かりました。これからお宅にお邪魔します」

時計を見ると、間もなく退庁時刻になるところだった。また食事どきにかかりそうなのが気になったが、悠長なことは言っていられない。その写真のネガに重要な意味がありそうな予感がした。

思ったとおり、石坂家では夕餉《ゆうげ》の支度を整えていた。キッチンのほうから旨《うま》そうな匂いが流れてくる。

浅見は写真を見るだけで、すぐに引き上げるつもりだったが、留美子は釘《くぎ》を刺すように「晩ご飯、食べて行ってくれるでしょう？」と言った。

「いや、今夜は失礼しますよ」

「だめですよ、そんなの。食べて行ってくれないのなら、写真、見せませんから」

「そんなわけの分からないことを……」

浅見は呆《あき》れて笑ったが、留美子は真顔である。

「分かりました。言うとおりにしますから、とにかくネガを見せてくれませんか」

留美子は奥の父親の部屋に案内して、部屋の中央に引っ張りだしてある梱包《こんぽう》用の段ボール箱を見せた。写真専用の整理箱といったところで、膨大な量の写真とネガが収まっている。それとは別に、デスクの上に置いてあったDP屋の袋を差し出した。フィルムメーカーの紙袋に「光映《こうえい》フォトラボ」と印刷されている。

「この箱の中に、これが入っていたのです。ほかのネガはどれも、袋の中にプリントした写真が一緒に入っているのに、これだけはネガしかないのです。そのこともちょっと気になりました」

袋に貼付《ちょうふ》してある受注票には『DNフィルム現像1本』と書いてある。ネガケースはどこのDP屋でも使っているようなものだ。開いてネガを明かりに透かして見ると、なるほど、車を写した画像ばかりである。それが、ピントもよくないらしく、妙に不安定な構図で、何かの枠の中に車が写っているようにも見える。

「これでは分かりにくいですね。とにかくプリントしてみましょう」

浅見が言うと、留美子は得意気に、

「そう言うだろうと思って、さっき浅見さんに電話する前、写真屋さんに持って行って、プリントしておいたんです。これ、できたてのホヤホヤです」

デスクの引出しの中から、もったいぶった手つきで、DP屋の袋に入った写真を出した。

「ははは、おとなをからかっちゃいけませんよ」

「あら、私だっておとなですよ。ちゃんと選挙権もあります」

「はいはい、分かりましたから、その写真を見せてください」

写真はいわゆるサービス判というタイプに紙焼きされている。プリント枚数は二十枚だった。二十四枚撮りのフィルムを使用したのだが、他の四枚は写りが悪かったようだ。いや、写りが悪いという点では、この二十枚のプリントすべてに共通している。その理由はすぐに分かった。写真はすべて、ルームミラーに映った後続車を撮ったものだった。「何かの枠の中」と見えたのは、じつはルームミラーの枠だったのである。スタンダード・タイプのテレビにワイドスクリーンの映画が映っている時のように、それぞれのコマの上下がカットされている。それも、ピントは遥《はる》かかなたの車に合わせているので、枠がぼんやりして何だか分からなかったわけだ。

停車中に撮ったものも多いようだが、中には走行中ではないかと思われる、ひどくブレた画像のものもある。ピントが手前のルームミラーに影響されて甘くなっているのもあった。ルームミラーを通して撮影したのは、後ろ向きになって撮影すれば、当然、相手に察知されるので、それを避けるためにそうしたのかもしれない。

撮られている車は同一車種、ボディカラーも白で、おそらく同じ車だと思われる。

「虫眼鏡、ありませんか」

留美子が持ってきた虫眼鏡で覗《のぞ》くと、写真の内の四枚は、かろうじてナンバープレートが読み取れた。「秋田55―ま―×××」である。警察所有のいわゆる覆面パトカーではないと思われる。乗っているのは運転している人物だけ。警察の尾行なら通常は二人ひと組で行動する。その点からみても、警察関係ではなさそうだ。

プリントには日付も印字されている。その日付を見て、浅見は驚いた。一枚目から十枚目の写真には「99―12―10」とあるが、次の十一枚目から十八枚目までは「99―

12―17」、十九枚目以降は「99―12―24」になっていた。

「お父さんは、かなり執拗《しつよう》に尾行されていたのですね」

浅見は言い、留美子も「ええ」と深刻そうに頷《うなず》いた。

「私たち家族の者には何も言ってないんですけどね」

「たぶんお父さんは、身の危険を感じておられて、ご家族を巻き込むことを恐れたのでしょう。そして万一のことを思って、証拠写真を撮りつづけていたと考えられます。プリントがここにないのは、ひょっとすると、相手にその写真をつきつけて、ストーカー紛《まが》いの行為をやめないと、告訴も辞さないと迫ったのかもしれません。いや、それとも……」

ふと思いついたことがあったのだが、浅見は言い淀《よど》んだ。

留美子は辛抱強く待っていたが、我慢できなくなったように「それとも、何ですか？」と催促した。

「えっ？　あ、いや、ほかにも何かあったのかな、と思ったのですが……」

「何かっていうと、どんなことですか？」

「そうですね……」

浅見は考えるふりをして、違う回答を用意した。

「ことによると、相手は証拠写真を突きつけられて、逆上して最後の強硬手段に出た可能性があると思ったのですが」

「ああ、そうですね、それはありますね」

そのときの情景を思い浮かべるのか、留美子の頬がひきつった。しかし、すぐにそれを否定する論理を発見したように言った。

「でも、父は日頃からすごく用心深くて、私たちにも身辺に気をつけるよう言ってましたから、自分が危険なところに出向いたり、危険な相手と会って、相手を逆上させるようなことはしなかったと思うのですけど」

「なるほど、それもそうですね……しかし、相手がもし信頼できる人物だったとしたらどうでしょう。その人に相談する目的で写真を見せたのだとしたら」

「ああ、そうですね。この前、親しい人物が怪しいって浅見さんがおっしゃったのは、そういうことだったのですね。でも、その人って、いったい誰なんですか？　ここに写っている車の持ち主でしょうか？」

「いや、それはないでしょう。その車の主は最も危険な人物だと、お父さんは思っていたはずですから」

「あ、そうか……ばかみたい」

留美子は自分を嗤《わら》って、頭を叩《たた》いた。

「それじゃ、誰なのかな？……」

またそこに戻って、救いを求める目を浅見に向けた。

「誰でしょうかねえ……」

浅見は彼女の視線をはずして、芝居じみた渋面を作った。彼の頭の中にはひとつの想定ができているのだが、それを留美子に悟られるのを恐れた。

「やっぱり、このあいだの年賀状をくれた人たちの中の誰かですか？」

「そうかもしれません」

「その相手が誰であろうと、とにかくその人が父の信頼を裏切って、父を殺したっていうことなのでしょう？」

浅見の韜晦《とうかい》を本能的に察知するのか、留美子は苛立《いらだ》たしそうに、舌鋒《ぜっぽう》鋭く言った。

「さあ、それはどうか分かりません」

「もちろん、その人が直接の犯人じゃないかもしれないけど、共犯者であることには変わりないと思いますけど」

「その可能性はありますね」

「なんだか、浅見さん……」

留美子は泣きだしそうな顔になった。

「……その人が犯人ではないって言いたいみたいですね」

「えっ、いや、そんなことはありませんよ。可能性はあるけれど、決定的ではないと言っているのです。単純に、短絡的に決めつけるのは最も避けるべきことです」

「それはそうだけど……」

部屋の中の空気が気まずいものになりかけたとき、留美子の弟が遠慮がちに「ご飯にしたらって、母さんが」と声をかけた。ドアを開けないのは、中の様子に気を遣っているからにちがいない。

「なによ佳一、遠慮しないで入ってくればいいじゃない」

留美子はわざと陽気に言って、ドアを開けた。写真の入った段ボール箱が部屋の真ん中にある情景は、彼が想像したような「いいムード」とはほど遠いものだったらしく、佳一は安心したように部屋に入り、段ボール箱の中を覗き込んだ。

「きみはどう思いますか、この写真」

浅見は佳一に例の車の写真を見せた。デスクの上に日付順に並べると、少年はすぐにそのことに気づいた。

「あっ、父さんは尾行されていたんだ」

「そうよ、それもかなり長いあいだだったみたいね。この写真の日付より、もっと前から尾行されていたって考えられるもの」

「そうだな。だとすると、こいつが犯人ってことか」

「そうは単純にいかないわよ。父さんがこんな危険なやつのところに、ノコノコ出掛けて行くはずがないじゃない」

留美子は最前の、浅見に食ってかかったときの彼女とは違って、冷静なことを言っている。佳一も「あ、そうだよね」と姉の意見に賛成した。

「だけど、父さんはこの車の持ち主が誰なのか、知っていたのかな？」

「どうなんだろ？　どうなんですか、浅見さん？」

姉弟の目が浅見の顔に向いた。

「知っていたか、あるいは少なくとも後で調べて分かっていたと思いますよ。僕たちも調べればすぐに分かることです」

「そうですよね。陸運局かどこかへ行って、ナンバーを調べればいいんですよね」

佳一は車に興味のある年頃だ。

「じゃあ、明日にでも調べましょう」

留美子が勢い込んだ。

「はい、それは僕のほうで調べますから、お二人は事件のことより勉強のほうに専念してください」

浅見は年長者らしい訓示を垂れたが、二人には受け入れられなかった。「だめですよ」と異口同音に言った。そのくせ留美子は「佳一はいいの」と押し止めた。

「中学生が出るべきところじゃないわ。あんたは来年、受験なんだから」

「そんなの、関係ないだろ。父さんの仇討《あだう》ちをする義務はおれにだってあるよ」

「ばかねえ、仇討ちなんて、時代劇じゃあるまいし」

「ばかとは何だよ」

険悪なことになりかかったとき、母親の彩代が「何をしてるの？」と顔を出した。

「ご飯だからって、呼びに行ったきりなんだから、もう」

「あ、いけね、忘れてた」

佳一が大きく口を開けたので、全員が笑ってしまった。それだけで他愛なく口論は収まり、和やかな雰囲気が戻ってきた。親子三人が客の浅見を挟むようにしてダイニング・キッチンへ向かった。

父親の奇禍は奇禍として、家族が寄り添って生きていこうとする健気《けなげ》さは涙ぐましいものがある。こういう家族があるいっぽうで、世の中では家族の崩壊だとか家庭内暴力だとかが頻発していることも事実だ。

少年たちの非行の原因を、家庭の不幸や貧困に求めるのは、必ずしも当たっていない——と、浅見はつくづく思う。むしろ、比較的裕福な中流家庭に育って、貧しさどころか、物質的欲求不満など知らないような子らが、自分の思いどおりにいかない場面に遭遇して暴発することが多い。耐える、辛抱する——といったことに馴《な》らされていない若者たちが氾濫《はんらん》しつつある社会なのだ。

食事はタラちり鍋と里芋の煮物だった。もうタラの季節も終わりますから——と彩代は心尽くしの献立を説明した。豆腐がしっかりした木綿豆腐で、味も濃厚なのが珍しい。浅見がそのことを言い、美味《おい》しいと褒めると、彩代は「そうでしょう」と嬉《うれ》しそうに自慢した。こういうのが本来の秋田の豆腐で、スーパーでは売っていないのだそうだ。

会話も弾んで、賑《にぎ》やかな食卓だったが、浅見の脳裏には時折、不愉快な雑音のような想念が過《よぎ》った。「写真を突きつけた相手」というフレーズから、ふと思いついた「相手」の素性のことが気になってならない。

石坂修が「ストーカー」の写真を証拠物件として持ち込んだ相手といえば、常識的には警察ということになる。警察が「親しい」相手かどうかはともかく、相談する相手としてはイの一番に警察のことを想起しそうなものであった。プリントが一枚も残っていないことは、全部を警察に提出したと考えれば説明がつく。

しかし、そう仮定することは、そのまま警察が事件に関わっているという推論に繋《つな》がりそうだ。まさか——と思うし、あってはならないことだ。しかし、それだけに一種の盲点だったともいえ、留美子などは最初から考えの外に置いていたともいえる。

埼玉県上尾《あげお》警察署の例もある。かりに警察が事件に関与していなかったとしても、石坂修から持ち込まれた写真を無視して、相談を放置していたことは十分、ありうる。その責任があるから、口を拭《ぬぐ》って知らん顔をしているのかもしれない。
いずれにしても、浅見にとっては最も望ましくない、不愉快な想定であった。

4

石坂修を尾行した車の所有者は、秋田市南通亀の町《みなみどおりかめのちょう》の「千秋プロモーション」という会社だった。定款にある営業内容は「宣伝広告物の企画・制作、各種催事の企画運営、タレント等の斡旋《あっせん》、物品の製造・販売、およびこれらの事業に係《かか》わる業務全般」となっている。表向きはべつにどうということはないが、調べてみるといわゆる興行会社を装った暴力団関係の企業であることが分かった。

浅見は能代署の川添義博部長刑事に電話をして、そのことを伝えた。川添は浅見が石坂家を調査したことだけならともかく、石坂が尾行者を撮影したフィルムが発見されたと聞いて、相当なショックを受けたらしい。素人にそこまでやられては、専門家としての沽券《こけん》にかかわる。しばらくは言葉を失ったのも無理はない。

「事実上、自殺と断定されているにしても、新たに事件性の疑いのあることを証明する材料が出た以上、警察としても捜査を再開せざるをえないと思うのですが、いかがでしょう？」

浅見は電話の向こうにある沈黙に語りかけた。

「は？　ああ、それはまあ、そのとおりでありますが……」

川添は当惑ぎみに言い淀《よど》んだ。中間に浅見という人物が介在することを、上層部は歓迎しないだろう。川添はそのことを思い悩んでいるにちがいない。

「それでですね、僕から写真を持ち込むのは具合が悪いので、石坂さんのご遺族が偶然、遺品の中にそういう写真があるのを発見し、川添さんのところに送り届けたことにするのはどうでしょうか」

「ああ、それだば問題ねえすね。石坂さんのお宅の人とは、身元確認をしてもらったとき以来、自分が事情聴取などで付き合ってきましたのでね。しかし、それでもって捜査が再開されるかどうかは、はっきりしたことは言えねえすよ」

「どうしてですか？」

「どうしてって訊《き》かれても困ってしまうのだが、警察つうところは、まんず、そういうもんだつうことですな」

急に年寄りじみた声になった。

「ははは、川添さんがそんな消極的なことをおっしゃっては困りますね」

浅見はわざと笑ってみせた。

「えっ？　ああ、いや、自分はちゃんとやりますよ。たとえ上のほうがやめろと言ったとしても、とにかく一応、調べてみるつもりです」

消極的——と言われたことに反発するように、川添は気張って言った。

その日のうちに石坂留美子から能代署気付で川添宛に写真が送られた。警察がそれをどのように処理するかで、浅見の今後の方針は決定するはずだ。よもや、握りつぶすことはしないだろう——と、浅見はひそかに祈った。

その一方で、浅見は富田秀司の「火達磨《ひだるま》」事件を調べるために、「K」病院に須永医師を訪ねた。須永は四十歳前後、色白で長身の真面目そうな外科医だ。浅見の名刺を見て、「副知事さんの……」と驚いた。

外来の診療時間を過ぎていて、人けのない待合室のベンチで話を聞くことができた。

須永は富田の事件では、警察はもちろん、マスコミの取材攻勢に遭って往生したそうだ。あれから日にちが経過して、ほとぼりが冷めたかと思っている矢先の浅見の訪問だったことになる。「まだ何か?」と、迷惑そうな表情を露骨に見せた。

「じつは、事件直後の新聞に、富田さんがこちらの病院に駆け込んだとき『やられた』と言っていたと書いてあるのを見ました。そのときは、あ、これは殺人事件なんだな——と思ったのですが、ところがその後の新聞では、細かい捜査状況を抜きに、いきなり『自殺』で処理されたと報じられて、事件は解決してしまったようです。警察で訊くと、富田さんがそのようなことを言ったという証拠はない。病院側の聞き違いではないかと言っています。真相はどうだったのですか？」

「………」

須永は黙って、浅見の名刺を眺めている。副知事秘書の肩書を持つこの男が味方なのか敵なのか、どう対応すべきかを思案している顔だ。

「おそらく、須永さんは警察の措置に対して不満を抱いていらっしゃるのではないかと思ったのですが」

「は？……」

思わず視線を上げて、浅見を見た。

「いや、もし富田さんが本当にそういうことを言ったのだとしたら、須永さんが警察に話したことは無視されたわけですから、ご不満に思って当然でしょう」

「当たり前です。私がなぜ嘘を言う必要があるのですか」

「そうでしょうね。僕もそう思い、いったい警察はなぜ須永さんの貴重な証言を無視したのか、そのことに疑問を抱いたのです。そこであらためてお聞きするのですが、富田さんのそのときの様子や話したことからみて、何者かに火をつけられたという印象は間違いのないものだったのですね？」

「もちろんそうですよ」

須永は気持ちの踏ん切りがついたのか、吐き捨てるように言った。

「誰だってそう感じたでしょう。現にうちの看護婦も同じように思ったと言ってましたからね。しかし警察はそんな事実は考えられないと言うのです。現場の状況からいって、自殺以外の何物でもないというわけですよ。かりに富田さんが『やられた』と叫んだとしても、それはおそらく、錯乱状態で口走ったものだろうというのです。しかしですよ、二キロもの雪道を歩いて辿《たど》り着いた人が、ただの錯乱状態であったとは考えられないじゃないですか。富田さんは何とかしてその事実を誰かに伝えたかったにちがいないのです。しかも、富田さんはそのとき『やつらに』というようなことも言っていたのです。これは『やられた』と言ったほど、はっきりとは聞き取れなかったが、私には確かにそう聞こえました」

「やつらに――ですか」

「そうです。しかし警察はそっちのほうはまったく取り上げなかった。看護婦だってそう証言したはずなのに、警察は無視してしまったんです」

須永は強調した。

「須永さんがその話をした、相手の刑事さんの名前は分かりますか」

「さあ、いろんな刑事に話しましたからね。名前まではいちいち憶《おぼ》えてません」

「所轄署、秋田北署の刑事ですね？」

「そうだと思いますが、分かりません。こっちとしては、警察の人間なんて、どこの所属か分からないし、私服の刑事だと、階級も区別がつきませんからね。若いのもいたし、かなりの年配の人も来ました。そういえば、中の一人は『課長』って呼ばれていたから、偉いさんだったのかもしれません」

「課長……刑事課長も直接、事情聴取に来たのですか」

「課長と呼ばれていただけなので、刑事課長かどうか知りませんが、もしそうだとしたら、直接話しましたよ。部下の刑事が調べたことを確認しに来たような印象でした」

「その課長にも富田さんの『やられた』のことはおっしゃったのですね」

「もちろん言いましたよ。その課長はちゃんとメモを取っていました。だから、その後になって、私の証言が無視されたときにはびっくりしました」

「なぜ無視されたとお考えですか？」

「分かりませんよ、そんなこと。さっきも言ったとおり、聞き間違いだとかいうことらしいが、私だけならともかく、看護婦だって一緒に聞いているんだから、間違えるはずがない。それを、確かめようともせず、その後も何も言ってこないし、警察なんてところは信用できませんね」

須永医師はまるで目の前にいるのが警察の人間であるかのように、きつい口調で言い、そっぽを向いた。

警察批判を聞くと、浅見はわがことのように身の縮まる気持ちがする。浅見も決して警察ベッタリの人間ではなく、むしろ批判的であったり不満を抱いたりする場合のほうが多い。しかし、兄の陽一郎が警察庁幹部である以上、心のどこかに身内意識のようなものが働いていることは否定できない。警察はつねに正義であってもらいたいし、国民のほとんどが警察の正義を信じているはずだ。

しかし、少なくとも、こと「火達磨」事件に関するかぎり、警察の対応には疑惑を抱かざるをえない。これまでに知りえたさまざまな状況からみて、あまりにも早すぎる「自殺認定」だ。車の周辺に犯人のものと思われる足跡が発見されなかったからという理由には無理がある。そして富田の「やられた」という悲痛な叫びを無視してしまったことも不可解だ。やはり、浅見が秋田北署で言ったとおり、「はじめに自殺の予見ありき」が当たっていたとしか思えない。

帰路についたソアラの中で、浅見はすっかり落ち込んでいた。どう贔屓目《ひいきめ》に考えても、警察の捜査は疎漏である。いまとなっては、せめてそれが意図的なものでなければいいが——と願うほかはなかった。

しかし、翌日、川添部長刑事の報告がもたらされると、浅見の危惧《きぐ》はますます動かしがたいものになった。

川添は、留美子から写真が届いたことと、その写真を手に、署長と刑事課長に談判に行った経緯を話した。ところが石坂を尾行する車の写真という、かなり有力と思われる新しい証拠が出たにもかかわらず、石坂修の「自殺」事件について、警察は捜査本部を設置するどころか、再度、捜査を行なうこと自体に、きわめて消極的だというのである。そのことを川添は苦渋に満ちた口調で報告した。

「どうもこうもねえすよ。自分がこんなことを言うのは、天に唾《つば》するようなもんだけど、警察の体質は救いがたいものがあります。課長も署長も、いまさら意味のねえことをするなって。仕方ねえので、自分だけでも任意で捜査をさせてくれと頼みました。そうしなければ、石坂さんのご家族に説明がつかねえと言ったのです」

それでなんとか、聞き込み調査に行くことだけは認められたという。

「なんでしたら、僕もご一緒しましょうか」

浅見は提案したが、「いや、それはまずいです」と断られた。

「民間の方と一緒に捜査をするわけにはいかねえすよ」

専門家である警察官としての矜持《きょうじ》があるということなのだろう。

その結果報告は次の日の夜、浅見の帰宅を見計らったような電話で、もたらされた。

「妙なことになってきました」

のっけから、川添は緊張感のある声で言った。

「例の車は確かに千秋プロの所有であることは間違いねえのだが、それを運転していた人間が、車ごと行方不明だというのです。岩田一《いわたはじめ》という二十二歳のチンピラみたいなやつだそうですが、写真の日付の頃は、そいつが運転手役を務めていたから、石坂さんを付け回していたのは岩田だろうと言ってます」

「いつから行方不明なのですか？」

「それがですね、どうも気に入らねえのですが、昨日かららしい」

「昨日？……」

浅見は思わず聞き返した。

「んだすよ、昨日から車ごと姿が見えねくなって、今日になっても、夜になるまで待ったが連絡が取れねえと言ってます。これ、どう思いますか？」

「川添さんが動いたとたんに行方不明というのはおかしいですね」

「んだすべ。自分もそう思います。こんなことは考えたくもねえすけんど、署の内部の誰かが、千秋プロに通じておるんでねえかと疑って疑えねえこともねえすな」

「つまり、逃がしたと？」

「まあ、んだすな。しかし、ただ逃がしたのであればいいのだが、相手は暴力団みたいなもんだから……」

「消されますか」

「ああ、そういうこともあるんでねえべかと思いますよ」

（なんてこった――）と、浅見は舌打ちをしたい心境だった。

「その岩田が石坂さん殺害の犯人かどうかはともかくとして、千秋プロが事件に関与していることを示す、生き証人であることは間違いありませんね」

「んだすな、間違いねえすな」

「なんとか、殺されないうちに確保できないものでしょうか」

「うーん……難しいですなあ。事件性がはっきりしたつうわけでもないし、まして容疑者扱いをすることもできねえすから、指名手配するわけにもいかねえす。それに、すでに殺《や》られちまったかもしんねえす」

「どういう素性の人物か、調べることはできますか」

「それは明日、やるつもりだす」

その結果を待つしかない。

5

その翌日、浅見は横手市に樋口保隆を訪ねることにした。

樋口家のある横手市大沢は、北上線の踏切を渡った辺り。東側に奥羽山脈の山裾がなだらかに迫っている集落だ。この辺りはほとんどが果樹園と水田の農業地帯で、とくに近年は巨峰の産地として知られている。樋口家も水田と少しばかりの果樹園を営んでいる農家だった。

庭続きの畑に年老いた女性がいて、訊《き》くと樋口の母親だという。

「息子は田んぼのほうさ行ってでら」

田植えに備えて、代掻《しろか》きという作業が始まっているのだそうだ。まもなく昼食どきなので戻ってくるという。

浅見は母親に勧められるまま、縁側に腰掛けて待つことにした。母親はお茶と「ナタ漬」という、大根をナタでぶつ切りにして、麹《こうじ》で漬けた漬物を出してくれた。大きな丼鉢に山のようにしたのを、母親が箸《はし》を使って浅見の掌《てのひら》に載せてくれた。これがじつに美味で、お茶を飲みながら、いくらでも食べられそうだ。いや、実際、手の上の一片を口に入れると、すぐに次の一片を載せてくれる。どうやらそんなふうに際限なくサービスするのが、この地方の風習らしい。

「のどかで、いい所ですねえ」

「んだすべ、カモシカもクマも出る所だす」

「息子さんは警察の刑事課長さんまで出世されたのに、急にお辞めになってしまったのだそうですね」

　茶飲み話のように、さり気なく訊いた。

「んだす、まんつ急なこんだもんねえ。まったく何を考えているのか分からねえす。うちは大した田んぼがあるわけでもねえし、トラクターも新しいのを買ったし、農繁期はアルバイトを頼めるし、お父さんと二人で、まだまだ大丈夫だって言うのになす」

「ああ、それじゃ、おうちの農業を手伝うためにお辞めになったのですか」

「本人はそう言ってるだけんど、それは違うんでねえすべか。警察で面白くねえことでもあったみたいだなす」

「何か、そういう話をなさったのですか」

「話はしねえすけど、聞かねえでも分かるすべ。東京の大学まで出て、警察が好きで入って、二十何年も勤めて、課長さんにまで昇進したというのに、突然辞めるって帰ってきて、何もわけを話さねえんだもの、何かあったにちげえねえすべ」

　ライトバンが庭先にあるソアラを避けて停まった。老人と中年夫婦が下りてきた。母親は「保隆にお客さんだ」と言い置いて、奥へ行ってしまった。

　樋口保隆はがっしりした体型の、いかにも農村の男――といったタイプで、日焼けした顔に真っ白な歯が印象的だ。

「自分に用事ですか？」

見かけない都会的な雰囲気の客に、いくぶん警戒感を見せながら近づいた。老人と
樋口夫人は、軽く会釈して水屋のほうへ回って行った。

浅見は例によって副知事秘書の名刺を出した。樋口は洗っていない手をズボンの尻《しり》で拭《ぬぐ》ってから、名刺を手に取った。

予想もしない相手だったにちがいない。樋口は「ほう……」と驚いた表情を見せて、自分も縁側に坐《すわ》った。

「どういう用件ですか？」

二人のあいだには漬物の丼鉢があるから、遠目には団欒《だんらん》のひとときのように見えるかもしれない。

「富田秀司さんが焼身自殺した事件のことで、お訊きしたいことがあって伺いました」

「えっ……」

樋口は奥の様子を窺《うかが》って、「歩きながら話しませんか」と縁側を離れた。

建物の脇から裏の傾斜地へ登って行く小道がある。樋口は先に立ってどんどん歩いた。その勢いだと、奥羽山脈にまで登るつもりかと思いかけたとき、ふいにピタリと足を停め、振り返った。

「その事件の何を訊きたいか知りませんが、自分はすでに退官した人間です。何も話すことはないですよ」

「たぶん、そうおっしゃるだろうとは思っていました。後任の矢羽田課長は前任者に訊いてくれと言ってましたしね。そうやって責任をタライ回しするのは役人の悪い癖です。しかし樋口さんは、いま言われたように、すでに退官なさった自由人ではありませんか。ご自分の良心に従ってお話しすることに、躊躇《ちゅうちょ》は必要ないと思いますが」

「躊躇ではないのです。その職にあったときに知り得た事実に関しては、たとえ職を退いたとしても秘密を守らなければならない。いわゆる守秘義務がありますからね。自分はそれを履行するのみです。以上が自分の話せる限界ですな。申し訳ないが、昼飯を食って、すぐに仕事に戻らなければならないので、これで失礼します」

「ちょっと待ってください」

五、六歩行きかけた樋口の背中に、浅見は少し声を荒らげて怒鳴った。

「いったい誰のための守秘義務ですか。警察内部の、それも秋田県警内部の醜悪な部分を守るための義務ではないのですか。それを樋口さんは正義と信じて行なうのでしょうか。本当に守らなければならない国民の負託に応《こた》えるのが真の正義ではないのですか。それを踏みにじってもなお、ちっぽけな守秘義務にこだわるというのでしょうか。あなたは刑事課長の地位を捨てたことで、ご自分なりに正義感を貫いたつもりかもしれませんが、それは正義どころか敗北でしょう。それでは何も変わりはしない。むしろ樋口さんのような正義の人がいなくなった分、事態は悪くなる方向へ向かってしまいます」

樋口は足を停め、浅見の前まで引き返してきた。両手の拳《こぶし》を握りしめ、目は異様な輝きを浮かべている。(殴られるかな――)と思ったが、そうではなかった。

「あんた、浅見さんていったかな。あんたの言うとおりですよ。自分は敵前逃亡した負け犬です。不正を見聞きしていながら、何もできない自分と、そういう、人間をスポイルするような環境に嫌気がさして警察を辞めた。そのことは事実として認めますよ。しかし、だからといって、後足で砂をかけるような真似はできない。それは正義とかそういったレベルとは関係のない、自分なりの生き方の問題だから、あんたに何を言われようと、罵《ののし》られようと変えるわけにはいかないのです。分かってもらえなくても、仕方がないです」

「いや、分かりますよ、そのお気持ちは」

浅見は慰めるように言った。

「あなたは警察を愛した。いや、いまだって愛しているに違いありません。その愛する警察が汚濁に塗《まみ》れ、頽廃《たいはい》してゆくのを見るにしのびないのでしょう。ご自分がそういう警察の構成員として生きていることが辛《つら》くなった気持ちは分かります。しかし、だからといってそこから抜け出てしまっては、何も変わりません。それに、警察に疑問を抱きながら、それでも真っ当な警察官として生きていこうとしている人々は沢山いるじゃないですか。とくに若い警察官にはまだ何の疑問もないでしょう。その人たちは、あなたのような正義感あふれる先輩を失って、この先、いったい誰に何を学べばいいのですか」

「………」

樋口は沈黙した。彼の目は浅見の頭上を通り越して、背後の山々に向けられている。その視線を追って、浅見は振り返った。はるかな山頂付近に、まだたっぷりと雪を戴いた山々である。この地に生まれ、この地に育った樋口にとって、半世紀近くのあいだ、ほとんど変わることなかったであろう、故郷の悠久の風景である。

「自分に何ができるというんです？」

樋口は絞り出すような声で言った。

「警察という組織は確かに強い。しかし個々の警察官は無力ですよ。警察というバックがあるからこそ、市民に対してはとてつもない力を発揮するが、組織に向かっては何もできない、ただの飼い犬です。いや、組織に歯向かうことができないように、最初に刷り込まれているロボットというべきかもしれない。組織のやることに疑問を感じても、それに抵抗するどころか、修正を試みることも許されないようにできているのです。そうして、いつの間にか、自分も組織の一員として、中枢の思いのままに動いている。気がつくと、警察の不正行為に取り込まれて、アメーバーの触手のようなことをしている。いや、そのことに気づかないままそうしている場合のほうが多いかもしれない。悲しいことだが、それが現実です」

樋口は本当に悲しいにちがいない。いまにも泣きだしそうに顔を顰《しか》め、しきりに首を振っていた。

「いまからでも遅くはないでしょう」

浅見は自分よりはるかに年長の樋口に向かって、諭すように言った。

「いや、自由な身となったいまだからこそ、樋口さんにはなすべきことがあるのではありませんか。樋口さんでなければできないことだと思います」

「要するにあんたは、内部告発をすべきだったと言うのでしょうな。いや、遅まきながらそうしろということですか。しかし自分にはそれはできない。そうでなくても警察への批判が高まっている中で、これ以上、わが秋田県警察に対する市民の信頼を失わせるようなことは、自分にはできないですよ。なんと言われようと、それはできない」

浅見に対してというより、自分に対して宣言するように、何度も繰り返して言って、樋口はふたたび歩きだした。

「樋口さん自身が警察を告発する必要はありませんよ」

浅見は樋口に追随しながら、言った。

「それに、市民の警察に対する信頼を失わずに、問題を解決する方法があると思います。副知事にしても、秋田県警が不祥事を暴露され、傷つくことは望んでいません」

「しかし、誰も傷つかないで不正を糺《ただ》すことなんか、できっこないでしょう」

「もちろん、当事者の何人かは傷つくことになります。それは当然のことです。しかし、そのことによって警察の威信が揺らぐことにはなりません。いや、ならないような方法をとるということです」

「そんなことが可能ですか？」

「可能です。可能でなければ、何もしないほうがいいかもしれません。警察の不正を糺すことと、威信を失墜させることと、社会秩序に資するにはどちらの比重が高いか、十分考慮すべき問題ですからね」

「ふーん……」

樋口は立ち止まった。行き足がついていた浅見は、危うくぶつかりそうになった。

「あんたは不思議な人ですなあ。警察の不正を叩《たた》こうとしていながら、その一方では警察の威信を守ろうとする。まるで警察に義理でもあるようだ。いったいどっち側の人間なんですか？」

「えっ、ああ、そういえばそうですね……いや、べつに義理なんかはありませんが、僕ももともと警察が好きなんです。体力に自信があって、気が弱くなければ、僕も警察官になりたかったくらいですよ」

浅見はうろたえて、調子のいいことを言った。

「へえーっ、あんたが気が弱い、ですか」

樋口は呆《あき》れたように笑って、また歩きだした。気のせいか、足取りが軽くなっているように見えた。

家の裏まで下りたところで、樋口は「飯、食って行きませんか」と誘った。しかし、浅見が断るであろうと見越したような、あまり気のない言い方だ。もちろん、浅見は辞退した。一時までに帰庁しなければならないからと言い訳をした。

「そう……」

樋口はソアラまでついてきて、浅見が乗り込むのを待って、浅見が挨拶《あいさつ》しようと開けた窓に首を突っ込むようにして「一つだけ教えてあげます」と言った。

「富田久里子の愛人ですがね、岩田雅彦《まさひこ》ですよ」

「岩田雅彦……」

どこかで聞いたような名前だと思った。それに、石坂を尾行した男も「岩田」姓だったのがひっかかる。

「驚いたなあ、知らないんですか？」

　樋口は意外そうだ。

「雅彦は、津川《つがわ》雅彦の雅彦ですか？」

「そうです」

「あっ……そうか、石坂さんのところの年賀状にあった名前です」

「年賀状？」

　今度は樋口が首を傾げた。浅見が石坂家での出来事を説明すると、急に見方を変えたような真顔で、「そうですか、そこまで調べていたのですか」と言った。

　しかし年賀状の中から、特別に石坂と親しい間柄として選んだ二十一枚の中にあった名前ではなかった。

「岩田雅彦という人は、どういう人物なのですか？」

「秋田県庁の調査部次長をやっていた人間です。異動を機会に退職して、その後、銀行に天下ったやつです」

「やつ」という言い方に、樋口の嫌悪感が表れていた。

「そうですか、彼女の愛人が県庁の幹部だったのですか。だとすると、『火達磨《ひだるま》』事件で不倫関係が暴露されて、それが退職の理由になったと考えられますね」

「まあそういうことでしょうな。何しろ、事件当夜、二人は田沢湖のホテルにいて、そのお陰でアリバイが成立したようなものなんだから。そうでなければ、イの一番に容疑が向けられていたはずですよ」

縁側に樋口夫人が現れて、遠慮がちに手で合図を送ってきた。昼食の時刻がとっくに過ぎているのだろう。

「どうもありがとうございました。大変参考になりました」

浅見は改めて礼を言った。

「いや……」と、樋口は車から離れたが、まだ何か心残りがある表情を浮かべ、しかし思いを振り切るように踵《きびす》を返した。

第六章　カーチェイス

1

週明けの朝、登庁すると能代署の川添からの電話が入っていた。

「ご用件はおっしゃらず、能代の川添と言ってくれれば分かるということでした」

秘書室の女性が不満そうな顔で言った。川添のことだから、さぞかし無愛想な電話だったにちがいない。

浅見は一階まで下りて、ロビーの公衆電話を使った。川添は「あ、どうも……」と言ったが、すぐには用件を切り出さない。近くに誰かいて、具合の悪い様子だ。

「五分後に車に行きますから、自動車電話にかけてください」

浅見は車の電話のナンバーを教え、駐車場へ急いだ。まったく、こういう時に携帯電話がない不便さをひしひしと感じる。「自動車電話はいいけれど携帯電話はだめ」というのが母親の雪江の主張である。反対の理由はいろいろだ。ばかばかしいと思うようなこともあるが、まったく一理もないわけではない。少なくとも、反論を展開してでも携帯電話を手にしようという気にはならない程度の理由はある。

川添も電話の冒頭、そのことを訊《き》いた。これまでにも多くの人間から訊かれた。なぜ携帯電話を持たないのか――当然の疑問だが、説明するのも億劫《おっくう》なので、浅見は訊かれるつど、故障中と言うことにしている。

「例の岩田一ですけどね、素性が分かったすよ。それがちょっと面白いことになってきたのだが、岩田の父親というのが、いったい誰だと思います？」

川添は誇らしげな口ぶりだ。

「岩田雅彦氏ですか」

浅見が言うと、「えっ」と絶句した。開いた口が塞《ふさ》がらない気配なので、浅見は重ねて言った。

「最近まで県庁の調査部次長をしていた岩田雅彦氏ではありませんか？」

「驚いたなや……そのとおりだすよ。だけんど、なんで知ってるのすか？　浅見さんも調べたんだすか」

「いえ、岩田雅彦氏の名前は偶然、知っただけです。岩田一とは名字が同じですが、いま、川添さんが面白い素性だと言ったので、ひょっとしたら――と当てずっぽうを言ったのです。しかし、岩田氏は石坂さんの上役といっていい存在だったのですから、その息子が石坂さんを尾行していたとなると、ただごととは思えません。それと、それに関連するかどうかは、いまのところ分かりませんが、例の『火達磨《ひだるま》』殺人事件で死んだ富田さんのことはご存じですね」

「もちろん知ってますよ。うちの署に関係はねえすけどね」

「その富田さんの奥さんの不倫相手が、なんと、岩田雅彦氏だったのです」

「えっ……」

また川添は言葉を失った。

「富田夫人がご亭主の事件に関係ないと断定されたのは、アリバイが認められたからで、それは岩田氏と一緒に田沢湖のホテルにいたことによるのです」

「うーん……」

川添は電話の向うで唸《うな》って、「そいつは臭いですなあ」と言った。

「そうすると浅見さん、石坂さんの事件とそっちの、富田さんの事件とは、繋《つな》がっているっつうことだすか」

「その可能性はありますね」

「驚いたなや。どうやって浅見さん、そこまで調べがついたんだべか。それにしても、これはえらいことになりそうだすな。早速、課長のほうさ話してみます。いやあ、面白くなってきた」

かなり興奮ぎみに言って電話を切った。そのことがかえって浅見には不安に思えた。これまでの経緯からいって、警察の上層部が二つの事件のいずれに対しても消極的であるのは分かっている。川添の提言を能代署の幹部がすんなり受け入れるとは考えにくかった。むしろ川添がますます浮き上がった存在として、彼の処遇に不利益が発生するような危惧《きぐ》を覚えるのだ。

駐車場から戻ると、望月副知事に呼ばれた。一目でそれと分かる、不愉快そうな表情をしている。

「何かありましたね」

浅見は水を向けた。

「うん、ちょっとね。予算委員の小川《おがわ》県議が嬉しそうにニコニコ顔で寄ってくるから、何かいい話でもあるのかと思ったら、ただの厭味《いやみ》だったわ。『副知事の予算は、被告人に果物を贈れるほど潤沢なのかね』だって。どういうことですかって訊いたら、『お宅のぼんぼんに聞いてみればいい』と、ヘラヘラ笑うだけで、行ってしまった。何なのかしら、あれ？」

「すみません、僕のせいです」

浅見は苦笑して頭を下げ、「じつは」と湯沢に二村和光を訪ねた日の帰路、帰りに張り込みの刑事に不審尋問を受けた話をした。

「ああ、そういうこと……。なるほどねえ、警察の末端から小川県議のところまでご注進が上がってきたっていうわけね。いったい、どういう仕組みになっているのかしら。まあそんなことはどうでもいいけれど、それで、今後どうなるの？」

「二村氏が隠している例の証拠を当たってみます」

「その証拠だけど、どういう物なの？」

「おそらく秋田杉美林センターにまつわる不正に関わった連中の、犯罪を立証するような証拠でしょう。僕の勘としては、隠し撮りの写真かビデオか、録音テープ類ではないかと思うのですが、二村氏はそのコピーを何箇所にも預けていると考えられます」

「ふーん、それは厄介だわねえ」

「厄介でしょうか。利用の方法によっては、頼もしい存在になると思いますが」

「それはそうだけど、内容によっては面倒なことになりかねないわよ」

「面倒といいますと？」

「県政を揺るがすような、新しいスキャンダルに繋がらなければいいけれど。そういう性質の証拠品なんでしょ？」

「たぶん……」

浅見は頷《うなず》いたが、望月の対応に戸惑いを禁じえなかった。浅見が二村の「証拠物件」に期待しているのとは逆に、望月はそれが県政に及ぼす影響のほうを心配しているような口ぶりだ。

(望月世津子といえども、所詮《しょせん》は体制側の人間なのか——)

それもやむをえないことかもしれない。角を矯めて牛を殺すような結果は、行政の幹部たる者としては避けたいはずだ。秋田県政の不正を糺《ただ》すにしても、望月の立場としては、ソフト・ランディングを目指したいということなのだろうか。

「ねえ浅見クン」

望月は浅見の気持ちの動きに気づいているのかいないのか、背を向けて、窓の外の雲を眺めるポーズで言った。

「その、二村が持っている証拠物件を、なんとかして手に入れることはできないかな」

「難しいとは思いますが、できるかもしれません」

「だったら、何とかしてみない」

「手に入れて、どうするんですか。握りつぶしますか」

「えっ?……」

望月副知事は弾かれたように、椅子を回して振り向いた。

「握りつぶすって、どういう意味なの?」

「いま副知事が言われたじゃないですか、スキャンダルに繋がりはしまいかと」

「ああ、だから握りつぶすっていうわけ？　馬鹿なことを言わないの。私がそんな情けない女に見える？　ははは、こんなふうに威張ることじゃないか」

望月は天井を仰いで笑った。

「そういうことではなく、その証拠を県政刷新の武器に使いたいのよ。二村が隠しつづけているくらいだから、相当な威力のあるものにちがいないわ。だからって、二村の持っている証拠をすべて寄越せっていうわけじゃないのよ。いくつもあるなら、そのうちの一つぐらい貸してくれてもよさそうなものでしょう。場合によっては、二村のためになるような交換条件を提示してもいいわよ」

「分かりました。妙な勘繰りを言ってすみません」

浅見は身を縮めるようにして謝った。

「いいのよ。官僚や政治家にはそういう姑息《こそく》な手段を取るケースが多いもの。ただねえ浅見クン、これだけは勘違いしてもらいたくないんだけど、私が副知事に就任したのは、あくまでも県政の刷新が目的であって、悪事を暴きたてることが目的じゃないってこと。私は検事じゃないんですからね。それに、秋田県のスキャンダルはもう沢山。県民だってうんざりでしょう。これ以上、新たなスキャンダルが明らかになれば、県民は政治や行政に対して完全に信頼を失うし、役人はやる気を失いますよ。ただし、県政の刷新だけはやり遂げなければだめ。いまは逼塞《ひっそく》しているけれど、嵐が過ぎればすぐに頭を擡《もた》げてくる悪い虫たちが残っていることも事実だし、私が何かしようとすれば、彼らの相当な抵抗に出合うことは間違いないわね。その時にこそ、その武器が役立つはずよ。それ以外の方法やルートを使おうとしても、二村側から持ち出される証拠は、誰の手を経由しようと、利権と引き換えに、それこそ握りつぶされる危険性があるでしょう」

「なるほど……」

二村が盟友と信じて「証拠」を託した相手といえども、利権というエサを突きつけられると、武器を敵に売り渡しかねないと望月は言っているのだ。浅見は感心すると同時に、少し悲しい気分でもあった。望月のように、いろいろな場面で政治や行政の裏側を見てくると、そういう人間の性《さが》が読めてしまうものなのだろう。

とはいえ、証拠品を手に入れることは、浅見自身も望むところではあった。その日の夕刻、浅見は今度こそ正真正銘、副知事の意を体して、湯沢市の二村を訪ねた。

マンションの周囲を見渡したが、例の張り込みの覆面パトカーは見当たらなかった。すでに警戒を解いたのか、それとも交代時刻なのか。警察官の監視がないとなると、見るからに侘《わび》しげでちっぽけなマンションが、いっそう心細く見える。

二村はドアスコープで浅見を確認すると、すぐにドアを開けた。前回の時より、いくぶん元気そうに見える。

浅見は下げてきたバッグの中から、秋田駅前のスーパーで仕入れた魚の干物や菓子を出して、ちゃぶ台の上にバラバラに並べた。手当たり次第に買ったものだから、まるで統一性に欠ける。しかし、男の独り暮らしを想定した品揃えは二村を喜ばせた。

「申し訳ねえすな、いろいろ気を遣ってもらって」

「なに、どうせ支払いは副知事のポケットマネーから出ているんです。それより、副知事は二村さんが貴重な証拠品を隠していると聞いて、すごく期待していますよ。ただ、それが宝の持ち腐れにならなければいいが——と案じていました」

「はあ、それはどういう意味で？」

「まあ、はっきり言えば、二村さんが敵の先制攻撃を受けはしまいかということですね。敵に一矢も報いないうちに、消されはしまいかということです」

「それだば大丈夫だすべ。敵もこっちが何か秘密を握っていることを、薄々勘づいているにちげえねえすもんね。下手に手を出せばあっちこっちに配ってある証拠の品がマスコミさ渡るようになっているのすよ」

「その証拠を配ってある人は、みなさん信用できる人たちですか」

「んだ、信用できるすよ」

「本当に大丈夫ですか」

「大丈夫だすべ」

「たとえ誰かに百万円を積まれても、売り渡すようなことはしませんか」

「それは……しねえと思うけんど」

「二百万円ではどうでしょう。いや、一千万円かもしれない」

「…………」

「かりに、万一の場合、二村さんとの約束を守って、その人たちが証拠の品をマスコミに提出したとしても、マスコミ自身か、あるいは警察の手で握りつぶされるようなことはないでしょうか。二村さんご自身も警察でさえ信用ができないと思っているのでしょう。マスコミが警察より正義だとは思えませんが」

「…………」

「じつは、副知事もそのことを心配しておられるのですよ。折角の証拠品が威力を発揮することなく消滅してしまっては、二村さんの無念は納まらないでしょうと」

「…………」

二村は押し黙って、ちゃぶ台の上の煎餅《せんべい》を手に取って、口に運んだ。それが無意識の行為だったことは、自分で煎餅をバリッと噛《か》んだ音に、弾かれたように驚いた様子で分かった。

「どうすればいいんだべ。あんたの言うとおり、完全に信用できる相手なんかは一人もおらねえのかもしんねえす。おったとしても、警察が握りつぶしてしまえば、確かに何の役にも立たねえすもんね。じつは、逮捕される直前、証拠の品のコピーを一つ、ある人に渡してあるのすけんど、まだ何もしてもらってねえのです。そんでもって、保釈された後、コピーは沢山作って知り合いにバラ撒《ま》くことにしただす」

「コピーを渡したのは誰ですか？」

「それは、いや、言うわけにはいかねえす。信義に悖《もと》ることになるすもんね」

「信義はすでに破られているのではありませんか」

「それはまあ、そうかもしれねえすけど。その人のほうにも何か事情があるのではねえでしょうか」

「どういう人なんですか？」

「秋田杉美林センターが破綻《はたん》した際、実態を調べに来た人です」

「なるほど」

浅見は頷《うなず》いた。

「岩田雅彦氏ですね」

「えっ、なしてそれを……」

二村は驚いて口をすぼめた顔で、浅見を見つめた。

「そのくらいのことは分かります。県庁の調査部次長として実態調査に行ったのですね。しかし、二村さんのためには何もしてくれなかったのなら、怠慢というより、悪意があったとしか思えませんね」

「いや、あの人はそんな悪い人ではねかったですよ。私が拘置所にいるあいだも、家のほうさいろいろ届け物をしてくれたし、母親の面倒も見てくれたりしたんだす。保釈の手続きを進めてくれたのも岩田次長さんでした。いまだってきっと、何かと奔走してくれているにちげえねえす。だから信用して証拠品を託したのだす」

「岩田雅彦氏は、とっくに退職して、銀行の監査役に天下りしましたよ」

「えーっ……」

二村を襲った何度目かの驚愕《きょうがく》だ。顔色が青ざめるのが分かった。

「お気の毒ですが、これが現実ですよ。そもそも、秋田杉美林センターを食いつぶす時点から、二村さんは利用され、とどのつまり放り出されたのです。あなた自身で立ち上がらなければ、これ以上、いい方向へ向かうことは期待できません」

「そんなことを言われても、私みたいな刑事被告人に何ができるものですか。いまだって保釈中の身の上です。裁判所や検察からの指示が来るのを待っているしかねえのだす」

「受け身でばかりいないで、先に動いてみる気にはなりませんか」

「は？　先に動くって、なんとして？　いま言ったみてえに、私が何を言おうと、警察は取り合ってくれねえすよ」

「それじゃ、あなたの代わりに、副知事が動くというのはどうでしょう」

「副知事さんが？　副知事さんが私の代わりに何するんだすか？」

「あなたをスケープゴートに仕立てて、口を拭《ぬぐ》っている人たちがいるのなら、その連中を白日のもとに晒《さら》してくれると思います。ただし、それにはあなたの握っている証拠が確かなものである必要がありますが」

「それはもちろん、証拠は確かなものだけんど、しかし、それを持ち出すのは相当にヤバいっすな。秋田県の政財界のお偉方にまで波及しかねねえ秘密が、一杯に詰まってるもんね」

「持ち出すのは危険だからといって、何もしないでいれば安全なのですか。そんなことはないでしょう。あなたが危険な証拠品を持っているかぎり、連中は枕を高くして眠れないはずです。いや、あなたの存在自体が鬱陶《うっとう》しくて仕方がないのです。彼らの容赦なさは、これまでに石坂さんと富田さんを消したことからいって、疑う余地がありません」

「富田？　石坂さんは知ってるけんど、富田とは誰だす？」

「火達磨《ひだるま》自殺をしたと報じられた、富田秀司さんのことは知りませんか？」

「ああ、その事件なら知ってますよ。したら、その人も自殺ではねがったつうことだすか。しかし、その人が私の事件とどういう関係があるんだすか」

「富田夫人の不倫相手が岩田雅彦氏だったのです」

「…………」

もはや二村は、物を言う気にもなれなくなったらしい。

「単なる不倫が原因で殺害されたとは考えられませんから、おそらく、富田さんも岩田氏か、あるいはその背後にいる連中の不正を証明する何かを摑《つか》んだために消されたのでしょう。恐ろしいのは、彼らがほとんど躊躇《ちゅうちょ》なく犯行に及んでいる点です。チャンスと見れば直ちに実行している。ここも、いまは警察が張り込みをつづけているから安全が確保されていますが、張り込みを解いた瞬間、何が起こるか分かりません。じつはさっき、お宅に伺ったとき、張り込みの車が見当たらなかったので、少し心配したくらいです」

「えっ、刑事の車はなかったんだすか？」

二村はドアを細めに開けて、マンション前の道路を窺《うかが》った。ドアの向こうには、すでに暮色が漂っていた。

「大丈夫でした。いつもの場所に車はありました」

いくぶん安心した顔で戻ってきた。しかし、それで不安が消えるわけではない。二村はちゃぶ台の前で胡座《あぐら》をかいて、しばらく思案していたが、やがて意を決したように立ち上がって、奥の部屋に引っ込んだ。

襖《ふすま》の向こうでゴソゴソとかすかな物音が聞こえていたが、ふたたび現れた二村は8ミリビデオのテープを持っていた。やはり想像したとおりだったが、浅見はもちろん、そんなことはおくびにも出さない。

「これは東京の事務所で隠し撮りしたビデオテープだす。最初は鵜殿社長があまりにも無節操に金を持ち出すので、後々のために証拠を残しておく目的でセットしたんだすが、それに他の人たちも映ってしまった。まあ結果的にはよかったわけだす。後で見てもらえば分かりますとも、びっくりするような人たちが映ってますよ」

二村の頰を歪《ゆが》めた顔には、どことなく楽しむような表情が浮かんでいた。浅見はこの男の内面にある陰湿な部分を垣間《かいま》見たようで、あまり愉快ではなかった。

「すみませんが、捨てるようなテープがあったら譲っていただけませんか」

「古くて使い物になんねぇのでいいすべか」

「あ、それで結構です」

二村は（何をするのか？――）という顔で古いテープをケースごとくれた。

2

マンションを出る頃にはとっぷりと暮れていた。車に戻る時、二村が言ったように、少し先の「定位置」に車が停まっているのが見えた。中にいるのが先日の坂本部長刑事であるかどうかまでは定かではない。

浅見はバッグを助手席に置くと、二村にもらった古いテープを残し、証拠の方を取り出して、足元のマットの下に隠した。

車が走りだしてすぐ、尾行がついているのが分かった。

このあいだと同じルートで、湯沢横手道路のインターチェンジへ向かう。追尾する車が、前回とまったく同じ場所でスピードを上げ、追い越しをかけた。赤色灯も点《つ》けず、スピーカーも使わず、いきなり前方に停止して、左右のドアから人影が飛び出した。

ヘッドライトに浮かんだのを見ると、二人とも黒い野球帽を目深にかぶり、黒いタートルネックのセーターで顎《あご》の辺りまでを隠している。予測どおり、どうやら刑事ではなさそうだ。

窓を下げると、右側から近づいた男が拳銃《けんじゅう》をつきつけた。本物かどうかは識別できないが、浅見は本物だと信じることにした。

「エンジンを切れ、ライトを消せ」

男は命令した。言われるままに従った。

「ドアロックをはずせ」

ロックを解除すると、反対側のドアを開けて、もう一人の男がシートの上のバッグを引っ張りだした。暗い中でバッグの中を探っている。他には何も入っていないのだから、すぐにテープを探し当てた。

「あった」

短く言うと、男はバッグをシートに放り投げて、自分たちの車へ引き返した。

「しばらくここにいろ。追うなよ」

拳銃の男はドスの利いた声でそれだけ言い残して、立ち去った。

ほんの三十秒か、長くても一分足らずだったろう。その間、一台の車も通らなかったから、彼らは襲撃場所をあらかじめ決めていたにちがいない。それにしても手際のよさには感心させられた。

浅見は十分すぎるくらいの時間を置いて、車をスタートさせた。ちょっとしたスリルはあったけれど、愉快な気分でもある。

宿舎に戻ると、浅見は8ミリビデオカメラを二台接続してテープをコピーしながら映像を見た。なんとも奇妙なビデオであった。

カメラは戸棚か何かに設置したらしい。斜め上方から室内の一部を撮影している。それほど広角にしていないのは、登場人物の手元が識別できる程度にアップしたかったからにちがいない。

「出演者」の多くは浅見の知らない顔だが、中には県庁や議会棟で見る顔もある。もちろん「主演」は二村和光。彼のデスクを中心に据えたシチュエーションだから、それは当然として、ほかに準レギュラーとして、浅見が写真でしか知らない鵜殿博社長と、秋田杉美林センターの社員らしい男女が数名といったところだ。

鵜殿は二村に次いで出演回数が多い。アラブ男のような髭《ひげ》面の、見るからに怪しげな風貌《ふうぼう》の男だ。社長室がどこにあるのか、画面からでは推測できないが、だいたい右手から現れ、その場にいる誰かに話しかけながら、いとも無造作に手提げ金庫の中から現金を取り出して立ち去って行く。二村がいてもいなくてもお構いなしだし、仮払い伝票に記載するような手間もかけていないから、これではドンブリ勘定もやむをえまい。

とはいえ、鵜殿は仮にも秋田杉美林センターの社長なのだから、本人の責任においてやっていることである。問題はそれ以外の、入れかわり立ちかわりやってきては、二村の手から白い封筒に入った金を受け取っていく連中のことだ。浅見が知っている県庁の幹部職員や県議会議員の顔もある。それ以外にも、どう見ても社員ではない、かなりの年配の男どもが、「やあ、悪いねえ」などと気安く金をせびっているのには呆《あき》れた。

二村が渡した金の額までは分からないが、封筒に詰め込む場面の手元を見れば、一万円札が一枚や二枚ではないことだけは確かだ。そのつど、二村は仮払い伝票を切っているから、それは記録として残っていたはずだ。しかし、二村が伝票に「○○氏借用分」などと書いたとは思えない。仮に書いたとしても、借りた側の署名も捺印《なついん》もないのだから、二村が公金を横領したと受け取られても仕方がないだろう。

映像は長くても数分、短いものだと数十秒のカットを細切れ状態で編集している。カット数にすれば五、六十カット程度だろうか。

二村は金の用立てを言われると、相手が現れるタイミングに合わせてビデオカメラをセッティングしたようだ。カメラを固定しておいて、必要な時だけテープを回していたのかもしれない。また、自分がデスクを離れる時もそうしたと思われる。二村が不在の時の鵜殿社長の映像は、そうして撮られたものにちがいない。映像は必要な部分だけを抜き出して編集してあるのだが、それにしても、わずか二時間のテープに登場した延べ人数のあまりの多さは驚くべきものだ。しかもこれがほんの一部であることを思うと、秋田杉美林センターという会社が、いかに食い物にされ尽くしたかが推測できる。

見れば見るほど、このテープからは二村和光の悲鳴が聞こえてきそうだ。秋田杉美林センター崩壊の責任の一端は二村にもあるにしても、彼もまた被害者の一人であったことを立証するに十分すぎるものに間違いない。二村からテープを預かった岩田雅彦が、なぜこの証拠品を握りつぶしたのかは分からないが、それと引き換えに銀行への天下りをかち得たと見るのが妥当だろう。

　テレビの画面を眺めながら、浅見はだんだん腹が立ってきた。鵜殿社長を筆頭に、寄ってたかって金をむしり取ってゆく連中に対してもだが、無気力そのもののように金を渡してしまう二村にも腹が立った。そんなことをしていれば、行く手には破滅しかないと分かりきっていたはずである。いったいこの「ドラマ」に登場した連中のモラル意識はどうなっているのだろう。

あげくの果て、欠陥住宅を建て売りして、乱費の辻褄《つじつま》を合わせようと考えた。いずれは欠陥が露呈して、ユーザーからクレームが出るであろうことも、容易に想像できたはずだ。それには目を背け、頬かぶりして、バレたらバレた時のこと──と横着を決め込んでいたにちがいない。それが、そんじょそこいらのいい加減な零細企業ではなく、秋田県が出資している第三セクター方式の堂々たる企業が犯したことだから、罪が深い。

　浅見は秋田杉美林センターが関東に進出した際に使われた、チラシやパンフレットを思い出した。最初のページは、県知事が微笑みを湛《たた》えた顔で「秋田杉の木造高級住宅を」と呼びかけている写真とキャッチフレーズで飾られていた。

　そうなのだ、これは秋田県と秋田県民が加害者として罪に問われている事件なのだ。しかし実際は秋田県民のほとんどは、名誉を毀損《きそん》された被害者でもある。ほんの一握りの当事者の不正によって、当分のあいだ忘れ去られることのないイメージ・ダウンを与えられた。その屈辱は拭《ぬぐ》いがたいものがある。

それほどの大事件であるにもかかわらず、県民が心底怒っているようには感じられないのはなぜなのだろう。おおらかな県民性——と言ってしまえば聞こえはいいが、それは別の角度から見れば、行政への関心やチェック機能の欠如と、官民ともに長年にわたって培ってきたナアナア主義の弊害としか言いようがない。それは県庁職員が官費による飲み食いを好き勝手につづけていたという、驚くべき体質にも表れている。

もっとも、この程度のことは何も秋田県にかぎったことではない。税金の無駄遣いは日本中の至るところで起きている恒常的な現象である。景気浮揚対策と称してダムや河口堰《ぜき》などの巨大プロジェクトを創りだす。不要不急の港湾施設を計画する。その目的のために国債を乱発し税金を使う。そういう、誰が考えても明らかな悪政を、国民の側から望んでいる面があることも事実だ。

国民は政府機関を通じて、公共事業の名のもとに自分たちの金をゼネコンに注ぎ込み、それでほんのいっときの「我が世の春」を謳歌《おうか》したつもりになる。何のことはない、タコが自分の足を食うようなものだ。いずれその反動がやってくることは目に見えている。膨れ上がった膨大な借金を解消する方法はインフレ政策を取る以外にはない。ゼロ金利に喘《あえ》ぐ年金生活者はいっそうのダメージを受けるだろう。

経済音痴の浅見でさえ、そのくらいのカラクリは見えている。為政者はそれを承知の上で、国民は気づいていないか、あるいは分かっていても気づかないふりをして、日々の暮らしをとりあえず無事に過ごしているのである。まるで張り詰めたロープの上を渡っているようなものだ。

浅見は深夜までかかって、二本のコピーを作った。高速のプリンターがあるわけでもないので、二時間分のテープを複写する作業を二度繰り返したことになる。貴重な証拠品を入手した喜びどころか、ただただ疲労感だけが全身にたゆとうていた。

3

翌朝、望月副知事はいつもより早く登庁して、8ミリビデオを検証した。デスクの上にビデオカメラを置き、カメラについている小さな液晶画面を覗《のぞ》いた。幹部会が始まるまでの三十分間だから、ほんの一部を見たにすぎないが、内容の意味するところはよく理解できた。

「呆れたわね」

望月はため息まじりに言った。

「こんなことをやっていたの」

「すみません、できるだけ小声で喋《しゃべ》ってくれませんか」

浅見は手を上げて、自分も囁《ささや》くような声で望月を制止した。

「じつは、このあいだから気にはなっていたのですが、この部屋のどこかに盗聴マイクが仕掛けられているふしがあります。望月さんと、僕が二村氏を訪ねて証拠品を預かってくるという話をしたときの会話が、どうやら漏れていたらしいのです。張り込みの刑事だと思っていた車に襲撃されました」

その時の状況をかいつまんで話した。あらかじめ、浅見が二村から何かの品物を受け取る——という情報をキャッチしていなければ、あんなふうにタイミングよく強奪作戦をセッティングできるはずはない。あの日にかぎって刑事が張り込みを解除していたのも、疑って疑えないこともない。

望月はメモ用紙に「了解」と書いて、あらためてビデオを覗き込んだ。しかし、画面に現れる意外な人物には、思わず大声を発しそうになって、そのつど首をすくめた。

「あらあら、この人、環境委員の丸井《まるい》議員よ。このあいだの委員会で産廃用焼却炉の談合疑惑を追及してたわ。業者との癒着がどうのこうのと、正義漢ぶって演説してたけど、陰ではこんなことをやってるわけね。それからこの高田《たかだ》議員は農水委員で、大《おお》潟《がた》村の減反違反問題をやり玉に挙げていた人。他人の悪口を言える柄じゃないくせに……」

ビデオを停めると、望月は口の中に溜《た》まった不愉快なものを洗い流すように、お茶で口を濯《すす》いで飲み込んだ。浅見の母親やお手伝いの須美子がみれば、「きたない」と顔を顰《しか》めそうだ。

「それにしてもすごい物が手に入ったわね。これがいままでオープンにならなかったっていうのは、奇跡みたいなものじゃない。二村にとって有利な証拠になると思うのだけど、どうして警察なり検察なりに提出しなかったのかしら？」

「二村氏の話によると、調査部次長だった岩田雅彦氏には、ずいぶん前に渡してあるのだそうです。二村氏は岩田氏がいずれ善処してくれることを期待していたのでしょうが、岩田氏が退職して銀行に天下ったことも知りませんでしたよ」

「ふーん、ひどい話だわね」

望月はやりきれない――とばかりに首を振った。

「それで、どうするつもり？」

「差し当たりは動きません。いま追いかけているのは二つの『自殺事件』の真相です。事件の背景にあるものが何なのか、その参考資料にしたいと思います」

「だけど、それだけじゃ二村が満足しないでしょう。彼にしてみれば、現在審理中の裁判に、証拠として提出したいはずよ」

「もちろん彼はそのつもりで岩田氏にテープを託しています。警察に提出してあるか、少なくとも裁判が始まれば、当然、弁護士から被告側の有利な証拠として提出されると信じていたにちがいありません。しかし岩田氏がこのテープを握りつぶしたのは明らかだと言っていいでしょう。四面楚歌《しめんそか》の中では、弁護士だってどこまで信用できるか分かったものじゃありません。裁判の進み具合を見て、最悪の場合は僕が彼のためにひと肌脱ぐつもりです」

「そう、それはいいことね。そうしてあげなさい。私も便宜を図るようにするわ。いよいよとなれば、きみのお兄さんもいるし」

「いや、兄はこの件には関与させないほうがいいでしょう」

「そうかしら。まあいいでしょう、きみの思いどおりにするといいわ」

デスクの上に顔を寄せ合って、ヒソヒソ話をしている図は、傍《はた》から見ると滑稽《こっけい》だが、当人たちは真剣そのものだった。

会議に出席する副知事を見送ってから、浅見は能代へ向かった。車から川添に電話を入れると、部長刑事は浮かない声で、「待ってます」と言った。浅見が危惧《きぐ》したとおり、厄介な状況に陥っているのかもしれない。

秋田に「着任」してから、一ヵ月半、沿道の風景はすっかり春めいてきたのが分かる。平地の雪はすっかり消えて、淡い芽吹きが野山を染めつつあった。

能代署に着くと、川添はすぐに受付に現れた。階段を下りてきた足どりをそのままに、「ラーメンでも食いませんか」と歩いて行った。まだ昼食には少し早いが、それは口実で、密談をしたいのだろう。

署から少し離れたラーメン屋に入った。看板に「東京風ラーメン」と書いてある。こんなところで「東京」に出会うとは思わなかったが、東京風ラーメンがどういうものなのか、浅見はすっかり忘れていた。

「上のほうから、いいかげんでやめろという話になってきただすよ」

テーブルに着くなり、メニューも見ないで「ラーメンライス二つ」と注文しておいて、川添は早速、切り出した。

「石坂さんを付け回した車の持ち主がヤクザのチンピラだと分かったからといって、そいつが石坂さんの自殺に関係していた証拠はねえべというわけだす。岩田一が行方不明になっていようといまいと、本事件には関係ねえというのだす。関係あるかねえか、本人をとっ捕まえて調べてみねえことには分かんねえすべ。それも必要がねえっていうんだから、まるっきりやる気がねえんだす。やる気がねえだけならまだしも、自分が突出して捜査をしていること自体が面白くねえんだすよ。まあ、岩田の死体でも出ねえかぎりは、署としては捜査にかかることは絶対にねえすな」

「確か、刑事課長さんはそれなりにやる気があったと聞きましたが」

「ああ、以前はですな。石坂さんの死体が上がった時点では、署長も課長もそれなりに積極的なところがあっただけんど、いまはぜんぜん。県警本部の偉いさんから何か言われたんだすべ」

川添は苦々しそうに首を横に振った。

ラーメンが運ばれてきた。東京風ラーメンなるものは、醬油《しょうゆ》味で、鳴門《なると》巻とチャーシューと海苔《のり》が載っているタイプであることを思い出した。それはいいのだが、丼飯と漬物つきである。これで五百円ポッキリなのだそうだが、浅見は見ただけで満腹感に襲われた。

「岩田の消息は、いまだに摑《つか》めないのでしょうか？」

ラーメンに箸《はし》を突っ込みながら言った。

「摑めねえす。といっても組織立って捜査をしているわけでもねえすもんね。ただ、千秋プロモーションのほうからも、何も言ってこねえすから、行方知れずであると考えるしか仕方ねえのだす」

川添は飯を食い、ラーメンをおかずにして忙《せわ》しげに箸を使う。口の中に食い物をたっぷり詰め込んだままで、モゴモゴと話す。

「岩田の父親、雅彦氏のところには連絡が入っているかもしれませんね」

「んだすな、入っているかもしんねえす。しかし、かりに連絡があっても、こっちさは何も知らせてこねえでしょう」

「雅彦氏には会ってないのですか」

「んだす、会ってねえす。一度訪ねてみただが、留守で、奥さんの話だと、いつ帰ってくるか分かんねえというこんでした。その後は行ってねえす。課長がやめとけと言うもんだで、どうすることもなんねえ」

「僕が行ってみましょうか」

「うーん、それは自分としては何とも言えねえすなあ。本来、民間人の方にそういうことをさせてはなんねえという規則だで」

「川添さんは知らなかったことにすればいいでしょう。行くのはあくまでも僕の勝手ですから」

「んだすな、それだば仕方ねえすもんね」

その時、入口のドアが開いて、いつか浅見も見たことのある若い刑事が入ってきた。

「川添さん、食事が終わったらすぐに戻るようにと課長が言ってます。あの、そちらさんも一緒にということでした」

「んだか、分かった」

部下が引き上げると、川添は「何だべ？」と首を傾げた。

「自分だけならともかく、浅見さんまでお呼びがかかるというのは気持ち悪いすな」

「余計な煽動《せんどう》をするなって叱られるのでしょうかね」

「まさか、そんたらことはねえべと思うけんどね」

言いながら気がかりそうな顔をしている。

署に戻り刑事課に入ると、課長は待ち受けていた。挨拶《あいさつ》もそこそこに応接室に連れて行かれ、そこであらためて名刺の交換をした。「秋田県能代警察署刑事課長　警部　石橋俊昭《いしばしとしあき》」とある。

「浅見さんは警察庁の浅見刑事局長の弟さんだそうですね」

名刺を見ながら石橋が言った言葉に、川添が「えっ」と驚いた。

「なんだ、きみは知らなかったのか」

「はあ、知りませんでした」

川添は緊張しきった表情で、浅見を横目で見た。それならそうと、早く言ってくれればいいのに——と訴えている。

「じつは、ついさっき局長さんからじきじきにお電話を戴いて、弟が迷惑をかけるかもしれないが、よろしく面倒を見てくれと、そうおっしゃってましてね。そうそう、川添君のこともおっしゃってたな。今後ともよろしくとのことだったす。浅見さんから局長さんにお話しされたんだすか」

「はあ、出過ぎたことをして申し訳ありません。川添さんには何かとお世話になっていますので、そのことを報告しただけですが、ご迷惑だったでしょうか」

「いやいや、局長さんには自分さもお礼を言って戴きましたすよ。上京するようなことがあれば、声をかけてくれともおっしゃった。局長さんと直接お話しできたのも初めてだすが、じつに光栄だす」

地方の警察官が警察庁幹部の知遇を得ることは、ごく稀《まれ》といっていい。それが、上京の節は声をかけてくれとまで言われたのは、たとえ外交辞令であったとしても、異例中の異例だ。石橋課長はまだ四十前の比較的若い警部であり、ノンキャリアとはいえ、今後の成績によっては警視から警視正へと昇格する可能性がある。警視正以上は国家公務員であり、処遇がまったく変わる。その際に刑事局長と接点のあることが、どこかで有利にはたらくにちがいない。

石橋にそういう計算があったかどうかは分からないが、浅見に対してきわめて好意的であることだけは、はっきりしていた。それは川添にまで波及したようだ。

「今後とも、浅見さんが動きやすいよう、できるかぎりの便宜を図るよう」課長命令として、そういう指示が出た。

「驚きましたなあ」

石橋課長が退室したあと、川添は恨めしそうな目で浅見を見ながらぼやいた。

「すみません、決して隠したわけではないのですが、兄は兄、僕は僕で、あまり兄の世話にはなりたくないのです」

「そうは言っても、バックに局長さんがいるのといないのとでは、まるっきり違うんでねえすべか。うちの課長だって、掌《てのひら》を返したようだもんね。午前中まではやめろやめろと言ってたんだすよ。しかし、何はともあれ、浅見さんの希望どおり、捜査を進めてもいいということになったすな。これから先は一緒に行動しても構わねえつうことだすべ」

なんだか自棄《やけ》っぱちのような口ぶりだが、課長のお墨付きが出て、これで踏ん切りがついたことは事実だ。

「そしたら浅見さん、あんたの指示でどこさでも行きますよ。まず岩田雅彦だすか」

「そうですね、あの親子から始めますか」

期せずして、二人は立ち上がった。

4

岩田雅彦宅は秋田市八橋の新興住宅団地にある平凡な二階家だった。広大な土地に枡目《ますめ》のように道路が刻まれ、ようやく家が建ち並び始めた——といった街で、人通りはほとんどない。

街のあちこちに広い空き地が散在して、石油井戸が稼働している。巨大な水飲み鳥のような恰好《かっこう》をした油井ポンプが単調な動きを繰り返すのは、日本のほかの地方ではあまり見られない風景だ。

川添は玄関のチャイムを鳴らし、インターホンで「能代署の者ですが」と名乗った。かなり間を置いて、五十代なかばくらいの、少し面窶《おもやつ》れのした女性が、ドアを細めに開けてオズオズと顔を出した。彼女が岩田雅彦の妻、岩田一の母親であった。

「どうもこないだは。今日はご主人はご在宅だすか」

川添は陽気な口調で言った。岩田夫人は対照的に憂鬱《ゆううつ》そのもののような声で「いえ、すみません」という返事だ。

「昨日は帰ってきたのだすか」

「はい」

「何時頃だすべ」

「夜中の十一時頃だったと思いますけど」

「そして今朝は？」

「八時頃に家を出ました」

「どこさ行ったんだすべ」

「たぶん銀行だと思いますが」

「えっ、どこさ行ったか、はっきりしねえのすか？」

「はあ、いつも黙って行くもので」

「ふーん……したら、息子さんは？」

「一はぜんぜん連絡もありません。どうもすみません」

「いやいや、連絡がねえのは仕方ねえすべ。お母さんが悪いわけでねえすよ」

川添は優しく慰めるように言った。そういうところに、彼の人柄が滲《にじ》み出る。

浅見は川添の脇から、「それじゃ、あと三十分後にまた伺います」と言った。

「は、はい、どうもすみません」

母親はうろたえたように頭をさげるばかりだ。

二人の「捜査官」は岩田家を出た。

「まったく、こういう時にこそ通信傍受をすればいいのだが、上の石頭は絶対に許可しねえすもんね」

ソアラへ戻る道すがら、川添はしきりにぼやいた。

「いや、あれはあまり使わないほうがいいと思いますよ」

浅見は遠慮がちに言った。

「なしてだすか？　通信傍受法案は、浅見さんのお兄さんのほうから国会さ提出されたんでねかったすか？」

「ええ、確かに警察庁の発案ですが、兄は乗り気ではなかったようです」

「ふーん、んだすか。どうも上のほうの人のやることはさっぱり理解できねえすな」

車に乗ってから、川添は訊《き》いた。

「そうだ、浅見さんは三十分後に来るって言ったすな。それまでどうします？　銀行さ行きますか。岩田雅彦はそっちさ行っているかもしんねえす」

「その前に、ちょっと実験してみませんか」

浅見は少し車を走らせて、街角を曲がったところで停め、車を出た。それからいま来た方角へ引き返して、角の電柱の陰から岩田家を窺《うかが》った。川添も理由が分からないまま、浅見に従った。

「どういうことだすか？」

背中越しに訊いた。

「当てずっぽうですが、岩田一はあの家の中にいると思います。だとしたら、じきに出てくるかもしれません」

「ああ、それで三十分と時間を切って、逃げる余裕を与えてやったというわけだすか。しかし、どうしてあの家の中さいると分かったのだすか？」

「沓脱《くつぬ》ぎに革靴が一足ありました」

「ああ、それだば自分も気づいておったすけどね。あれが岩田一の靴とはかぎらねえんではねえすべか。いやかりにそうだとしても、靴ぐれえ何足あったって、不思議ではねえすべ。自分の家の玄関なんか、足の踏み場もねえほど、靴だらけだす」

「それは家によって、それぞれ習慣があるのでしょうけど、岩田家のあのお母さんは几帳面《きちょうめん》な人ですよ。掃除もきれいに行き届いているし、靴箱の上の一輪挿しの花も、さり気なく、しかし活《い》き活《い》きとしていました。それなのに、あの靴だけは泥が付いたまま、靴箱にしまわれてもいなかった。つまり、ほんの束《つか》の間の帰宅であることを物語っています。おまけに靴の踵《かかと》の右側が異常に減っていました。つまり、あの靴の持ち主は、僕と同様、車を乗り回している人間です」

「なるほど……んでしたか。驚いたなや。自分も同じものを見てたすとも、そんたことにだば、さっぱり気がつかねかったすもんな」

ほんの十分ばかりが経過しただろうか。岩田家の玄関ドアが開いた。遠目ではっきりしないが、若い長身の男が現れて、素早く左右を窺うと、浅見たちがいるのとは逆の方角へ向かった。大振りのバッグを下げているところを見ると、着替えか何か、身の回りの物を取りに帰ったのだろう。

「やつだすな」

川添が言った。

岩田一は大股《おおまた》歩きのかなりのスピードだ。いずれその先に車があることを思うと、とり逃がすおそれを感じた。

「行きましょう」

浅見はソアラへ走った。大急ぎでUターンして街角を出かかったところで、ブレーキを踏んだ。岩田一の姿が小さくなった先に、二人の男が現れるのが見えた。そこに駐車場があって、その中から現れたらしい。

岩田は怯《ひる》んだように立ち止まり、一瞬の間を置いて二人に背を向けてこっちへ走りだした。

男の一人が岩田より敏捷《びんしょう》に動いて、岩田に体当たりしたように見えた。男の手の先で銀色の物が光った。

岩田は弾かれたようにのけ反って、右手で背中を庇《かば》う姿勢をとりながら前のめりにつんのめった。男はさらに第二撃を与えようと接近する。

浅見は車を急発進させた。エンジン音とタイヤの軋《きし》む音に、男はこっちを見て、反転して走り去った。

「追うすか」

川添は気負った口調で言った。

「いや、それより岩田を助けるほうが先でしょう」

車を岩田の脇に停めて、まず川添が飛び出した。浅見は一一〇番に連絡して事件の状況を知らせ、救急車の出動を要請しておいてから川添につづいた。岩田はジャケットの右背部を血に染めて倒れている。その辺りの動脈を切ったらしく、ジャケットの血の面積はみるみる広がった。

「おい、大丈夫か」

川添が声をかけたが、岩田はショック状態なのか、うつろな目で見返しただけだ。もっとも、大丈夫でないことは、出血の状態を見れば分かる。

「相手は千秋プロモーションのやつか？」

それには僅《わず》かに頷《うなず》いて応《こた》えた。

騒ぎを聞きつけて、付近の民家から主婦が一人、二人と出てきた。中の一人は岩田と顔見知りらしく、「あっ、岩田さんとこの……」と声を発した。

五十メートルほど先の路地から車が乱暴な運転で走りだした。ベージュのクラウンだ。平凡なセダンに見えるが、リアウインドーの左端に社章なのかそれとも日の丸なのか、形は定かではないが、白地に赤い丸と思われるマークがワンポイントで付いている。浅見は川添に現場を任せて、車が走り去った方向へソアラをスタートさせた。

八橋の陸上競技場を左手に見て、いくつかの角を曲がり国道7号に突き当たった。まもなく左折、秋田運河を渡ってゴルフ場の前を通過し、道は大きく左へカーブを描く。いま走っているのは、カーナビゲーションの画面で、海岸線を南下する「はまなすロード」というドライブウェイであることが分かる。現在は秋田市を貫通する国道7号の混雑を緩和するバイパスとして機能しているので、幹線と同じ程度に交通量が多い。

脇道のない直線路だから、はるか前方を行く犯人の車を、とりあえず見失うおそれはない。浅見は追い越しを繰り返して、少しずつ敵に近づいた。しかし相手もこっちの尾行に気づいたのか、急にスピードを上げ、追い越しを始めた。スピード競走ならソアラのほうが上だ。浅見は思いきりアクセルを踏んだ。速度表示がすぐに100を超えた。ネズミ取りをやっていれば、一発で免停だ。

あっというまに「はまなすロード」の終点の、左カーブにさしかかった。

その先で三叉路《さんさろ》を右折する。この道は国道7号の支線「秋田南バイパス」である。近い将来は「はまなすロード」ではなく、本来のバイパスが完成するのだが、ここから北の部分は工事中で、「はまなすロード」がその代役を果たしている。

雄物《おもの》川の河口近くで雄物大橋を渡った。このまま行けば国道の本線に合流して山形県方面へ向かうことになる。

浅見は電話を手さぐりで操作して一一〇番をプッシュした。厳密にいえばスピード違反はもちろん、走行中の電話も違反だが、やむをえない。

「はい、こちら一一〇番です、どうしましたか？」

「八橋で起きた刺傷事件の犯人の車を追っています。現在、秋田南バイパスを南下中。まもなく7号線に合流します。犯人の車はベージュのクラウン。かなりスピードを出しているので危険です。この車は一般車なので、追跡は困難です。犯人の車は7号線を山形方面へ向かうと思いますので、行く手での検問をよろしくお願いします」

一気に言った。

「了解しました。あなたのお名前と住所を言ってください」

面倒臭いが、浅見は正直に名乗った。係官は浅見の乗っている車の車種とナンバーを訊《き》いてきた。それにも答えたが、前方のことが気が気でない。

「走行中、危険なので電話を切ります」

電話を切ってからも、しばらくはスピードを緩めずに追跡したが、交通量が増えてきて、さすがに乱暴な運転はできなくなった。犯人の車はチャンスと見れば無茶な追い越しを重ねている。その時は見えるのだが、前の車たちに遮られ、姿が見えなくなった。やがて立体交差の最高点で見晴らしの利くところにきて、伸び上がるようにして見たが、前方にそれらしい車はなかった。

（しまった——）

いくら敵の車がスピードを出していたにしても、視界から消えてしまうほど離れるはずがなかった。ひょっとすると、いまの立体交差を左折して行った可能性が強い。こっちは右の追い越し側へのハミ出しに気を取られて、左の側道へ下りて行ったのに気づかなかったのだろう。

浅見は国道7号の本線に合流したところでUターンして、北北東へ向かう本線を走った。カーナビの画面が忙しく動く。

国道7号はじきに、最前の立体交差でバイパスから分かれてくる道路と交差する。その道を東へ行ったか、それとも国道7号を秋田市内へ向かったか——もうこうなったら二分の一の確率にかけて、勘でいくしかない。浅見は目をつぶるような気持ちで右折のウインカーを出した。

道路は羽越《うえつ》本線を横切った。交通量もさほど多くなく、広域農道のような快適な道である。ほぼ道なりだが、最後のところで直角に曲がり、秋田南大橋で雄物川を渡る。名前のとおり、秋田市域では雄物川を渡る最も南の橋で、最近、竣工《しゅんこう》した。そのカーブに差しかかる百メートルほど手前のところで一瞬視界が開け、橋を渡ってゆく車の列が見えた。

「いたっ……」

浅見は思わず叫んだ。

敵はそこにいた。まさに橋を渡り始めたところだ。ベージュのクラウンは珍しくないが、例の白地に赤のマークがかすかに見えるような気がした。

時速五十キロ程度の、比較的のんびりした車の列の流れに乗って走っている。こっちを撒《ま》いたつもりで安心したのか、それとも交通違反で捕まることをおそれるのか、無茶な追い越しをする様子はない。

浅見は対向車のないことを見定めては、次々と追い越しをかけた。ハミ出し禁止エリアだから、追い越されたほうの何台かはクラクションを鳴らして抗議した。

橋上の狭い車線にかかってからは、さすがにおとなしく走行するほかはない。この辺りの川幅は広く、橋の長さは七、八百メートルはあるだろう。橋を渡りきって、道が緩やかに左へカーブしてゆく辺りで敵の車を目視できた。無理な追い越しの成果で、距離をかなり縮めた。

ふたたび一一〇番に電話をかけた。

「さっき通報した浅見という者ですが、八橋での刺傷事件の犯人の車は、現在秋田南大橋を東方向へ渡り、走行中です。さっきは7号線を南下すると言いましたが、行く先が変わりました。えーと、まもなく国道13号にぶつかると思いますので、その方面の検問をどうぞ」

「了解、この先は警察のほうで手配をしますので、あなたは追跡をやめてください。よろしいですね浅見さん、危険ですので、ただちに追跡をやめてください」

「分かりました」

おとなしく答えたものの、浅見は追跡を中止するつもりはない。警察に任せてはおけないと思っている。しかし、ともすれば見失いそうになる相手を追尾するのは至難の業であった。危惧《きぐ》したとおり、国道13号に出る一つ前の交差点で信号にひっかかった。敵がその先の国道を右折してゆくのを、指をくわえて見ていなければならない。

このままでは完全に敵を見失う。そのことで一一〇番をしようと思い、手を伸ばしかけたとき、けたたましく受信音が鳴ってギョッとした。電話は川添からだった。

「浅見さん、いまどこだすか？」

「秋田南大橋を西から東に渡って、間もなく国道13号を右折しようとしています。敵はすでに右折して13号を南下中です。信号二回分ほど遅れそうです。少し前に、一一〇番にその報告をしておきましたが、川添さんのほうからも国道13号の検問を頼んでおいてください」

「了解、検問の手配をして、また後でもう一度電話します」

ようやく信号を二つ抜けて、13号を走り始めた時、その電話がかかってきた。川添は市民病院の集中治療室にいるという。岩田一の容体は芳しくないとのことである。やはり動脈を切られて、いま大量に輸血してはいるけれど、ほとんど失血死寸前だった——と川添は言っている。むろん意識はないらしい。極度の貧血状態で脳の細胞の一部が壊死《えし》した可能性もあるのだそうだ。

「13号のその先で検問は行なわれるはずですので、浅見さんはこっちさ戻ってきてもらったほうがいいな」

川添はそう言ったが、浅見は結果を見極めるまでは追跡をやめないつもりだ。

奥羽本線を越え、すぐに立体交差で地方道を越える。道路は片側二車線だから、かなりのスピードが出せる。見通しも利くのだが、あのクラウンは見えなかった。距離は相当離れたにちがいない。それともどこかで道を逸《そ》れた可能性もある。浅見は絶望的な気分になった。

秋田自動車道のインターチェンジを通過した。敵は高速道路に入ったかもしれない。道路は追い越し禁止の二車線になった。それにしても、警察の検問はどうなっているのだろう。パトカーのサイレン一つ聞こえてこない。やる気があるのかないのか——と、苛立《いらだ》ちはつのる。

前をゆく紅葉マークの軽四輪が、五十キロにも満たないノロノロ運転なのも我慢ならない。制限速度は守らなければならないが、だからといって、車の流れを無視して、制限以下で走ることはないだろうと腹が立った。後続の車も同じ気持ちなのか、浅見のすぐ後ろにピッタリと接近していたが、そのうち、ついに我慢の限界に達したらしく、ハミ出し禁止の黄色いセンターラインを無視して、猛スピードで追い越しをかけた。

浅見もつられるように追い越しをかけた。その途端、背後からサイレンが聞こえた。バックミラーに赤色灯を回しながら覆面パトカーが追いかけてくるのが見えた。スピーカーが「そこのソアラ、停まりなさい」と怒鳴っている。

「オー　マイ　ゴッド……」

浅見は自棄《やけ》っぱちに呟《つぶや》いて、路肩に車を寄せた。紅葉マークの老人が、嬉《うれ》しそうにニヤニヤ笑いながら通り過ぎて行った。

覆面パトカーはソアラの前方を塞《ふさ》ぐように停まり、左右のドアから無帽の警察官が下りてきた。黒いジャンパーにブルーのネクタイをしているから、ちょっと見には警察官かどうか識別が難しい。

「免許証を拝見します」

窓を開けると型通りの科白《せりふ》から始めた。

「だいぶお急ぎのようですな」

これも決まり文句だ。慇懃《いんぎん》無礼の典型のようなマニュアルができている。

浅見は仕方なく副知事秘書の名刺を出し、八橋での刺傷事件の犯人を追っている旨を話した。すでに二度も一一〇番しているので、そっちの係に確認してもらえば分かるとも言った。警察官の一人が車に戻って無線で連絡を取り、確かにそういう事実があることは分かってもらえた。

「事情は分かりますが、ここは追い越し禁止であることはご存じですね？」

「はあ、分かっています」

浅見より若そうな警察官に諭されて、浅見はシュンとなった。

「あなたが追わなくても、この先のほうで検問を開始したそうですので、あとは警察に任せておいてください」

追い越し禁止違反は不問に付してくれたが、もはや犯人の追跡どころではなかった。

第七章　フィルムの謎

1

岩田一は驚異的な回復力を示した。まだ二十二歳——若さというべきだろう。他人の血が四分の一近く入ったというのに、意識は驚くほど早く取り戻し、脳の障害に襲われる危険もなんとか切り抜けたそうだ。

集中治療室の前で浅見は川添部長刑事と落ち合った。川添はさすがに疲れた顔である。警察に入って以来、こんなふうに、事件の発生から関わった経験は初めてだという。

この事件そのものに関しての所轄は秋田北署で、川添は捜査にはもちろん関係しないのだが、刺傷事件が発生した瞬間の目撃者ということもあり、事情聴取を受けたあと、とくに了解を得て、救急車で病院に搬送されるところからずっと被害者に付き添っている。ただし、二ツ井町での「自殺事件」との関連についてはまだ秋田北署の連中には話していなかった。

「いやあ、ここだけの話だけんど、わくわくするすなあ。まるでミステリー小説か映画でも見てるみてえだす。というより、自分たちが出演しててんだかな。浅見さんが主人公で、自分が脇役ってとこだべか」

根っからの刑事根性の持ち主らしく、疲れた顔でそんな呑気《のんき》なことも言った。

病院には川添以外に所轄の秋田北署の巡査が警備についていたが刑事の姿はなかった。岩田一の意識が回復したら来ると言い置いて引き上げた。状況から判断して、ヤクザ同士の喧嘩《けんか》ぐらいに軽く考えているから、あまりやる気がないのかもしれない。

岩田の身内は彼の母親だけが来ていたが、心労が祟《たた》って、別室のベッドで横になっているのだそうだ。父親の岩田雅彦は銀行のほうに連絡したのだが、いまだに本人とは連絡がつかないという。むろん、千秋プロモーションの人間は顔を出していない。そっちのほうには秋田北署の刑事が事情聴取に行っているはずだ。

医師が川添を呼びに来た。本来なら所轄の刑事でなければならないのだが、医師にしてみれば、どこの刑事であろうと、知ったことではないにちがいない。

「患者さんの容体がかなり安定してきました。意識も戻っていて、短い時間なら話せる状態ですが、どうしますか」

「もちろん話を聞きますよ」

川添と浅見は白衣とマスクをつけて集中治療室に入った。岩田はさすがに青黒い顔をして、目もうつろだが、意識はしっかりしたものだった。眉毛《まゆげ》を剃《そ》り落とし、髪を茶色に染め、ピアスをつけて、その手の若者の定番ともいえる道具立てを揃えている。

医師が「きみを助けてくれた人たちだよ」と紹介すると、岩田はわずかに頭を下げる仕種をした。

「二、三質問してもいいかな？」

川添が訊《き》いたのにも、黙って頷《うなず》いた。

「きみを襲ったやつは千秋プロの何ていうやつだべ？」

「知りません」

かすれ声で答えた。

「もう一人は？」

「知りません」

「きみを刺したやつを知らねえのかね」

「はい」

「じゃあ、後ろのほうさいたやつは？」

「知りません」

「顔は知っているんだか？」

「分からないって、同じ千秋プロの人間でねえか」

川添は苛立《いらだ》った。医師が「ちょっと、あまり大きな声を出さないでください」と注意した。肝心の岩田は無表情だった。明らかに仲間を庇《かば》っているのだ。事件現場で相手が千秋プロの人間であると認めてしまったことまでも後悔しているのかもしれない。襲われた相手だというのに、喋《しゃべ》った場合の報復が怖いのか、それとも、そういう世界の仁義を守ろうとしているのだろうか。

浅見が川添と位置を代わって、岩田に顔を近づけた。

「お母さんが倒れましたよ」

「…………」

言葉は出さないが、表情に動揺が走るのが分かった。

「お父さんのことは嫌いですか」

「…………」

一瞬、目に憎悪の光が宿った。

「石坂さんは知ってますね？　石坂修さんですが」

「…………」

「きみが尾行を続けていた車の持ち主です。秋田県庁に勤めていた石坂修さん。石坂さんのことは知っているでしょう」

岩田の目はふたたび焦点を失ったように、茫洋《ぼうよう》として、困惑の色が浮かんだ。黙秘をしているというよりも、むしろ浅見の言っていることの意味が理解できないといった様子に受け取れる。

「石坂さんを米代川に落として殺したのは、きみではないのでしょう？」

「えっ……」

驚いて声が漏れた。明らかに、思いもよらぬことを聞いた――という顔である。

「なるほど、きみは石坂さんのことはまったく知らないようですね。何も知らずに石坂さんを尾行していたというわけですか」

岩田は黙って首を振った。

「知らないで、とにかくあの車を尾行しろと命じられたのですね？」

その問いにも首を横に振った。

（どういうことだろう？――）

浅見は岩田がすべての質問を否定していることの意味が分からなかった。単純に被疑者が保身目的で容疑を否認するのとは違うように思える。いまの岩田には、仲間を庇う意図はあるのかもしれないが、自分に関する質問には素直に答えようとしていると感じられるのだ。

質問が途切れたのを待っていたように、医師が「そろそろこの辺で終わりにしてください」と割って入った。確かに、素人目に見ても岩田の憔悴《しょうすい》ぶりは分かる。浅見も川添も、不完全燃焼の状態で集中治療室を出ることになった。

「あの野郎、命を助けてやったのに、とぼけやがって」

川添は頭にきた――と言わんばかりに、廊下のベンチを蹴飛《けと》ばした。

「そうでしょうか？」

「ん？　どういう意味だすべ？」

「僕には、彼が必ずしもとぼけて嘘をついているようには思えなかったのですが」

「なしてだす？　完全にシラを切って、とぼけてるでねえすか。千秋プロのやつを知らねえだなんて、嘘っぱちだすべ」

「ええ、それは嘘だと思いますが、全部が全部嘘で、とぼけているわけではないような気がします」

「そう思う根拠は何だす？」

「いや、根拠というほどのものはないのですが、ただ何となくそんな気がしたのです」

「どの部分が嘘で、どの部分が嘘でねえと考えてるんだすか？」

「石坂さんに関係した部分は嘘ではないと思います」

「そりゃまあ、殺しの実行犯かどうかは分かんねえかもしんねえすけど、尾行したことまでとぼけてるでねえすか」

「うーん……確かにそうなんですが、あの表情を見ると、嘘をついているようには思えないのですけどねえ」

「嘘をついてねえって……だども、石坂さんが撮ったあの写真さ写ってっだのはヤツの顔に間違えねえすよ。はっきりしねえ写真が多かったのは事実だけんど、間違えねえす。浅見さんだってそう思うすべ」

「そうですね、それは僕もそう思うのですが、何か違うような、間違っているような気がしてならないのですよ。さっきの岩田の顔を見ていると……」

川添は（やれやれ——）というように、肩をすくめてみせた。

「すみません、無責任なことを言って」

浅見は謝った。自分でも根拠のないことを言っているのは十分、承知している。それでもなお、何か勘違いや間違ったまま、岩田一を責めていたという後ろめたい感覚が胸の辺りにトグロを巻いていた。

どこの何が間違っているのか——浅見にも分かっていない。それでも何かが違うというのは、浅見一流の勘というべきものだ。何か重要なところで、自分は間違っていると感じるのである。それは岩田一に質問し、彼の表情を見ながら次第に確信に近くなっていったものだ。

秋田北署の連中が三人、やって来た。その中には顔見知りの大迫部長刑事もいて、浅見を見て驚いた。

「えっ、浅見さんが刺傷事件の現場にいたんですか」

「ええ、偶然そこに行き合わせました」

「偶然て……」

大迫は苦い顔をした。偶然でなんかないと思っている。浅見を廊下の片隅に引っ張って行って、「本当のところはどうなんだすか」と、詰問口調で訊いた。

「じつは、岩田雅彦氏を訪問した矢先の事件だったのです。岩田雅彦氏のことはもちろんご存じでしょうね。例の富田夫人の愛人ですが」

「やっぱり……いや、もちろん知ってます。自分らも、ガイシャの身元調べをして、岩田一が岩田雅彦さんの息子だと知って、びっくりしてたところであります。そしたら浅見さんは、火達磨《ひだるま》自殺の事件をまだ追いかけてたんですか？」

「ええ、一応、自殺の真相を解明しておきたいと思ったものですから」

「しかし、能代署の川添さんも一緒というのは、どういうことです？」

「それを話すと長くなりますが、簡単に言いますと、二ツ井町で起きた、石坂修さんという、県庁職員の自殺事件も、併せて調査中だとご理解ください」

「ふーん、そういうことですか。だども、それで一緒に岩田家を訪れたのはどういうわけですか……」

大迫は不得要領の顔で首を振った。

「それは岩田雅彦氏がかつて、県庁で石坂さんの上司だったので、自殺の理由について何か話を聞けるのではないかと思ったからです。まあそのことはおいておいて、ところで、大迫さんたちは千秋プロモーションに聞き込みに行ったのでしたね。それで、何か分かったのですか？」

「いや、大したことはねかったです。岩田を襲ったことはもちろん、本事件には何も関与していねえと突っぱねられました。犯行時刻に現場付近さ行った者は誰もいないと強弁されれば、それを覆す根拠はないですもんね。それより、川添さんに犯人は千秋プロだと言われて事情聴取にでかけたのだが、間違いなく千秋プロモーションの人間の犯行なんですか？」

大迫は逆に疑わしそうな目で、少し離れたところにいる川添を見た。

「それは間違いないと思いますよ」

と浅見は言った。

「現場に駆けつけた時、岩田がそう言ったのですから。ただし、はっきりそうだと言う根拠はありませんけどね。どういうわけか、いま聞いてみたら前言を翻して、襲ったのが仲間であることを認めたがらないのです。まあ、報復を恐れてのことだと思いますが」

「えっ、岩田に事情聴取をしたんですか」

「ええ、お医者さんがちょっとだけなら会話ができる状態になったと言うものですから。しかし何を訊《き》いても知らないの一点張りでしたがね」

「そういうのは困るっすよ。扱ってるのはわれわれですから」

「いや、出過ぎた真似をしたわけでなく、たまたま大迫さんたちがいなかったので、仕方なく代理を務めたわけです」

「うーん、まあ仕方ないですな。それより、犯人のことですが、せめて車のナンバープレートでも分かんなかったんですか？」

「残念ながらそこまでは確認できませんでした。ただ、リアウインドーに、白地に赤の日の丸のようなマークが貼ってあるのが見えたのですが、あれは千秋プロの社章ではないのでしょうか」

「いや、千秋プロのマークは丸に千の字を図案化したものですよ。日の丸なら右翼団体が使っているんでないのですか」

「千秋プロは右翼系ではないんですか」

「いや、右翼とは関係ないですな」

「では、右翼の犯行に見せかけたのかもしれませんね」

「そういう可能性はありますな。だども、たとえそうであっても、千秋プロの犯行だとはいえないんではないですか」

大迫は相手が副知事秘書だから、一応丁寧に応対してはいるが、内心では（たかが素人のくせに――）と、面白くないにちがいない。

「あとは自分たちがやります」と大迫に催促がましく言われ、浅見と川添は引き上げることになった。

2

病院を出る頃はすでに夕景近かった。駐車場へ向かう途中で、富田久里子とおぼしき女性の運転する車から降りて、こっちへ向かって来る紳士が視野に入った。

「岩田さんじゃありませんか？」

浅見は紳士の前に立ちふさがるようにして声をかけた。川添はぜんぜん気づかなかったらしく、紳士と同じ程度にびっくりして、立ち止まった。

「岩田雅彦さんですね？」

「えっ、ああ、んだすとも……あの、刑事さんですか？」

岩田雅彦は二人の男の風体を見て、そう察したようだ。すかさず川添が二人のあいだに割り込んで、警察手帳を示した。浅見はポケットに手を突っ込みかけてやめ、いかにも手帳の提示を省略した感じに見せかけた。

「息子さんは大変でしたね」

「ん？　ああ、いや、あんなやつは死のうとどうしようとどうでもいいのです。親や他人《ひと》様に迷惑ばかしかけよって」

「まあ、そう言わずに……息子さんは幸い、生命に別状はありませんが、かなりの重傷でした。それにしても岩田さんはいままでどこにいたのですか？　ずいぶん探しましたよ」

「いや、ご面倒をおかけして申し訳ありません。ちょっと銀行の仕事で出掛けておったものですので」

「それはおかしいですねえ、銀行のほうにも連絡したのですが、行く先は分からないということでした。しかし、それはまあいいでしょう。ところで、二、三お訊きしたいことがあるのですが、ちょっとお時間を拝借できませんか」

「はあ……しかし、病院に顔を出さないと」

「いや、息子さんなら大丈夫ですよ。意識もしっかりしていて、いままで事情聴取をしていたところです。いかがでしょう、署まで行かなくても、あそこの喫茶店でお話しすることにして、よろしいですね？」

　ことと次第によっては署まで行ってもらうぞ——というニュアンスを込めた。

「分かりました。それじゃ、なるべく簡単にお願いします」

病院の並びにある喫茶店に入った。三人ともコーヒーを注文した。

岩田雅彦は五十五歳のはずだが、見た目ではそれより若い。色白で全体にゆったりした印象の顔だちだ。秋田県は「秋田美人」の産地だといわれているが、じつは男性もなかなかの美男子が多いと聞いたことがある。岩田も若い頃はさぞかし眉目秀麗《びもくしゅうれい》の青年だったことを思わせた。

「岩田さんは富田さんをご存じですね。火達磨事件で亡くなった富田秀司さんですが」

「ん？　ああ、知ってますけど」

「あの事件では何かと大変だったのではありませんか？」

「いや、べつにどうってことはありませんでしたよ。私は関係ないのだから」

「関係ないことはないでしょう。富田夫人とのことがあるのですから」

「それは……いや、事件には関係ないと言っているんです」

岩田は鼻の頭に思いきり皺《しわ》を寄せて、苦い顔をした。

コーヒーが運ばれてきたが、誰も手をつける雰囲気ではなかった。ウェートレスが行くのを待って、浅見はすぐに言った。

「確か、あの時は田沢湖のホテルにいたのでしたか。もしアリバイがなかったら、最有力の重要参考人になっていたでしょうね」

「そんなこと……第一、あれは自殺だったのだから、私のあずかり知らぬことです。あんたは何を言いたいんです？」

「あの事件は、じつは自殺ではなかったという噂がありましてね」

「ん？　どういうことかね？」

「いま言ったとおりです。富田さんは殺害された疑いがあるというのです」

「まさか……ふん、そういえばそんなことを言いふらす人間がおると聞いたな。しかし、警察がそんな噂を真に受けるとは思わなかったがね。その話にはいったい、どういう根拠があるのかね？」

「根拠は……いや、これは捜査上の秘密ですから言えません。それはそうと、岩田さんは石坂さんの上司だったのでしたね」

「ん？　木材振興課長から調査部に回された石坂君のことかね。彼なら知っているが、その頃はもう、私は調査部を離れてました」

「あの人も富田さん同様、気の毒な亡くなり方をしましたね」

「ああ、気の毒だったですな。何も死ぬことはなかったのに」

「岩田さんもそう思いますか」

「もちろんでしょう。彼ばかりが悪いわけじゃないんだから」

「つまり、責任を取って死ぬようなことはなかったと」

「そうだすな」

「本当にそう思いますか？」

「は？　ああ、本当にそう思ってますよ」

「それなのに、なぜ死んだのですかね？」

「それはだから、責任を感じたからでしょうが」

「しかし、いま、責任を取ることはなかったと言いませんでしたか？」

「それは……私はそう思うが、彼はそうは思わなかったっていうことでしょう。責任感の強い性格だったのですな」

「確か、石坂さんは木材振興課長をしていたのに、責任を取らされた恰好《かっこう》で、調査部の部長付という、いわば窓際に左遷されたのでしたね」

「そうです……いや、窓際かどうかは考え方にもよりますがね」

「その人事には、岩田さんも関わったのではありませんか？」

「いや、決めたのは総務と人事部の上のほうで、私は関与してないです」

「しかし、調査部次長として、秋田杉美林センターの問題を調査し報告した結果が、その人事に反映されたということを考えれば、間接的には関与したことになりませんか」

「それは結果的にそうなったというだけで、私が左遷しろなどと言ったわけじゃない」

「ともかく石坂さんは左遷されたのですね。ところで、石坂さんが木材振興課長だったのは、どのくらいの期間でしたか？」

「二年かそこいらだすかな」

「えっ、二年ですか。そして調査部部長付に異動して半年……だとすると、実際に秋田杉美林センターで不正が行なわれていたのより、はるか後ということになりますね。秋美問題で裁判が始まったのが確か一年半ぐらい前のことでしょう。時期的にはむしろそこと重なりますね。つまり、石坂さんは秋美の事件にはぜんぜん関係がなかったのに、詰め腹を切らされたというわけですね」

「いや、そうではないですよ。石坂君が木材振興課長になったのは、秋美の後始末をすることと、県議会の秋美問題調査特別委員会の世話役として、真相解明の使命を帯びていたというものでした。調査部に移ったのは、それ以降も調査を継続するための人事だった。部長付というライン外のスタッフ扱いにしたのはその意味だと聞いてますがね。しかし、いわば敗戦処理をやらされたことは事実だから、心労は並大抵ではなかったでしょうな。まあ、彼は運が悪かったと言うしかありませんな」

「運が悪いどころか亡くなったのですから、最悪ですね。本来は関係のない石坂さんでさえそれくらい責任を感じたのですから、石坂さんの前任者の木材振興課長さんは、さぞかし責任を感じたことでしょうね。えーと、その人は現在、何をしているのですか？　まさか自殺をしたとか……」

「まさか……」

岩田は顔を歪《ゆが》めて笑った。

「彼は……当時の木材振興課長は山岸《やまぎし》というのだが、山岸は現在、総務部次長をやっていますよ」

「えっ、ほんとですか？　それじゃまるで栄転じゃないですか」

「栄転かどうか、一応、序列からいってそうなるわけですな」

「驚きましたねえ、そんな不公平がまかり通るんですか」

「不公平かもしれないが、役所っていうのはそういうところですよ。何年も前に起きた防衛庁の不祥事で、事件とは無関係の現役の防衛庁長官が引責辞任をしたじゃないですか。要するに形式主義なんです。そうでなければ、いまごろは県庁の幹部クラスの半分近くは辞めてなきゃならない。そんなことになったら県政はガタガタでしょう。だからすべての責任をできるだけ小人数に負ってもらう。知事も辞めたし、私だって一応、責任を取った形で辞めてるわけでしてね」

　実際は、富田久里子との不倫が原因なのでは？――と、浅見は樋口の話を思い浮かべた。

「知事は任期満了の一ヵ月半前だったそうじゃないですか。膨大な退職金を貰《もら》ったと聞きました。それに、岩田さんの場合は銀行の監査役というのですから、むしろ恵まれた天下りじゃないのですか」

「まあ、どう受け取られようと、形は引責辞任であることに変わりはないです」

「それに引き換え、石坂さんはただ損な役回りを充てがわれ、こき使われたのですから、不満もあっただろうし、言いたいことは山ほどあったでしょうね。秋田杉美林センターで何が行なわれていたか。経営の実態や裏側をよく知っていたのだから、それをぶちまけられると、困る人も多かったのではありませんか？」

　岩田はジロリと上目遣いに浅見を見て、いやな顔を作った。

「あんた、何が言いたいのかね？　そうだ、まだあんたたちの名前を聞いてなかったが、名刺を貰えますか」

　浅見は川添と顔を見合わせた。こうなったら腹をくくるしかない。

　川添の名刺を見て、岩田は「能代署？」とすぐに疑問を抱いた。

「この事件を担当する所轄は、秋田北署じゃないんですか？」

「いや、われわれはあなたの息子さんが暴漢に襲われた時、たまたま現場さ行き合わせて助けた者だす。こちらの浅見さんが犯人を追いかけたが見失ったのでして」

浅見の名刺はさらに岩田を驚かせた。

「えっ、副知事秘書?……あっ、そうか、あんただな、久里子……いや、富田夫人のところに行って、妙なことを吹き込んだのは。それにあんた刑事じゃないんだ。だったら官名詐称じゃないですか」

「いいえ、僕はべつに刑事だとも警察官だとも言ってませんよ。副知事の特命を帯びて調査を進めているのです」

「そんなことを……冗談じゃない」

岩田は憤然として立ち上がった。

「こっちはあんたがたが二人とも刑事、それも息子の事件を担当する刑事だと信じていたからこそ、事情聴取にも応じたんだ。ひとを馬鹿にして、よくも……いいかね、これはこのままじゃ済まさないよ。あの女副知事さんも、いい気になってのさばらないよう、よろしく言っておいてくれ」

捨てぜりふを残して、引き止める間もなく店を出て行った。

「まずいことになったすな」

川添は深刻そうな顔であった。

「なに、大丈夫ですよ。川添さんはれっきとした警察官なんですから、事情聴取をする義務がある。第一、息子の命を助けた恩人じゃないですか。感謝されこそすれ、文句を言われる筋合いはありません」

強気のことを言ったものの、浅見も内心では少なからず不安ではあった。自分のことはともかくとして、岩田が匂わしたように、望月副知事にとばっちりが及ぶのは困る。

「まあ、何かが起きた時は起きた時として、臨機応変に行動するしかありませんね」

冷えきったコーヒーを口に運んだ。つられるように、川添もカップに砂糖とミルクを入れている。

ちょうど終業時刻なのか、サラリーマン風の人々がどんどん入ってきて、店は賑《にぎ》やかになった。隣のテーブルでは、若い女性ばかりの四人がケーキセットを注文して、何の写真なのか、現像したばかりらしい写真を回し見ながら、ケラケラと陽気に喋《しゃべ》っている。

「いまどきの若い連中は、苦労がなくていいすな。うちも娘が二人、まだ高校と中学さ行ってるんだが、ぜんぜん気楽なもんだす」

「いや、ああ見えても、彼女たちなりに深刻な面もあるのですよ、きっと」

女性たちの手にある写真を眺めながら、浅見はふいに胸の痛みを感じた。

(なぜだろう?——)

川添が何か言ったようだが、浅見には聞こえていなかった。

(なぜフィルムだけだったのか?——)

岩田一に尋問していた時から、漠然と感じていた疑問とも違和感ともつかないものが、かすかな曙光《しょこう》のように見えてきた。

「浅見さん……」と川添がテーブルの上に置いた浅見の手を叩《たた》いた。

「えっ?」

われに返って見ると、川添は心配そうにこっちを覗《のぞ》き込んでいる。

「どうかしたんだすか? 具合でも悪いんでねえすか?」

「あ、いや、ちょっと考えごとをしていたもんですから……何か言いましたか?」

「いや、大したことではねえすけど、浅見さんは結婚のほうはどうなっているのかって訊《き》いただけだす」

「ああ、結婚ですか。いや、さっぱりです。おふくろは催促するんですが、まだ当分は居候生活から抜け出せそうにありません。すてきな秋田美人でもいれば……」

どういうわけか、ふいに石坂留美子の顔が浮かんだ。

浅見はコーヒーカップを置くと、席を立った。

「ちょっと思いついたことがあるので、僕はここで失礼しますが、いいですか?」

「えっ、それは構わねえすとも……」

川添は目を丸くした。

「何かあったんだすか？」

「ええ、ずっと気になっていたというか、心の隅に引っ掛かっていたものの正体が、見えたような気がするのです」

「というと、何か事件に関係したことだすか？」

「そうです。といっても、謎が解けたわけでなく、ひょっとすると勘違いしていたかもしれないという程度のことですが……とにかく当たってみることにします。すみません、どうもお疲れさまでした。明日、またご連絡します」

何のことか分からず、あっけに取られる川添にピョコンと頭を下げて、浅見はソアラの待つ駐車場へ急いだ。

3

車から石坂家に電話をすると、留美子の陽気な声が飛び出した。

「あっ、浅見さん、嬉《うれ》しい。たったいま帰ってきたところなんです」

嬉しいと言われて、浅見はどう反応すればいいのか困った。

「そうですか、ちょうどよかった。じつは臨時収入がありましてね、もし間に合えば、これから上等の肉をお土産に、すき焼きをご馳走《ちそう》になりに伺おうかと、勝手なことを思いついたのですが、だめでしょうか？」

「えっ、ほんとですか？　わーい、だめなわけがないでしょう。お鍋《なべ》をセッティングしてお待ちしてます」

「いや、そんなに簡単に決めずに、お母さんに確かめてください」

「確かめる必要はありません。この家では私が憲法なんです。それに母もここにいますから。じゃあ、早く来てくださいね」

あらゆる疲労素が全身から抜けてゆくような心地よい声だ。いまは「癒《いや》し」が求められる時代なのだそうだが、彼女にはまさに「癒し効果」が備わっているような気がする。彼女のような女性がいつも傍にいてくれたら――と、あらぬ想像が浮かんだ。

浅見は浮き立つ思いで駅前のデパートに立ち寄り、最高級の肉をたっぷり仕込んだ。ついでに豆腐やシラタキやネギも買った。ネギの頭が飛び出した買い物袋をぶら下げて、母親が見たら卒倒しそうな恰好《かっこう》であった。

三十分ちょっとで石坂家に着くと、本当に「すき焼きモード」のテーブルがセットされていた。佳一少年は浅見の出した肉の包みを拡《ひろ》げて、「あっ、これデパートで百グラム千二百八十円のやつ」と感動した。

「うちはいつも、スーパーで四百八十円のやつだもんなあ」

「ばかねえ、そんなこと正直に言うんじゃないの。見栄っていうものがあるでしょう」

留美子が叱って、皆が笑った。

母親の彩代に料理の下ごしらえを任せて、留美子は浅見の相手をした。

「浅見さんがうちにいらっしゃるのは、ただすき焼きだけが目的じゃないのでしょう？　今日は何なんですか？」

「ほう、鋭いですね」

浅見は留美子の勘のよさに、心の底から感心した。

「じつは、例の写真のことでちょっと気になることがあるんです。それで、もう一度、あらためてネガフィルムとプリントと、両方を見せてもらいたいのですが」

「はい。でも、それは食事のあとでもいいんでしょう？」

「もちろんです」

大皿に山盛りにした具材が運ばれてきた。鍋奉行は留美子が務めるらしい。

「父が生きているときは、父の役目だったんですけどね」

何気なく言って、少しウルッときたが、すき焼き鍋に脂身を投入して、旨《うま》そうな匂いが家中に立ち込めると、たちまち陽気な留美子に戻った。過去に決別しながら、人間は逞《たく》しくなる。

（生きるということは、こういうことなんだな――）と、浅見はひそかに思った。

秋田に来て以来、ふだんは味気ない一人きりの食事ばかりだから、前回のきりたんぽ、タラちり鍋に次ぐ家庭的雰囲気に、浅見は堪能した。帰りの車のことがあるから、勧められたワインは一杯だけにして、もっぱら料理に専念する。留美子は秋田の女だけに、酒はいけるくちなのだろう。顔を真っ赤にしながら、グラスをいくどか空にしていた。

ずいぶん時間をかけて食事を終えた。酔っぱらって忘れてしまわないか――と心配だったが、留美子は顔に出るたちで、アルコールには強いのか、シャキッとしたもので、デザートのあとにフィルムと写真を持ってきた。

「この写真の何が気になるんですか？」

浅見の手元を見ながら、訊いた。

「気になることは二つあります。第一に、留美子さんがこの写真を見つけた時、なぜネガフィルムしかなかったのかということ。第二に、写真に写っている場所はどこかということです」

勘のいい留美子も、さすがに意味が分からずに、キョトンとした目をしている。

「フィルムだけで、紙焼きした写真が一枚もなかったのは、お父さんが誰かに写真を渡してしまったからだと思ったのですが、ひょっとすると、元々、フィルムしかなかったのではないでしょうか」

「えっ？　というと、父は写真を撮ってフィルムを現像しただけで、プリントしなかったということですか？」

「いや、そうでなく、フィルムだけを手に入れたという意味です。つまり、お父さんが撮った写真ではなく、誰かが撮ったフィルムを手に入れたのではないか。どうやって手に入れたかはともかくとして、そういう可能性も考えられるのじゃないでしょうか」

「ええ、それはあるかもしれませんけど、でも、どうしてフィルムを？」

「じつは、この写真に写っている車の主ですが、この人物が今日、ある傷害事件に遭ったんです。それで、彼に事情を訊くことができました」

「えっ？　もうそんなことまで調べがついたんですか？」

「ちょっとした偶然の出来事からですが、しかしそういう幸運に恵まれたとはいっても、警察にとっては、その程度のことは朝飯前の仕事ですよ」

浅見は際どいところで、やはり警察にポイントを稼がせてやった。こんな場合にも無意識に兄への配慮が働く。

「ところが、この人物――岩田一という若者ですが、彼に事情聴取をすると、彼は石坂さん——あなたのお父さんを尾行してなんかいないと言うのです。しかし、こういう写真がある以上、尾行したことは間違いない。それが分かっているのに、頑強に否定しつづけるのですね。そのときは、ただ何でもかんでも首を振っているのかと思ったのですが、あとで考えて、ひょっとすると、彼が尾行したのはどうやら別人ではないかと気がつきました」

「えっ？　じゃあ、この写真を撮ったのは父ではなく、その別人さんなんですか？」

「別人さん」という言い方はおかしいが、それに気づかないほど、留美子は驚いた。

「ちょっとお父さんの車を確かめてみましょう」

浅見は言って立ち上がり、留美子に案内を求めた。

石坂の車は警察から戻ってきた時の状態で玄関脇の駐車スペースにあった。浅見は運転席に坐って、持参したカメラのズームレンズを１０５ミリの望遠まで一杯に伸ばしてルームミラーを覗《のぞ》いた。

想像していたとおり、写真に写ったのと同じ比率で、ルームミラーの枠によってファインダーの上下がカットされている。ただし、わずかにアングルが違うような気がした。写真と見比べると、微妙だが確かに違う。それに、ピントが甘いのではっきりしないが、枠の形もこの車のとは違うようだ。

「そうか……」

浅見は思わず歓声を上げた。留美子が驚いて車の中に首を突っ込んだ。

「やはり、これはお父さんの車ではなかったんですよ。おそらくこの写真は、左ハンドルの運転席から撮ったものです。車は外車だったと思われます。この車の持ち主が尾行者を撮影したということです」

「でも、どうしてその写真——フィルムを父が持っていたんでしょう？」

「それはまだ分かりません」

「撮影した人は誰なんですか？」

「それもまだ分かりません。あらためて岩田一に尋問することになります。ただ、その前にこの写真をもう一度、調べ直してみたかったのです」

「ふーん、そうだったんですか……それで、他にも何か分かったんですか？」

「さっき言った二つのことが分かりました。まず、このフィルムはデュープ・ネガであること。つまりオリジナルのネガからコピーしたフィルムだったのです。この伝票に『DNフィルム現像』とあるでしょう。最初に見たときには気づかなかったけれど、『DN』はデュープ・ネガの略です。おそらくこれは、お父さんが誰かから預かったネガを、何かお考えがあってコピーを作っておいたものなのでしょう。その理由としては、将来、何かの証拠として役立てるとか、何枚も焼き増しする必要が生じるかもしれないとか、そういう深慮遠謀だったことが考えられます。第二に、この写真に写っている場所がどこか——ということです。あまり鮮明な写真ではないのと、お父さんが尾行されたという先入観があったので、漠然と秋田市内のどこかだと思って見過ごしていたのですが、じつはそうではないのかもしれない。留美子さんはどう思いますか？」

「そうですねえ……そう言われると、秋田市内じゃないのもあるような気がします。ルームミラーから外れた部分に進行方向の風景が写っている写真がありますけど、これは秋田市内じゃなくて……あ、もしかするとこれ、角館じゃないですか？」

「あなたもそう思いますか。僕もそんな気がしたのです。はっきりしないが、ここにわずかに見えている長い塀は角館の武家屋敷辺りですよね」

「だけど、父は角館なんかに何をしに行ったのか……あ、そうか、これは父が撮影した写真じゃなかったんですね」

「そう。要するに角館に何らかの縁がある人物ということになります。そこの住人か、あるいは角館に定期的に用事のある人物です。これだけ頻繁に角館を訪れているのですからね」

「誰でしょう？」

「一つ言えることは、お父さんとごく親しい人でしょうね」

「えっ……じゃあ、このあいだ浅見さんが言った、犯人の条件と一致しますね」

「そうですね。親しくなければ、お父さんにフィルムを渡したりしませんからね。おそらくその人——かりにX氏と呼びましょうか。X氏は、何かの問題について、お父さんに相談しようとしたのでしょう」

「問題っていうと、どんな？」

「X氏は何者か正体不明の相手から恐喝を受けていたのだと思います。それでお父さんに善後策を講じてもらおうとした。お父さんは尾行者の写真を撮るように勧めたのでしょう。詳しく調べてみないと何ともいえないけれど、写真の日付の数字のタイプが、お父さんのほかの写真のものと似ているような気がしますから、カメラごと貸してあげた可能性もありますね。カメラはフィルムを装塡《そうてん》したまま返された。そうして撮られた写真を分析して、相手の素性を解明したのでしょう。お父さんは当然、次の段階としては警察に通報することを進言します。ところがX氏のほうはそれに従わなかった」

「えっ？　どうしてですか」

「尾行者の素性が分かったあと、X氏と恐喝者側とのあいだで交渉が成立したのだと思います。つまり恐喝に屈することにしたというわけです。X氏にしてみると、恐喝されている問題について、警察沙汰《ざた》にしたりオープンにしたくない弱みがあったにちがいありません。そうなると、逆に石坂さんの動きが面倒なことになってきた。あなたのお父さんは律儀で正義感の強い性格だったでしょうから、恐喝者と妥協するなんて念頭になかった。相談したX氏にとってはもちろん、恐喝者にとって、きわめて危険で邪魔な存在になったはずです」

「じゃあ、それで父を……」

「いままで話したことも含めて、あくまでも想像ですけどね。しかし、もしそういうことだとすれば、とりあえずX氏は石坂さんが持っている写真を取り戻そうとしたはずです。その時、石坂さんはX氏の変心を予感して、写真を渡す前に、万一の場合のためにデュープ・ネガを作っておいた。それがこのフィルムだったのではないでしょうか。単に写真の焼き増しだけでなく、デュープ・ネガを作ったのは、そのほうが証拠価値が高いし、必要なだけプリントできるということを考えたのかもしれません」

「そうですね、そうだったんですね」

留美子はあらためてフィルムを手にした。父親の想いや、それに温《ぬく》もりまでが感じ取れるように、両の掌《てのひら》に挟んでいる。

「浅見さんが言うように、父の親しい人だとしたら、そのX氏も、このあいだの年賀状の中に入っているんでしょうね、きっと」

「たぶん」

留美子はサッと立ち上がって、年賀状の束を取りに行った。

およそ三百枚の中から「親しい人」として仕分けされた二十一枚の年賀状を、あらためてチェックした。しかし角館町に住んでいる人間は一人もいない。

「住所が角館とはかぎりません。角館に、たとえばその、愛人なんかがいて、通っていたのかもしれない」

浅見は言いにくそうに言った。

「あっ、そうですね、不倫関係ですよ、きっと」

留美子のほうがむしろ、あっけらかんとしている。

「まあ不倫関係かどうかはともかくとして、お父さんに、そういった、きわめてプライベートな問題まで含めて相談していたとなると、よほどの信頼関係にあった人物ということですね。そして現在、恐喝を受けるほどの地位にある人物でなければならない……」

年賀葉書を一枚一枚検分していた浅見の視線は「岩田雅彦」の賀状に停まった。

「えっ、この人なんですか？」

留美子が浅見の手から葉書を取った。

「じつは、例の写真に写っていた尾行者が、この人の息子なんですよ」

「えーっ、ほんとですか？」

「岩田氏はかつて県庁で石坂さんの上役といっていい立場にあったことがあり、現在、銀行に天下って監査役を務めています。地位も財産もあり、恐喝の対象としては有資格者といってもいいでしょう」

「でも、その人の息子さんがお父さんを尾行したり恐喝したりするでしょうか？」

「うーん、その辺りの事情は調べてみないと分かりませんけどね。しかし、息子が父親に憎悪を抱くことは、ありえないわけではないと思います。とくに母親を愛しているとしたら、その母親を苦しめている父親を憎んだとしても不思議はないですよ」

「それにしたって、恐喝まで？……」

「いや、彼は尾行しただけで、恐喝は彼が所属していた千秋プロモーションという組織がやったことだと思います」

「何なのですか、その千秋プロって？」

「一種の興行会社ですが、実質的には暴力団関係の企業じゃないでしょうか」

「えっ、そうだったんですか……じゃあ、父を殺したのは暴力団……」

「その可能性はありますね。ただ、もしX氏が岩田雅彦氏だとすると、岩田氏の不倫相手は角館に住んではいなかったので、角館へは別の目的で行ったということになります。それから、尾行している人物が息子であることに気づかなかったというのも、ちょっと引っ掛かりますね」

「だけど、フロントガラス越しに見ると、運転しているのが誰だか分かりませんよ。

サングラスもしているし」

「それはまあ、そうですね……もしかすると岩田雅彦氏ではなく、また別の人物なのかもしれないけど、いずれにしても、岩田一の回復を待って、彼の口から真相を聞き出せばいいわけです」

結局、そのことがあるから、浅見にはどこかに楽観ムードがあった。ところが、岩田一の容体は、浅見が想像していたよりかなり深刻な状態だったらしい。

その夜、十一時近くになって帰宅した浅見を、川添の電話が迎えた。川添はまず、何度も電話してようやく摑《つか》まった。早く新しい携帯電話を買ったほうがいい——と、またぞろボヤきを言ってから用件に移った。

「岩田がまた、話もできねえほど危険な状態に陥ったそうだす。それで、秋田北署から、あのとき集中治療室で何を話したのか問い合わせてきました。もしかすると浅見さんのほうさ刑事が行くかもしんねえすが、自分はありのままを話しておいたす。隣でお医者さんも聞いておったし、隠すようなこともねかったすもんな」

川添の口調にはどことなく保身への配慮が感じられた。警察組織のもろもろのしがらみが、彼を不安にさせているにちがいない。

（そんなに心配しなくても、最悪の場合には僕の兄がなんとかしてくれますよ——）

と、喉《のど》まで出かかった。

「それと浅見さん、別れ際に何か思いついたとか言ってたけんど、あれは何だったんだすべ？」

「じつは、岩田一が尾行していたのは、石坂さんではなく、岩田雅彦氏だったのかもしれない――と思いついたのです」

「えっ、岩田氏ですか？　岩田の父親の？……まさか、それはねえすべ」

「そうでしょうか」

「ああ、それだばねえすな。いや、絶対にありえねえすよ、そんたらこと」

「そうでしょうか。可能性はあると思うのですが」

「いやいや、それはねえすよ」

留美子が言うのとは違って、川添が断固としてそう言うと、おのずから三十年間の刑事生活の重みのようなものがある。浅見は岩田雅彦を想定する根拠を示そうと思ったが、その迫力に負けて、やめた。

4

岩田雅彦の「反撃」は思いのほか早かった。二日後の朝、県知事は望月副知事を呼んで「浅見秘書のことですがね」と切り出した。

「ある人から、浅見秘書が贋《にせ》刑事をやっているという話が出ているのですが」

「贋刑事？……どういうことですか？」

「いや、ですから、いわゆる官名詐称というやつですな。それから、副知事秘書の名刺を悪用しているという話も聞きました」

「どなたからお聞きになったのですか？」

「うーん、話の出所はともかくとしてですな、そういう噂が広まっては、望月さんとしても具合が悪いのではないかと……」

「いいえ、私はいっこうに構いません。浅見君は事実、私の命令で動いている人間ですから、彼の行動には私が責任を負います。官名詐称などというのは何かの間違いか、それともためにする悪意のある中傷でしょう。無視していただいて結構だと思いますが」

「しかしですなあ、議会で問題提起するようなことになると、相当に厄介ですぞ」

「議会……そうですか、なるほど。分かりました、小川県議辺りが画策していることですね」

「いや、私はそうは言っておりませんが」

知事は苦い顔を見せた。

「知事のご意向は承りました。申し訳ありませんでした。知事にご心配をおかけするのは私の本意ではありません。そのような問題を生じましたからには、私の責任をもって善処するようにいたします」

「というと、望月さん、どのように処置するつもりですか」

「もちろん、浅見君にことの真偽を確かめ、誤りありとすれば厳正に処分いたします」

「ああ、そうしてもらえるとありがたいですなあ」

「ただし、逆に、先方の誤解もしくは意図的な曲解によるものであった場合には、それなりの対応をいたします」

「それそれ、そこが問題ですがね」

知事は慌てたように手を振った。

「あなたの言う対応とは、議員さん……いやたとえばの話ですが、かりに議員さんだとしてですな、そういう人たちと秘書を対等に扱おうということでしょう。それはまずいんでないでしょうかなあ。長いものに巻かれろとは言わんが、議員諸公の感情を害したり、面子《メンツ》を潰《つぶ》したりするのは得策とは言えませんよ。ご承知のように、いま県は本荘の大学分校開設問題等、早急に議会の承認を得なければならない議案を山のごとく抱えております。無用な審議に時間を費やして、今期開会中に議了しないようなことになると、県政に停滞をきたし、たいへん困るのです。ここはひとつ、知事である私の苦衷を察していただいて、浅見秘書に身を引いてもらうような形で決着をつけていただきたい」

「それでは知事は、ことの真偽も確かめないで、一方的に浅見君を断罪せよとおっしゃるのでしょうか？」

「いや、断罪などとは大袈裟《おおげさ》な……」

「でも、そういうことになりますでしょう。それでは浅見君の名誉はいたく傷つきます。ひいては私の名誉にも関わることです。部下の不祥事は私の不祥事。もし浅見君が身を引かなければならないような事実があるとするなら、私の出処進退も明らかにする必要があります。トカゲの尻尾《しっぽ》切りのような真似はいたしたくありません」

「そんな硬直したことを……いや、もちろんそれが正論であることは認めますがね。しかし、県政という大義を行なう前には、その程度のことには目を瞑《つむ》ってですな……」

「これは知事のお言葉とも思えません。その程度とは何事でしょうか。個人の名誉は国家の存立と同じ程度に重要であるとするのが民主主義の根幹ではありませんか。県政を誤れば、時として県民個々の名誉を貶《おとし》めることになるのは、秋田杉美林センター問題を見れば明らかです。県と県民の名誉を失墜させたことに対して、県行政や議会がその責任を全うしたとは、いまに至るも申せません。知事ご自身もそういう反省に立って県政の刷新を訴えたことにより、県民から新たに選出された首長ではありませんか。もちろん、県政を推進することの大切さは私も十分認識しております。しかし、その一方で個人の名誉も蔑《ないがし》ろにはしたくありません。もし、浅見君を更迭しろとおっしゃるのでしたら、単なる誹謗《ひぼう》中傷にとどまらず、それなりの根拠をお示しいただきたいものです」

「参ったなあ……」

知事はオーバーなゼスチャーで頭を抱えて見せた。

「いや、困りましたねえ。議員連中が臍《へそ》を曲げると、あなたの立場までが苦しいことになりますぞ。それどころか私の責任問題にまで発展しかねない。副知事の任免権は知事である私にあるとはいえ、議会の承認を得てのことですのでな。残念ながら、現在の議会は少数与党で、私を支える基盤はきわめて弱い。前知事の支持者の多くは、私の失点を衝くチャンスを狙っております。事と次第によっては不信任案の提出までありうるかもしれんのです」

「大丈夫ですわ知事、ご心配なく。そうならないように、私の段階で、この問題は決着させます。最悪、私が病気になればすむことではありませんか。ただしその前に、議員さん方の直接のご説明をお聞きしたいと、そのことだけは申し上げておきます」

望月がそう言い置いて、知事室を退出してから間もなく、県議会からのお呼びがかかった。といっても非公式なもので、数人の有志議員が昨今の県政について副知事と懇談したい――という申し入れだ。

何が懇談なものか、どうせ吊《つ》るし上げに決まっている――と、望月は腹が立った。県庁舎と議会棟は渡り廊下で繋《つな》がっている。望月は浅見にも何も告げず、独りで議会棟へ向かった。何だか単騎敵地へ殴り込みをかけるような爽快《そうかい》感と悲壮感があった。

案の定、「有志」とはわずか三人、それも想像していたとおりの顔ぶれであった。予算委員の小川、環境委員の丸井、農水委員の高田――いずれも前知事のシンパで、ことあるごとに現知事の足元をさらおうと、虎視眈々《こしたんたん》と狙っている連中だ。

「どうですか、副知事、秋田暮らしも慣れましたかな」

年齢も経歴も三人の中ではもっとも老獪《ろうかい》な小川が、ニコニコ顔で切り出した。

「ええ、お陰さまで。県民の皆さんも可愛がってくださいますしね」

「そうでしょうなあ。秋田県民、とくに男は女性には優しくできておるのです。多少の失敗があっても目を瞑ってくれます」

「あら、それじゃまるで、私が失敗だらけみたいに聞こえますわ」

「ははは、そういう意味ではないが、しかし何事につけ、女性は得であることは事実ですな。それにひきかえ、男に対しては容赦がない。副知事には優しくても、副知事秘書にはきびしいことを言ってくるものです。そこで本題に入るのだが、浅見君でしたか、彼の評判はきわめてよろしくないですな」

「あら、そうでしょうか。私にとってはこの上なく有能な秘書ですけれど」

「ほほう、すると副知事はまだ知事から何も聞いておりませんか」

「ああ、浅見君に対する誹謗中傷のことでしたら伺いましたけど」

「誹謗中傷ではない、事実でしょう。彼は刑事を名乗って、罪のない市民に対して事情聴取もどきの行為をしておる。明らかに官名詐称、職権濫用を犯しておりますな」

「とんでもありませんわ。彼は私の命令に従って調査を行なっておりますが、その際はきちんと副知事秘書の名刺を使用しているそうです。それとも、官名詐称の証拠でもございますの？」

「かりに官名を詐称していないとしても、受け取る側として、あたかも刑事であるかのごとく装ったと感じた場合には、官名詐称と同様の罪を犯したことになる。そういう事実が現に起きておるのですからな」

「それはその方の誤解というものではございませんかしら」

「よしんば誤解であっても、誤解を与えるような行為は為政者側に立つ者として許されるべきではない。それ以前にも、浅見秘書は自殺した職員の自宅に入り込んで、その娘さんを誘惑したかのごとき印象を与えたという前科がある。いや、あくまでも印象かもしれんが、とにかくそういう印象や誤解を招くような行為は、いやしくも副知事の側近たる者、厳に慎まなければならんでしょう。李下《りか》に冠《かんむり》を正さずの譬《たと》えもありますからな。まさかそういう、娘を誑《たぶら》かすようなことまで、副知事の命令で行なったというわけではないでしょうなあ」

小川は言って、下品な声で「へへへ」と笑った。ほかの二人もそれに和した。

「ほんとうに、そういう誤解を持たれるようなことは気をつけなければいけませんですわね。もっとも、誤解する側の人間性や資質にも問題があるかもしれませんけれど。下司《げす》の勘繰りと申しますから」

農水委員の高田の額に青筋が浮かんだ。短気で、議場でも反対派に対してすぐに噛《か》みつくことで有名な男だ。

「あんた、副知事さんよ、われわれを下司だと言ってるんだか」

「とんでもございません。下司と申したのはあらぬ誤解をして、その間違った認識を皆さんのところに持ち込んだ方のことを申しました。そういう方がいらっしゃるなら、ただちに誤解を解き、皆さんにその旨を謝罪するべきだという意味です」

「誤解誤解と言うが、それは誤解ではねえのかもしんねえ。いや、娘っこを誑かしているところは、ちゃんと写真さ撮ってあるのだしな。なんなら見せるっぺか」

高田はポケットから写真を取り出して、望月の前にスーッと滑らせた。夕方の街の風景だ。浅見と石坂留美子が並んで歩いている写真である。買い物袋をあいだにして、何やら楽しげに語らいながら歩いている。高感度フィルムで撮ったらしく、夕景の割には鮮明だ。

「あらまあ、よく撮れていますこと。とても盗み撮りとは思えませんわね。でも、これを誑かしているなどと、犯罪まがいにおっしゃる方もおかしな方ですわ。それは誤解ではなく、曲解と申すべきではないでしょうか」

「だけんどよ副知事さん、誤解でも曲解でも、とにかくこういう写真があるからには、あんたの秘書さんが職務の範囲を逸脱して、自殺者の娘さチョッカイ出したってことは、まぎれもねえ事実だべさ。まさか、そういうことまで副知事さんが指示し命令したつうわけではねえすべな」

「もちろんそのような指示はいたしません。娘さんが重そうにしている買い物袋を持ってサービスせよなどとは、職務規範に定めてありませんもの。それにもかかわらず、浅見君は義務の範囲を越えてまで市民にサービスをしています。まことに公僕たる者の心構えとしては称賛に値すると思いますが、いかがでしょうか」

「冗談言うんでねえよ。こういう見え透いたサービスこそ、男が女を誑かす常套《じょうとう》手段だべさ。それをあんたが認めねえつうことなら、とにかく、この問題は議会さ上げて、副知事の監督不行き届き——ひいては責任問題として処理すべきだすな。どうだかね、小川さんよ」

高田は同僚議員の小川と丸井に同意を求めた。小川は「うんうん」と頷《うなず》き、丸井は「うんだすな、そうすべきだすな」と言った。

「おやおや、それではその写真を提出して、ばかげた誤解にすぎない議題に、議会の貴重な時間を費やすということですの？」

「誤解かどうかは、議会の良識に諮ればいいんでねすか。秋田県人の良識はあんたらの良識と次元が違うつうことなら、それなりの結果が出るすべ。まあ秘書さんには首を洗って待っていろと言ったほうがいいべな」

秋田県人の良識に関係なく、問題が議会に出されれば、現知事のもとでは圧倒的多数を誇る保守系野党が結束して、この目障りな副知事にダメージを与える結果になるに決まっている。

「困りましたわねえ……」

望月副知事は首を振った。

「いくら私が誤解だと申し上げても、お聞き入れにならない。写真があっても、その見方によって、いくらでも誤解の材料になるものです。たとえばここにある写真などはその恰好《かっこう》のサンプルですわね」

望月はバッグから角封筒に入った写真を取り出して、その内の三枚を一枚ずつ、三人の議員の前に配った。

「ビデオテープから起こしてプリントしたものですから、画像がとても悪く、ちょっとご覧になりにくいかもしれません。でも、よくよくご覧になると、写っているのがご自分であることがお分かりになると思います」

場所は秋田杉美林センターのオフィス。秋美の二村専務の手から、現金を受け取ろうとしている人物の写真である。三人は一様にギョッとなって、たがいに顔を見交わした。

「こんたもの、何の役にも立たねえべ」

高田が吐き出すように言って、写真をテーブルに叩《たた》きつけた。もっとも、写真がどこかへ飛んで行かないように、すぐに押さえ、ポケットに仕舞った。

「こんた写真で何が分かるってか。二村が交通実費を渡しているところだかもしんねえし、そうでねえとしても、おらが金を払っておるだかもしんねえしな」

「ああ、そうですわね。おっしゃるとおりですわ。もしこの写真でご満足いただけない場合には、議場内でビデオの試写会を開いてもよろしゅうございますけど。もちろんビデオのほうは映像もきれいで、登場人物の顔もはっきり映っております。それに、どちらからどちらへお金が渡ったかといった流れもよく分かります。もっとも、この写真やビデオを見たからといって、誰もが誤解をなさるとはかぎりません。よほどの悪意をもって、他人を誹謗《ひぼう》中傷しようとする趣味をお持ちの方でなければですね」

「分かった」

小川がテーブルを叩いて立ち上がった。

「今回は望月副知事の顔を立てて、浅見秘書の暴走は不問に付しましょう。しかし、これで好き勝手なことをやれると思ったら大間違いですな。ことに浅見君には身辺に十分、注意するよう教えてあげたほうがいいすな。世の中には私らのような紳士ばかりがおるわけではないのでしてな」

ほとんど捨てぜりふのように言って、二人の同僚を促すと、部屋を出て行った。三人がドアの向こうに消えるのを待って、望月副知事は「ほーっ」とため息をついた。まったく不愉快な連中だったが、しかし、この出来事を浅見に報告したらどんなふうに反応するだろう――その時の浅見の顔を想像すると、しぜん、笑いが込み上げてきた。

第八章　惜別《せきべつ》の秋田路

1

川添部長刑事から浅見に連絡が入った。

「浅見さん、岩田雅彦氏のアリバイ——というか、息子の岩田一を撮影したかどうかについて調べたども、やっぱり岩田氏はシロだすな。該当する日時に、岩田氏は東京へ出張しておりまして、息子の尾行を撮影するのは不可能でありました」

「そうでしたか……」

川添はあれほど確信ありげに否定していたが、ちゃんとウラを取る作業をしていたというわけだ。そういう律儀さはいかにも年季の入った刑事らしい。浅見は落胆もしたが、むしろそういう結論が出たことですっきりした。岩田が尾行者を自分の息子であると認識できなかったはずがない——という疑惑は、浅見にもあったのだ。

「また一からやり直しだべかなあ」

川添は慨嘆しながら電話を切った。それを否定し力づける知恵は、いまのところ浅見にもなかった。

しかし、とりあえず岩田のことで整理がついたせいか、浅見は考え方を根本から切り換える方針が立った。これまで無視、あるいはなおざりにしていた対象を、あらためて見直す方向で事件の側面から攻めてみようと思い立った。そのターゲットの最初は、秋田杉美林センターの元社長・鵜殿博であった。

鵜殿については、秋田に来て間もない頃、県警本部を訪問した際に、本部長の横井敏樹から「しばらく接触しないように」と釘《くぎ》を刺された。理由は捜査上の機密だそうだが、鵜殿の犯罪はかなり解明され、すでに起訴されてもいるので、あえて県警の意向に逆らうこともないと思っていた。

しかし、富田秀司や石坂修の事件の遠因を探るには、その根っこにある秋田杉美林センター事件を熟知する必要のあることが、次第に明らかになってきた。比較的罪の軽いあの二村でさえ、じつは隠し撮りのビデオという重要証拠品を隠匿していた。まして鵜殿の立場なら、さらに多くの裏事情に通じていただろうし、関係者たちの弱点を押さえているにちがいない。

ところが、浅見が鵜殿博への接触についてお伺いを立てたのに対して、県警当局は相変わらず許可してくれなかった。判でついたように「現在、捜査中の事犯につき」という理由を繰り返すだけだ。

（妙だな――）と、浅見はようやく不審を抱いた。捜査はとっくに終結して、公判が進行中というのなら分かる。しかしすでに起訴され保釈中の被告人に対して、外部の人間を完全にシャットアウトするのはおかしい。接触されては困る何か特別な事情があって、警察は「捜査中」という名目で、強引に接触を拒んでいるとしか思えない。

浅見は思いついて、横手の樋口保隆を訪ねることにした。樋口が秋田北警察署刑事課長の椅子を棒に振って、実家に引っ込んだのには、それなりの理由があるはずだ。彼をして警察に嫌気を感じさせた原因は、「火達磨《ひだるま》事件」もさることながら、その先に見えた秋田杉美林センター事件に対する県警当局の対応の仕方にあったのではないだろうか――。

前回の轍《てつ》を踏まないように、今度は夕方、農作業が終わった頃合いを見計らって樋口家を訪れた。しかし春の日は意外に長い。樋口家は老母も含めて全員が田んぼに出掛けているらしい。浅見は庭先に停めた車の中で、日暮れ近くまでの小一時間を過ごした。

軽トラックで引き上げてきて、ほかの家族は建物に入ったが、樋口は浅見の車を見て、粗末な野良着のまま近寄った。浅見が車から降り立つと「やあ、先日は」と笑顔で挨拶《あいさつ》した。迷惑がられるかと思っていただけに、意外であった。

「このあいだはありがとうございました」

浅見は岩田雅彦の情報をもらったことへの礼を述べた。

「お役に立ったすか」

「ええ、きわめて参考になりました」

「そうでしたか。それで、今日は？」

「鵜殿博についてお訊《き》きしたいことがあるのですが」

「鵜殿？……」

樋口は驚きを隠さなかった。

「秋田杉美林センターの鵜殿社長ですか？　しかし、それをなぜ私に？」

「樋口さんなら本当のことを話してくださるだろうと思ったのです」

「しかし、秋美の事件は、自分がいた秋田北署の管轄ではなく、県警二課が扱った事件ですよ」

「ええ、それは分かりますが、富田秀司の事件では、秋美との関連も調べたのではありませんか？」

「ほうっ……」

樋口はまじまじと浅見の顔を見つめた。

「よく分かりますなあ。浅見さんの言うとおりです。富田の妻が岩田雅彦の不倫相手であることが分かった時点から、その先に秋美の影がチラつきましてね。それで

「……」

急に口を閉じた。余計なことを言ったという悔いが表情に表れた。

「それで捜査を進めようとしたら、抵抗に遭ったということですね?」

「………」

「そうだったのですか。それが警察をお辞めになった理由なのですね。もっとも、それ以外にもあるのかもしれませんが」

「その話はやめましょう」

樋口は手を横に振った。よほどつらい決断があったにちがいない。

「車の中で話しませんか」

樋口は浅見の返事を待たずに自分でドアを開け、助手席に乗り込んだ。「いい車ですなあ、ソアラですか」などと、雑談を挟んでから言った。

「ところで、浅見さんは鵜殿の何を聞きたいのですか?」

「彼はいま、どうなっているのでしょうか。じつは、県警に頼んでみたのですが、接触を拒否されましてね。なぜなのか、理由を訊いても捜査上の機密をタテに教えてくれないのです。何か接触しては具合の悪い事情でもあるのでしょうか」

「………」

樋口は難しい顔になって、黙った。まだ警察時代の「職務規範」にこだわっているのだろう。

「どうも県警の秘密主義には納得いかない面が多々あります。捜査中といっても、すでに捜査は完了しているわけですし、話を聞きに行くくらい、拒否することはなさそうに思えるのですがねえ」

「鵜殿はいないのですよ」

ふいに樋口は言った。

「いない……と言いますと？」

「鵜殿は東京の彼の自宅から消えてしまったのです。つまり失踪《しっそう》です」

「えっ、そうだったのですか……なるほど、県警はその事実がバレることを恐れているのですね。道理で頑強に拒否するはずです。呆《あき》れましたね。そうか、それで遅まきながら二村のほうには張り番を置くようにしたというわけですか。しかし、被告人が失踪したのなら、指名手配をしそうなものではありませんか」

「したくてもできないのです。すれば、秋田県警の失態が明るみに出る」

「なんということ……」

浅見は唖然《あぜん》とした。望月が横井県警本部長と会った後、「あの人は自己保全ばかりを考えている。悪しき官僚の見本」と言っていたのを思い出した。

「いま、県警は必死になって鵜殿の行方を追っているはずですよ」

皮肉な口ぶりだが、樋口は淋《さび》しそうな笑みを浮かべている。

「樋口さんは、富田氏の事件に鵜殿が関係しているとお考えですか？」

「いや、鵜殿本人は無関係でしょう。富田の事件は、あれがもし殺人事件だと仮定すればの話ですが、鵜殿単独では不可能な犯行です。第一、動機がないし、あったとしても、鵜殿は動くこともできないし、仲間に殺人を依頼するチャンスもないですからね」

「殺人の実行には関わっていないにしても、富田氏の事件が発生した背後関係は知っているはずでしょうね。それはもちろん、秋田杉美林センターの不正に関するものであることは間違いありません。富田氏の妻が岩田雅彦氏の愛人であり、岩田氏は秋田杉美林センターに深く関わっているのですから」

「そうですね、浅見さんの言うとおりです。ところが調書を見るかぎり、鵜殿は県警二課や、その後の秋田地検による取り調べに対して、岩田を含む県庁や県議会の関係者について、肝心なことはいっさい話していなかったのですな。二課の取り調べが甘かったというより、最初から最後まで、鵜殿は徹底して口を噤《つぐ》むことにしてたらしい。昔なら拷問という手段もあったが、現代はそうはいきません。結局『秋田杉美林センター事件』という、秋田県始まって以来の大スキャンダルにもかかわらず、県知事以下の関係者については法的な処分は及ばず、道義的責任という形で身を処すことになったわけです。

その矢先に富田秀司の『火達磨事件』が起きた。自殺として処理はされているが、十分に他殺の疑いのある事件です。所轄である秋田北署の刑事課長としては、少なくとも他殺自殺、両面での捜査を継続すべきだと信じ、捜査を指揮していました。もし富田秀司が殺された——と仮定すれば、富田夫人と不倫関係にある岩田が真先に容疑の対象として浮かぶのですが、しかし岩田には富田夫人とともにアリバイがあった。だとすると、殺害の動機は単純な男女関係のもつれといったものではなく、その背後にもっと大きなものがあるのではないかと自分は推理したのです。

当然、常識的に考えて秋田杉美林センター事件とのからみが浮かんでくる。岩田——秋美——そしてその先に鵜殿と二村が存在するわけです。だから鵜殿を事情聴取して、そのことを追及しようとしたところ、県警のガードが固くて近寄ることができなかった。まさに浅見さんのケースと同じです。おまけにその直後、県警捜査一課が乗り込んできて、あっさりと『自殺』で処理してしまった。自分はかなり執拗《しつよう》に異論を唱えたがだめでした。最後には県警本部長に直接呼び出され、『ばかやろう』呼ばわりで怒鳴られましたよ。

しかし、それだけならまだ自分の見込み違いということも考えて、すごすごと引き上げたのでしょうが、その夜、姉の嫁ぎ先である川反《かわばた》の料亭へ寄って、台所で湯漬け食っていると、姉が『本部長さんと一緒じゃないの？』と訊くのです。県警本部長と前の出納長と県議と、それになんと岩田雅彦の四人で麻雀卓を囲んでいたのですな。岩田が参加していることにも驚いたが、その県議というのが、秋田杉美林センター事件問題で知事を槍玉《やりだま》に挙げた人物だったから、びっくりしました」

「待ってください……それは亀井資之県議のことですか？」

「ほう、よく知ってますな」

「ええ、たまたま知ってました。しかし、その四人の顔触れはかなり胡散《うさん》臭いですね」

「そのとおりです。胡散臭いどころか、犯罪の臭いがぷんぷんですな。捜査当局のトップと、いわば被疑者側が呉越同舟するだけで、大いに怪しい。おまけに亀井県議まで揃っているとなると、あの県議会での派手な追及劇も、秋田杉美林センターを県知事の引責辞任で幕を引くための出来レースだったことがはっきりした。こんなことがあったのでは、一介の田舎警察の刑事課長である自分が造反して、富田秀司の『火達磨事件』をトコトン追及するのは、連中にとってとんだ迷惑だったはずです」

「じゃあ、樋口さんはそのことがあったためにお辞めになったのですか」

「ははは、まあ、そうとも言えますが、実際はその続きがあるのです」

樋口は照れたように笑ってから、話の先を続けた。

「麻雀が終わったのは午前零時を回った頃でした。まず本部長が席を立ち、その後も一人ずつ、あいだを開けてコソコソと帰ることになってたらしい。本部長の車には運転手のほかにSPが乗ってました。自分はその後について走り、交差点の赤信号で停まったところに軽く追突してやったのです」

「えっ……」と驚く浅見に、樋口は悪戯《いたずら》坊主のような目で笑った。

「相手はすぐに車を下りてきましたよ。自分も出て行くと、SPは自分と顔見知りだったので、びっくりしてました。自分は初めて気がついたように、本部長に失礼を詫《わ》びながらドアを開けて、いきなり胸ぐら摑《つか》んで『ばかやろうとは何だ』と怒鳴りながら鼻っ柱を思いきりぶん殴ってやりました。本部長は鼻から血を噴き出しながらひっくり返りましたね。キャリアだエリートだと威張りくさっているくせに、いざとなるとだらしがないもんです。SPが駆け寄って『やめろ、何する』と摑みかかったので、『おめえもやるか』と身構えたら、しり込みして、それでも口先だけは威勢よく『こんなことして、どうなるか分かっているんだろうな』と言うから、『ふん、どうすることができるか、その腰抜け野郎さ聞いてみれ』と捨てぜりふを残して、さっさと立ち去りました」

「それで、どうなったのですか？」

「どうにも」

樋口は首を振った。

「懲戒免職か、悪くすると傷害罪で告訴するかな——と、なかば期待していたのだが、何もありませんでしたな。噂では、転んでぶつけて怪我をしたということになってたらしい。下手に騒ぎ立てると、経歴に傷がつくとでも思ったのでしょう。やっぱり腰抜け野郎だったということです。だからそれから三日後、自分のほうから辞表を叩《たた》きつけてやりましたよ」

話し終えて、それで気分が爽快《そうかい》になるというものでもなかったようだ。樋口は重苦しい表情で、茜色《あかね》に染まりかけた空を仰いだ。

縁側から樋口夫人が「お父さん、ご飯ですけど」と呼んだ。樋口は「ああ、いま行く」と答えたが、その場を動かない。

「そうそう、鵜殿のことからとんでもない話になってしまった」

話の道筋を思い出すように間を取ってから言った。

「鵜殿がどこにいるかは、脛《すね》にキズ持つやつらにとっては、何としても知りたいことでしょうね。鵜殿が捜査当局の取り調べに対して何も話さなかったということは、とりあえずやつらを安堵《あんど》させてはいるのだが、しかしそれは、鵜殿がいまもなお重大な事実を隠し持っていることを意味する。鵜殿が沈黙を守った目的はいったいどこにあるのか——秋田杉美林センター事件に関与して、口を拭《ぬぐ》っている連中にとってはこれは大変な脅威です。鵜殿が野放し状態にあるのは、彼らにしてみれば時限爆弾が転がっているようなものにちがいないのですよ」

「鵜殿が取り調べ段階で真相を語らなかった理由は何だったのでしょうか？　何も言わなかったことで、罪を二村と二人で引っ被《かぶ》ることになったのではありませんか？」

「真相を話したとしても、あの二人が得をすることは何もありませんよ。それより、出所したあかつきに、お礼参りをしたほうがよっぽどいい。それとももう一つ、真相を語らない本当の理由は、ひょっとするとこっちのほうかもしれないと思えるものがあるのですがね」

「あっ……」

浅見はふいに思いついた。

「百億円のゆくえですか」

「えっ、どうして？……」

樋口は助手席で身をのけ反らせ、目を丸くして浅見を見つめた。

2

大学が始まってしばらくは、見慣れたはずの風景やいつもは鬱陶《うっとう》しいような友人の顔も、いままでと違って見える。それにしても、会うごとにどの友人にも「どう、落ち着いた？」と訊《き》かれるのには、留美子は閉口した。父親の不幸な事件のショックから立ち直ったか——という慰藉《いしゃ》の言葉にはちがいないのだが、そのつど、さりげなく平然を装ってみせるか、もっともらしく深刻ぶってみせるか、存外、難しいものである。

その日、石坂留美子は午前中だけ大学にいるつもりだった。午後は浅見が自宅に訪ねてくるので、それまでには帰っていなければならない。

図書館へ向かう通路で、すれ違う何人もの友人に食事や「午後の紅茶」を誘われたが、すべて断った。もちろんその中にはボーイフレンドも含まれている。そういえば、結構かっこよく見えていたはずの彼らが、二ヵ月ほど会わないあいだに、なんだかひどく色褪《あ》せて見えるのに、留美子は驚いた。彼らの軽々しい会話やジョークが、どうしてあんなに笑えたのかしら？——と呆《あき》れるほど陳腐に思えてしまう。

（浅見さんのせいかも——）とひそかに思った。浅見光彦は父親以外で彼女が初めて身近に知ったおとなの男だった。姿かたちのよさはもちろんだけれど、知性があって、ユーモアが分かって、それに正義感が漲《みなぎ》っている。それにまだたっぷり、少年のような稚気を備えたままだ。たぶん浅見のような男性を紳士と呼ぶにちがいない。

浅見のことを考えると、留美子は一瞬、胸の辺りに痛みを覚え、それから上気したときのように全身——とくに首から上がほのぼのと温かくなる。

小さな仕種《しぐさ》の記憶、耳に残る言葉のはしばし、どうかして真っ直ぐに見つめられたときの電撃のようなショック……。

（ひょっとすると、これって恋なのかな——）

つい頬の筋肉が緩んで、慌てて周囲を見回した。

「石坂さん」と、背後から声がかかったのは、図書館の玄関まであとほんの少しのところだった。大学が始まったばかりで図書館を利用する学生はよほど珍しいのか、この辺りは閑散としている。その中をスーツ姿の紳士が近づいてくる。

六十歳前後だろうか、その年代の人にしてはわりと長身で、痩《や》せ型だ。色白で、金縁の眼鏡をかけ上品な笑みを浮かべて、歩き方もゆったりと品がいい。

留美子には紳士と会った記憶がなかった。様子からいうとたぶん教授だと思うのだが、学部が違うと、まだ知らない教授だっているかもしれない。しかし、名前を呼ぶくらいだから、先方はどうやらこっちを知っているらしい。困ったな——と思ったが、とりあえず「はい」と立ち止まった。

「いや、申し訳ありませんな、お引き止めしてしまって」

紳士は軽く頭を下げた。「いえ」と答えたが、留美子はどういう態度を取ればいいのか当惑した。

「お父さん――石坂さんは、何ともお気の毒なことでしたな」

笑顔を消して、悔やみを述べた。どうやら教授ではなさそうだ。

「ありがとうございます……あの、失礼ですが」

「あ、そうでしたか、ご存じなかったですかな。お父さんとは昵懇《じっこん》にさせていただいた者ですが」

名刺を出しながら「桜井《さくらい》です」と名乗った。名刺には「桜井法律事務所　弁護士桜井光《ひかる》」と印刷されている。住所は仙台だった。むろん、留美子は初めて見る名前である。

「じつは、お父さんのことで折入ってお話ししたいことがありましてね。それで、あなたとお会いする機会を待っていました」

「あの、それでしたら、自宅のほうにおいでいただければ、母もおりますが」

「いや、お母さん抜きでお話ししなければならないことでしてね」

「とおっしゃいますと、どういう？……」

急に胸騒ぎがした。母親に内緒の話だとすると、ひょっとすると父の女性問題、それこそ不倫でもあったのかしら？――とあらぬ想像が頭の中を巡った。

「それはここではちょっと……いかがでしょうかな、場所を変えてお話しすることはできませんか」

「桜井という人物、見かけは紳士

「ええ……」

動揺しながらも、留美子は警戒心を忘れなかった。桜井という人物、見かけは紳士だが、ひと皮剝《む》けばとんでもないドンファンなのかもしれない。

「それは構いませんけど、ただ、今日は午後、自宅で人と会う約束があるのです」

「それは何時のお約束で？」

「間もなくです。ですから、急いで帰らないと」

「終わるのは何時頃になりますかな」

「さあ……」

（少ししつこいな、まるでストーカーみたい——）などとひそかに考えていて、ふと思いついて言った。

「あの、その人と一緒ではいけませんか」

「は？　ああ、なるほど……さようですな、えーと、その方はどういう方ですか？」

「どういうって、あの、友人みたいな人ですけど」

「女性の方？」

「いえ、男の人です」

「あ、つまり恋人……」

「違います」

つい、きつい口調になったらしい。桜井弁護士はびっくりして、すぐに笑いだした。

「あ、これは失礼。早とちりしましたかな。学生さんですか？」

「いいえ、もう三十何歳かの人です」

「何をなさっておられるのかな？」

「それは……」と、留美子は迷ったが、むしろ誇示するような気持ちで言った。

「副知事さんの秘書さんです」

「ほうっ……」

桜井は驚いた。やはりその肩書は効果的だったようだ。

「副知事さんというと二人いますが、女性の副知事さんですか？」

「ええそうです、望月副知事が東京からお連れした方です」

「東京から……そうですか、そういう方がご友人においでとは心強いですなあ」

「その人と一緒でならどこへでも行きますけど、私一人ではちょっと、お断りさせていただきます」

「なるほど、いや、ごもっともです。これは私としたことが失礼な申し出をしたようですな。よろしいです。その方さえご迷惑でなければ、ご一緒にお会いしましょう。ただ、それ以外の方はご遠慮願いますが」

時間は午後四時、場所はキャッスル・ホテルのフロントで「桜井を」と呼んでもらえればいい——ということであった。

留美子が帰宅すると間もなく、浅見がやってきた。いつもどおり留美子だけで相手をするつもりでいたが、「お母さんを」という注文だった。母親の彩代が「何事？」という顔で応接間に現れた。

「じつは、亀井県議のことなのですが」

浅見は切り出した。亀井が県警本部長と前の出納長と、それに岩田と四人で麻雀をしていたという話だ。この四人の「呉越同舟」がどういう意味を持っているかを彩代が理解するまで、かなりの時間を要した。

前出納長と岩田雅彦が、県の金庫から秋田杉美林センターへ湯水のごとく金を流した当事者であるのに対して、亀井と県警本部長はその責任を追及する側のトップ指揮官であった。そのことを知れば、この四人の組み合わせがいかに胡散《うさん》臭いものであるかが分からないはずはない。

「亀井先生が、どうして？……」

彩代はキョトンとした顔になった。

「だからァ、みんなインチキだっていうことじゃない」

留美子のほうは若いだけに理解が早い。

「亀井県議が議会で前知事の責任問題を追及したのなんか、ぜんぶ茶番劇だったたっていうことよ。そうですよね、浅見さん」

「そういうことですね」

「でも……」と彩代は抵抗した。

「亀井先生はうちのお父さんと一緒になって、秋田杉美林センターの不正を追及していた方ですよ。それがインチキだっていうなら、お父さんまでがインチキっていうことになるじゃありませんか」

「いえ、石坂さんは本物だったのです。真面目で本物の石坂さんと組むことによって、亀井氏はいかにも正義派であるかのごとく装ったのですね。つまり、石坂さんは亀井氏のカムフラージュに利用されたのです」

「そんな、ひどい……だけど、亀井先生は主人のお通夜にお見えになって、涙を流してくださいましたよ」

「残念ながら、涙だけでは人の善悪は量れません」

「そうよ、そんなの、うそ泣きに決まってるじゃない」

それだけでも十分、彩代にとってはショックだったにちがいない。しかし、浅見の用意してきた本論は、はるかにショッキングな話だったのだ。

「もしかすると、石坂さんが殺害された事件に、亀井氏が関係しているかもしれないのです」

「えっ……」と、これには彩代はもちろん、留美子も驚いた。

「例の尾行者を写した写真ですが、あれは運転席からルームミラーに映った車を撮影しています。それによって、撮影者の乗っていた車種が特定できました。車は左ハンドルですから、外国車であることは分かります。それからこれが一番苦労したのですが、ルームミラーの枠のデザインの特徴から車種を割り出しました。かなりぼやけているのですが、ワンカットだけ、比較的手前寄りにピントが合っている写真があったお陰で、なんとか形が摑《つか》めました。左ハンドルで外車と特定できたのも幸運でしたね。これがもし国産車だったら、車種が多すぎて、ほとんど不可能に近かったでしょう。車は『キャデラック・セビル』。その車の持ち主までは調べてみないと正確には分かりませんが、少なくとも亀井氏の車が同じキャデラック・セビルであることは確かめられました。

そして尾行者を撮影したフィルムを渡し、相手の素性を探るよう依頼するほど、石坂さんと信頼関係にあった人物といえば、亀井氏以外には考えられません。もともと、尾行者について相談を受けたとき、撮影するように進言し自分のカメラを貸したのが石坂さんだったと思われるのですから、その時点までは亀井氏にとって、石坂さんは従順な部下で、利用価値のある便利な存在だったことは確かです。

ところが、尾行者の素性が判明したときから、状況は一変します。尾行者は千秋プロモーションという暴力団関係の企業で、おそらく亀井氏の不倫をネタに恐喝を始めたものと考えられます。それと同時に、秋田杉美林センター問題の重要な秘密部分を嗅《か》ぎつけたのでしょう。一説によると百億円といわれる膨大な使途不明金のゆくえに関心を持ったにちがいありません。亀井氏と石坂さんが、その秘密を解く鍵《かぎ》を握っているると目を付けたのでしょう。そしてやがて、亀井氏は連中に取り込まれてしまいます。そうなると石坂さんの存在が邪魔になる。石坂さんは脅迫に屈することのない人であることを、誰よりも亀井氏は知っていたはずですからね。

そうしてヤツらは最も卑劣な方法で石坂さんの口を封じたのです。亀井氏が犯行に直接関わることはなかったでしょうが、しかし、そのお膳立てをした可能性はありません。緊急に会いたい用件ができたなどと、誘い出したのでしょう。そうでもなければ、用心深い石坂さんが、おめおめと危険な場所に出掛けて行くとは考えられませんからね。石坂さんは一抹の不安を感じながら、しかし一応の信頼関係にある亀井氏ということで、断るわけにもいかないまま、敵の仕掛けた罠《わな》にはまった——これが僕の推理です。それで、そのことを裏付けるような資料や証拠が、石坂さんの遺品の中にないものかどうか、そのご相談に伺ったのです」

長い話になったが、浅見は要点をかいつまんで、一気に喋《しやべ》った。話し終えた後はしばらく、彩代も留美子も呆然《ぼうぜん》として言葉が出なかった。ことに彩代の受けたショックは大きかったにちがいない。世の中の何を信じていいのか分からない——と、意気消沈しながら、それでも何か資料になる物がないか探してみますと、部屋を出て行った。

「どうしようかな……」

留美子は呟《つぶや》いた。

「何が、ですか？」

「じつは、浅見さんにご相談したいことがあったんですけど、いまの話を聞いて、人を信じるのが怖くなりました」

「どういうことかな？　話してみてくれませんか」

留美子は逡巡《しゅんじゅん》したが、結局、話さないわけにいかなかった。

「こういう人と会ったんです」

桜井弁護士の名刺を出して、大学で桜井と出会ったときの状況を説明した。

「ただ、母には内緒のことらしくて、家には来られないんだそうです。もしかすると、父の女性関係じゃないかって思ったりしたんですけど」

「まさか、あなたのお父さんにかぎって、そういうことはありませんよ」

浅見は笑って否定したが、留美子は「そうでしょうか」と浮かぬ顔をしている。

「ちょっと待っていてください。車まで行ってきます」

浅見は車に戻って、桜井法律事務所に電話をかけてみた。留守録電話に繋《つな》がった。事務所を構えているくせに、留守番役もいないのは大いに怪しい。宮城県の弁護士協会に問い合わせてみると、桜井光という弁護士は存在しないということであった。

「やっぱり思ったとおりでしたよ」

彩代の姿のないのを確かめて、浅見は留美子に告げた。

「えっ、弁護士じゃないんですか？　じゃあ何者なのかしら？」

「それは分かりませんが、贋《にせ》弁護士を装うのだから、一応、危険人物と考えてかかる必要はありそうですね。どんな人だったのですか？」

六十歳ぐらいの紳士——という留美子の説明を聞いて、浅見はおぼろげな人物像を頭の中に描いた。その印象だけでは何とも言えないが、会うのがキャッスル・ホテルというオープンな場所でもあり、副知事秘書の同行を認めているくらいだから、さほど危険とも思えない。

「行ってみましょうか」

「大丈夫ですか？」

「ええ、聞いたかぎりでは大丈夫そうです。詐欺師だとしても、こっちが騙《だま》されない用心さえすればいいのですから。どういう話にせよ、新しい情報に触れるのは楽しみなものです。せっかくのチャンスを見逃すことはありません」

むしろ楽しげな浅見を、留美子は不思議な生き物を見るように眺めた。

3

キャッスル・ホテルは秋田市内では最も歴史のあるホテルである。言われたとおり、フロントで「桜井さんを」と告げると、「畏《かしこ》まりました」と丁寧な応対で三階の小会議室に案内された。小人数の宴席などに利用する部屋のようだ。

桜井はすでに待機していて、ノックに応《こた》えてドアまで迎えに出た。「やあ、どうもお越しいただいて恐縮ですなあ」などと挨拶《あいさつ》し、浅見と名刺を交換した。もちろん、名刺は例の「法律事務所」のものだ。留美子の目には（いけしゃあしゃあと――）と映るのだが、浅見は平然として、笑顔で言葉を交わしている。向こうがタヌキなら、浅見さんはキツネだわ――と留美子は思う。

しかし、当の浅見は内心では相当に緊張していた。相手が留美子に聞いて想像してきた以上に、紳士然としていることに、少し気圧《けお》されるものがあった。この紳士が贋弁護士かもしれないのだから、世の中はまったく分からない。

ともあれ、うわべだけはきわめて友好的に挨拶をし、控え目に振る舞って、相手の話を待つポーズを作った。

「浅見さんは望月副知事の秘書をしておられるのだそうですな」

桜井はそう切り出して、副知事秘書官としての苦労話などを聞きたい様子を見せた。浅見はそれなりに答えて、逆に弁護士の仕事内容を打診した。

「いや、正直に申し上げると、私は現在は弁護士を廃業しましてね」

桜井は意外なことを言った。

「お渡しした名刺は古いものをそのまま使っております。まあ、無職よりはそのほうが通りもよく、とりあえず信用していただけるのではないかと思いましてね」

ケロリと言ってのけ、照れくさそうに笑った。これには浅見も意表を衝《つ》かれた。機先を制されたというべきだろう。もっとも、身元を確認されるのは当然、予想されることだから、桜井としては予定の行動だったのかもしれない。とにかく、どこからどこまでを信用していいのか分からない、得体の知れないものがあるのを感じた。

「あの、それで、お話というのは、どういうことなのでしょうか？」

留美子が二人の男の会話に割り込むように訊《き》いた。

「じつはですな、あなたのお父さんから遺産を預かっているのです」

またまた意外な話であった。

「えっ、父が私に遺産をですか？」

留美子はどう対応すればいいのか戸惑って、浅見を振り返った。

「どういうことなのでしょうか？」

浅見が訊いた。

「理由や細かい説明は抜きで、とにかく遺産のあることをお伝えするようにという、それもまたお父さんのご遺志ですので、私からはそれ以上のことは申し上げられません」

「しかし、いきなりそうおっしゃられても、留美子さんとしては困ってしまうのではないでしょうか」

「さあ、それはどうでしょうかな。遺産を貰《もら》って不愉快になる人は珍しいでしょう。お嬢さんはいかがです？」

「ええ、それはそうですけど……でも、どうして父がそういう形で遺産を残したのか、なぜ母に内緒でなければならないのか、ちょっと気味が悪くて、素直には喜べません」

「それに、税務の問題も生じてきます」

浅見が言うと、桜井は「いや」と首を横に振った。

「この遺産は表には出ないお金ですので、税金の心配はしないように。税務署に届けないということもまた条件の一つなのです」

「その遺産というのは、いったい、どのくらいの金額なんですか？」

「これです」

桜井は人指し指を立てた。「1」という意味であることは分かるが、桁が分からない。浅見は「百万円ですか？」と訊いた。石坂修が外部に蓄えた金額としては、まず妥当なところだろう。

「はは……」

桜井は短く笑った。まさか十万円ということはないだろうから、一千万円か——一介の県庁職員にしては、破格の金額といえる。

だが、桜井は無造作に言った。

「一億です」

「えっ……」

浅見と留美子は同時に声を発したが、しばらくは口を半開きにしたまま、あとは言葉にならなかった。

「どうして……父にどうしてそんな財産があったんですか？」

「いや、財産とは申しておりません。あくまでも遺産——つまり、亡くなられたことによって生じたものとご理解いただきたい」

「というと、生命保険とか、そういうものですか？」

「保険というより、慰藉《いしゃ》料というべき性格のものですかな。あのような形で亡くなられたことに対する、社会からの慰藉料とお考えいただきましょうか」

「そんな……いくら慰藉料でも、そんな膨大な金額なんて、ありえないでしょう？」

「ほほう、お嬢さんはお父さんの価値は一億円以下だとおっしゃるのかな？」

「いえ、そんなことは言ってません。ただ、戴く理由や事情がはっきりしないのに……それに、母にだって相談しなければ……ねえ浅見さん」

救いを求める目を浅見に向けた。

「そうですね。理由はともかく、遺産ということであるなら、第一位相続人は奥さんなのだから、まず全体の半分はお母さんに行くのがふつうだと思いますが。なぜ留美子さんでなければならなかったのですか？」

「いや、遺産の分配方法については、ご家族でお決めになればよろしい。私はただ、石坂さんの遺産があるということをお伝えするのに、お嬢さんを選んだだけです」

「なるほど……しかも大学の構内で待ち受けておいでだった。それは石坂家に近づくわけにいかない理由があるためですね。それから……そうですか、お母さんと面識があるためなのでしょうね」

「えっ、桜井さんは母をご存じなんですか？」

留美子は驚いたが、桜井は「ははは」と笑っている。

「浅見さんはなかなかの名推理をなさる。まあ、当たらずといえども遠からずでしょう。石坂さんのお宅の周辺は、警察の張り込みなどがあるかもしれませんのでな。この手の話は、なるべく密かに行なうのがよろしい。それと、確かに浅見さんが言われたとおり、私はあなたのお母さんにお目にかかったことがあります。お母さんは頭のいいしっかりした方です。私のような者に対して、警戒心を抱いて、まともには話を聞いてくださらないにちがいない。そういうわけで、たいへん失礼かとは思ったが、お嬢さんを待ち伏せするような真似をさせていただきました。ところで浅見さん、あなた、第三者としての立場で、この話をどうお聞きになりましたかな？」

「そうですねえ……僕が当事者なら、一億円は喉《のど》から手が出るほど欲しい代物です。意地汚い僕としては、たぶん後先のことも考えずにパクッと食いつくでしょうね。石坂さんのお宅にしたって、ご主人が亡くなられて、経済的にもいろいろたいへんでしょうから、そういうお金があれば大いにありがたいに決まってます」

「そうでしょうな。そう思って、私も遺産相続を急いだのです」

「ご自分の身の危険も顧みず——ですね」

浅見はそう言って、桜井の鋭い視線に出くわした。

「ははは、面白いことを言われる。そうですな、おっしゃるとおり、私としてはあまり表立った場所には出たくないというのが本当のところです。それを分かっていただいているのなら、私の申し出もすんなり受けていただけるでしょうな」

「さあ、それはどんなものでしょうか。犯罪の匂いの染みついたお金を受け取るかどうかは、法的な——というより、美的感覚の問題かもしれません」

「えっ……」と、留美子はまた驚いて、浅見を見た。

「犯罪、ですか？」

「もちろん」と浅見は言い、桜井は「いや」と否定した。

「その金はすっかりセンタクして、シミも匂いもきれいさっぱりしたものですよ。言ってみれば、無人島に置き忘れられたようなものです。そのままにしておけば、誰にも気づかれず、何の役にも立たないまま朽ち果ててしまうだけ。石坂さんの遺産として使われるのは、その金にとってもいい供養になると思っていただきたい」

桜井は留美子に向かって軽く頭を下げた。浅見の意思ではなく、当事者である留美子自身の答えを期待するように、細めた目でじっと見つめた。

留美子は桜井の視線を外して、浅見を振り返った。浅見もまた留美子を見つめていた。穏やかな目が「さあ、あなたの賢い判断を聞かせてください」と語りかけてくるように、留美子には思えた。

「いますぐに答えなければいけませんか」

留美子は桜井に視線を戻して、訊いた。

「そうですな、できればそう願いたいものです。何しろ、あまりのんびりしていられない身分ですのでな」

「でも、母やそれに弟の意見も聞いてみなければ、私の一存ではお答えできません。せめて明日まで時間をください」

「弱りましたな、どうも……正直なことを言いますと、断られるというシチュエーションはまったく想定しておりませんでした。明日以降、お目にかかれるかどうかさえ定かでないのです」

「でしたら、結果を電話でお知らせします。桜井さんの事務所にご連絡すればいいのでしょうか？」

「いや、あそこには戻りません」

「では、どちらへ？」

「行方知れずと思っていただいたほうがよろしいでしょうな。旅に出るもので……それもあてのない旅です」

笑顔だが、ジョークを言っているわけではないらしい。

「じゃあ、ちょっと電話してきます。とにかく母と相談しなければだめなんです。十五分、いえ十分だけ待ってください」

留美子は険しい表情でそう言うと、返事を聞かないまま、部屋を出て行った。

4

残された男二人は、気まずい空気の中で向かい合った。

「いい娘さんですなあ」

桜井は言いながら立って、窓の傍へ行った。

「石坂さんはさぞかし心残りだったにちがいない。むごいことをしたものです」

「鵜殿さんは犯人をご存じですね」

「…………」

桜井——鵜殿博はさほどの驚きも見せずに振り返った。写真やビデオで知っている顔とはまるで別人のように見えるが、浅見が正体を見破るであろうことを予測していたようだ。

「望月さんに警告文を送ったのは、鵜殿さんではありませんか」

「ははは、さすが、副知事さんが見込んで連れてこられただけのことはありますな。どうも、ただ者とは思えなかった。浅見さん、あんたの本職は何ですか？」

「いまは臨時雇いの副知事秘書ですが、本来はただのフリーライターです」

「ははは、ただのフリーライターねえ。その実体は警視庁の敏腕警部か、それとも警察庁幹部直属のSPというところではありませんかな」

「まさか……」

浅見は笑ったが、桜井の口から「警察庁幹部」と出たときにはドキリとした。

「殺《や》ったのは殺し屋みたいな連中です」

鵜殿が言った。

「千秋プロですか」

「ほう、それも知っておいでか……だとすると警察の人間ではないですな」

「もちろん僕は違いますが、しかし警察も知っていて動かないのかもしれませんよ」

「うーん……そこまで穿《うが》った見方をしているとは驚きましたなあ。何をどこまで知っているのか、聞いてみたいものです」

「それは僕の言う台詞《せりふ》です。鵜殿さんにこそ秋美事件の真相を全て語っていただきたい」

「そう言われても、私の知っているのは秋美解体以前までのことでしてな。その後、何があったのかは、情報を漏れ聞いて憶測を加えた程度の知識にすぎませんよ。石坂さんを殺ったのも、富田を殺ったのも、実行犯はあんたの言うとおり千秋プロ関係の、それもおそらく関西系の流れ者の仕業でしょうな」

「岩田雅彦氏の息子が千秋プロに所属していますが、彼が襲われた現場に偶然、行き合わせました」

浅見はそのときの状況を話した。

「彼を襲った連中の車に、遠目で、日の丸によく似たステッカーが貼ってあったような気がするのですが」

「日の丸？　白地に赤ですな。なるほど、やはりそれは関西に本拠のある某組のマークですよ。右翼を標榜《ひょうぼう》しているが、その実体はただのヤクザにすぎない。どこかでヒットマンを務めたヤツが流れてきて、千秋プロにワラジを脱いだといったところですかな。その連中が一連の殺しを請け負ったのでしょう。もっとも、殺しを依頼した金主は千秋プロではなく、別にいますがね。しかしそうですか、岩田の息子まで殺ろうとしましたか。そいつはむちゃくちゃですな。それじゃ、岩田は怒ったでしょうな」

「ところがそうでもないらしいのです。息子がそんな目に遭ったというのに、父親は病院の見舞いもそっちのけで、ひたすら不倫に励んだりしてます。一命を取り留めたからいいという問題ではないでしょう。むしろ彼は、息子の造反を毛嫌いしています。息子も明らかに父親を憎悪してましたしね。父子相剋《そうこく》というのでしょうか」

「おやおや、人情紙のごとしですな……などと、ひとのことは言えないが」

鵜殿は苦笑いを浮かべて、「それにしても、いわば仲間といっていい岩田の息子を殺ろうとした動機は何だったのですかな？」と首をひねった。

「彼は知りすぎたのでしょうね。石坂さんが殺される少し前、彼は県会議員の亀井氏を尾行しつづけていたのです」

「亀井県議を？……」

鵜殿は不快そうに眉を顰《ひそ》めた。

「ええ、石坂さんと組んで秋美問題を追及した、あの亀井県議です」

「ふん、あのときは精一杯、正義漢面をしてましたな、あの男。しかし、亀井の目的は分かりきっていた。要するに、おこぼれにありつこうというわけです。前知事一派の罪状を暴き立て、その上で県警とのあいだに立って取引しようという、まさにマッチ・ポンプというやつです」

「亀井氏にどうしてそんな権力があるのでしょうか？」

「ああ。あんたはご存じないでしょうが、亀井はかつて警察の人間だった男ですよ。いまの県警本部長と旧知の仲でしてな。二十何年だか昔、本部長が秋田北署の署長に舞い降りたとき、次長としてお守り役を務めたのが亀井です。若造だった本部長に処世術と悪い遊びを教えた亀井が、その腐れ縁に物を言わせて、秋田杉美林センター関係の事件捜査に、事実上の介入をした。早く言えば調査に手心を加え、警察にホコを収めさせたのです。

しかし、そこまでは欠陥住宅問題を引き起こした『秋田杉美林センター事件』という経済事犯にすぎなかった。ところがそこから先に、亀井の思惑にはなかった展開が続けざまに発生した。一番目が富田の例の『火達磨《ひだるま》事件』ですよ。副知事やあんたが秋田に来る前の出来事だから、あまり詳しいことはご存じないかな？」

「いえ、知ってます。自殺として処理されていますが、自殺と断定した理由がかなり怪しいですね。『K』病院の須永という医師の証言も無視しているし、現場に残された足跡に関する考察も恣意《しい》的です」

「ほうっ、そうですか。そこまで詳しく知っているとなると、富田夫人が岩田雅彦の不倫相手だというのもご存じでしょうな」

「ええ」

「うーん、こいつは驚きましたな。いよいよただ者ではない……いや、それはともかく、この事件の動機の部分については、事件そのものが自殺として処理されているので、もちろん発表がないのです。で、私が知りえたことをお話ししましょう。どういうきっかけかというと、そもそもは岩田の馬鹿が寝物語か何かで、富田夫人に秋美問題のカラクリを喋《しゃべ》っちまったことから始まったのですな。自分が秋美問題をウラで操っている大物であるかのごとく吹きまくったのでしょう。それを夫人はまたダンナに喋った。亭主の甲斐性なしを罵《ののし》るネタに使ったのかもしれない。富田は頭に血がのぼったのでしょうか、私のところに電話をかけてきて、事実かどうか確かめようとしたのです。富田とは、彼が東京の大学に行っていた頃の知り合いです。私が秋田県人会の世話役をしていた関係もあって、よくうちに遊びに来たものでした。私のほうもそれなりに面倒を見たと思うが、まさかこういうことで詰問されるとは思いもよらなかった」

鵜殿は苦笑して頭を掻《か》いた。

「とにかく富田は尋常ではありませんでしたな。秋美のカラクリがもし事実ならマスコミに暴露して、県知事と銀行を告発する——などとわめいた。保釈中の刑事被告人相手にですぞ。当然、盗聴されていることは分かりきっている。いまは通信傍受が合法化してますからな。富田が消されたのは、それから数日後のことですよ」

「えっ、それじゃ、富田氏の事件には警察も関与していると？……」

「さあねえ、そこまではないと思うが、しかし、情報をリークする程度のことはあっても不思議はないでしょう。少なくとも、事件発生後の警察の対応には不自然なところがあります。どう考えても殺人事件の疑いが濃厚であったにもかかわらず、きわめて早い段階で自殺と断定してますからな」

「それは石坂修さんの事件についても言えることですね」

「さよう、おっしゃるとおりです。あの人は私が言うのもなんだが、今回の一連の事件に関係した人間の中で、唯一と言っていいくらいの真っ当な人格者でした」

老獪《ろうかい》そのもののような鵜殿が、初めて人間らしい表情で、哀悼の意を表した。

「不幸なことに、亀井県議と組んだばっかりに、石坂さんはあまりにも多くのことを知りすぎたのですな。亀井はさすが警察上がりだけに、事件の要点を押さえる調査テクニックはなかなかのものでした。ある時点までは石坂さんも亀井にくっついて、警察以上に秋美の裏事情を洗い出したのです。もちろん、私も手厳しく追及されましたが、あのコンビは敵ながら天晴《あっぱ》れだと思いましたよ。

ところがそこから先が、亀井と石坂さんとでは目的が異なった。さっき言ったように、亀井は秋美問題という宝の山から現ナマを収穫しようと考えていたのだが、石坂さんは一途《いちず》に真相を解明し、責任の所在を明らかにすることと、千葉県で欠陥住宅に泣かされた被害者に対する補償を行なうことのみに専心していた。だから、当然、亀井の行動に不審を抱くことになったはずです」

「あ、それは間違いありません」

浅見は大きく頷《うなず》いて言った。

「亀井氏は恐喝される前の段階で、石坂さんの勧めで尾行者の写真を撮ったのですが、そのフィルムを預かった際、石坂さんは念のためにデュープ・ネガを取っています。その写真を解析して、尾行者が千秋プロの人間であると分かったのですが、その頃から、すでに亀井氏に対する恐喝が始まったと考えられます。恐喝のネタが何であったのかは、まだよく分かりませんが」

「それはあれですよ、岩田の場合同様、まずは不倫問題ですよ。角館かどこかに二号がいるのじゃなかったですかね。それと、亀井は知事一派に対する攻撃をやりすぎたのですな。亀井自身に邪心のあることはバレバレですから、そこを敵に付け込まれた。連中は千秋プロを使って、単刀直入、生命を脅かすような露骨な方法で恐喝を仕掛けたのです」

「なるほど、それで亀井氏は変心したというわけですか。千秋プロとその背後にいる連中と取引して、宝の山のおこぼれと引き換えに、悪魔に魂を売り渡したのでしょうね。そうなると、石坂さんは彼らにとって最大の脅威になってきますね。石坂さんを消す決断は富田氏の場合よりも早かったのではないでしょうか」

「そういうこと……じつは富田の事件の後、私は石坂さんに電話して、十分気をつけるように忠告したのです。富田を殺ったのは、間違いなく岩田で、しかも実行したのはヤクザだ。あれは単なる痴情のもつれというような単純な殺人ではなく、背後には『秋美』がからんでいる——とです。しかし、それにしてもあんたは何でもよく分かっておいでだ。もはやこれ以上、私から解説することは何もありませんな」

「いいえ、まだ知らないことは沢山あります。とくに、秋田杉美林センターが解体したときに、使途不明となった資金の行方です。その金額と所在について、それをご存じなのはあなたと二村さんだと思っていますが」

「ああ、その件ですか。それについてはきわめて大きな誤解がありそうですな。確かに隠匿資金があることはあるが、その金額を過大評価した噂が流れている。一説によると百億ぐらいのことも言われているらしい。ところが、実際はほんの数億といったところです。秋美に投入された膨大な公的資金は、私を含めて、関係者が寄ってたかってむしり取って行ったのですよ」

「ああ、その証拠を二村さんがビデオで盗み撮りしています。それには鵜殿さんはもちろん、県庁の連中も県会議員も何人か映ってました」

浅見は湯沢のマンションに逼塞《ひっそく》している二村を訪ねた話をした。

「そうでしたか。二村もなかなか隅におけませんな。それがやっこさんの安全装置《フェール・セーフ》というわけですかな。それがあるかぎり、殺し屋もなかなか手を出しにくいでしょうからな。それにしても、とにかくあの連中の貪欲《どんよく》なことときたら、そのビデオで分かるとおりです。いや、現在、私の手元に残っている金も、早晩、連中に食いつくされるでしょうな。私は髭《ひげ》を剃《そ》り、眼鏡をかけ、カツラもつけているので、たぶん以前の私とは相当に違って見えるはずだが、それも時間の問題です。警察か千秋プロか、どっちにしろ私が摑《つか》まり私のアジトが発見されるまでのいのちです。だからこそ、そうなる前に、石坂さんのご遺族にその一部でも残して差し上げたいのです。その気持ちを汲《く》み取っていただきたいものですな」

最後は真摯《しんし》に言って頭を下げた。

ドアがノックされて、応答を待たずに留美子が入ってきた。よほど急いだのか、呼吸が弾んでいる。

「遅くなって、どうもすみません。母と相談しました。結論から言います」

切れ切れに言って、大きく吐息をついた。額に汗を滲《にじ》ませ、緊張のあまり目玉が飛び出しそうだ。浅見は腰を下ろすように言って、留美子に椅子を勧めた。

「あの、そのお金、戴きます」

浅見は(えっ——)と、思わず留美子の顔を見つめた。意外な「結論」であった。

「そうですか、受け取ってくれますか。それはよかった。お母さんも分かってくださったのですな」

「ええ、初めは反対していましたし、私も母と同じ意見でした。でも、しばらく相談しているうちに、桜井さんがおっしゃるように、どうせ消えてしまうお金なら、私たちが戴こうということになったのです」

「それでいいのですか?」

浅見はほとんど詰《なじ》るような口ぶりになって言った。

「ええ、いいんです」

「しかし……」

「浅見さん、あんた、余計なことは言わないでいただきたい」

鵜殿が険しい声で制した。

「石坂さん親子が相談の上で決断したことじゃないですか。あんたにそれを妨害するいかなる権利があるというのかね」

「……」

浅見は沈黙するほかはなかった。

「それで、そのお金ですけど、どこへ取りに伺えばいいんですか？」

留美子がオズオズと訊《き》いた。

「いや、取りに来るのは危険ですな。何しろ一億円は大金ですからな。その受渡し方法は任せてください。よろしいですな」

「ええ、それは構いませんけど」

「それではこれで一件落着ですな」

鵜殿は立ち上がった。留美子がつられるように立った。だが、浅見は立つ気にはなれなかった。何か大変な裏切りに遭ったような、虚しい気分だった。

「では失礼しますよ。お元気でな。お母さんによろしくお伝えください」

鵜殿はそう言って軽く会釈すると、動かない浅見を一瞥《いちべつ》して、静かに部屋を出た。

留美子はドアまで鵜殿を送って、エレベーターホールに消えるのを確認してから、浅見の傍に戻ってきた。

「浅見さん、そんな顔をしないでくれませんか。こっちまで悲しくなっちゃいます」

留美子は言葉とは裏腹に、むしろ吹っ切れたように陽気な声を出している。

「どうも、僕は独りよがりだったようですね」

留美子とは対照的に、浅見はどっと疲れて、老人のようにしわがれた声になった。

「まさかお母さんや、それにきみまでが汚い金を受け取ることはないだろうと思っていましたが、しかし、考えてみると石坂さんのお宅にとっては、将来とも必要になってくるお金ですよね。僕のようなきれいごとばかり言っているのは甘っちょろいのでしょう。なるほどねえ、汚くても綺麗《きれい》でも、金に変わりはないというわけですか」

「やだなあ……それじゃまるで、私たちが泥棒の仲間みたいじゃないですか」

「ははは、そんなふうには思いませんがね」

浅見はわざとらしく腕時計を見た。

「あっ、いけない、副知事との約束の時間を過ぎている……じゃあ、僕はこれで失礼しますね。またご連絡します」

早口で言うと、慌ただしく、逃げるように部屋を出た。いや、その場から一秒も早く脱出したい気分であった。留美子がどういう目で見送っているか――それを背中に感じるのも苦痛だった。

5

休日を利用して、浅見は秋田杉美林センター事件とそれにつづく二つの「殺人事件」の真相に迫るリポートを纏《まと》める作業に専念した。宿舎の電話は留守録にして、すべての電話を無視した。石坂留美子からの電話は五回あった。消え入るような声で「お電話をください」と言っている。「ご相談したいことがあります」というのもあった。

（何をいまさら――）と、浅見は腹が立つより悲しかった。秋田杉美林センター問題は、秋田県と県民の良識を疑わせるようなひどい事件だったが、石坂家の人々はそれを補って余りあると信じていた。それだけに、あのときの留美子の「お金、戴きます」というひと言は浅見にとって、救いがたい背信に思えた。

しかし、考えてみるとそれは浅見の独善だったのかもしれない。留美子にも言ったとおり、自分の甘っちょろさを露呈したというべきなのだろう。現実は厳しいのだ。いつまでも親の家に住み着いたまま、独立さえもできないヤツに、他人の批判など許されるはずもないではないか。

リポートのほうは快調に進んだ。もちろん実証を伴わない「仮説」も少なくない。しかし、それなりに事件の全容は分析できたという自負はあった。個々の事件がクロス・オーバーしているだけにかなり複雑だが、事件ストーリーは、警察の捜査結果と照らし合わせても筋が通っている。

石坂修と富田秀司を殺害する動機は、じつは「秋田杉美林センター」の利権に関わったすべての連中にあった。前の県知事をはじめ、亀井議員、岩田雅彦が中心的存在であることは間違いないが、「秋美スキャンダル」に連座する者は十指に余る。彼らは組織を挙げて隠蔽《いんぺい》工作に奔走し、おそらくそれは秋田県警の中枢にも及んでいたものと思われる。そうして行き着く所、石坂と富田の殺害まで突っ走った。——以上がリポートの概略であり、読み返してみると、書いた浅見自身も驚くほど、衝撃的な内容だった。

とくに、警察が恣意的に避けて通ったとしか思えない二つの「自殺事件」がじつは殺人事件であったとする部分は、県警本部長を始めとする県警幹部の怠慢を指弾するものになった。

その事件を含め、秋田杉美林センター問題を巡って起きたスキャンダルは、第三セクター方式という「親方日の丸」的な放漫経営と利権の構造から生まれたものであるとした。鵜殿博、二村和光を始めとする秋田杉美林センターの関係者。前県知事以下の県庁幹部。亀井資之ら県議。秋田県の債務保証を拠《よ》り所に、無節操な融資をタレ流し続けた銀行の幹部。そして千秋プロモーションと、殺人の実行を請け負ったとみられる複数の関西系暴力団員——と登場人物も多彩だ。

リポートはコピーを二通取り、一通を兄陽一郎に送った。

翌日、副知事室で望月にリポートを提出すると、彼女は一読して、沈痛な表情を浮かべたまま、しばらくは声も出なかった。やがて口を開いて言った言葉は「どうしよう……」だけだった。さすがの望月も予想を上回る規模に茫然《ぼうぜん》としている。

「浅見クン、これ、確かなのでしょうね」

「完璧かどうかは分かりません。それを裏付けるのは警察と検察の仕事です。そしてその作業にゴー・サインを出すのは為政者の役割でしょう。もっとも、『超法規的措置』と呼ばれる、何もするなという選択肢もありますが」

望月は驚いて顔を上げた。

「どうしたの？　ずいぶん冷淡な言い方じゃない。何かよほど機嫌を悪くした原因があるみたいね。私のせい？」

「とんでもない……」

浅見は苦笑した。

「副知事の存在がなければ、このリポートは完成できませんでした。随所で副知事秘書の名刺がものを言いましたからね。それは裏を返せば、為政者がその気になれば、どんな事件でも真相に迫ることができるという事実を立証するものでもありました。建設大臣の収賄など、公共事業を食い物にする汚職事件は中央でも地方でも、日常的に行なわれていますが、警察や検察もさることながら、まず為政者が襟を正して事に臨むべきであることがよく分かりました。それに、県議連中の干渉に防波堤の役を務めていただいたり、副知事には感謝することばかりです」

「感謝だなんて……そうそう、石坂さんの娘さんとのこと、県議たちの勘繰りはともかくとして、その後、どうなの？」

望月は副知事という立場を忘れた、ただの好奇心いっぱいのおばさんみたいな顔で、身を乗り出すようにして訊《き》いた。

「その後もなにも、僕にはそういう妙な野心や意図はありませんよ。彼女はまだ秋田大学の学生ですよ」

「あら、学生でも何でも、もう立派な女性でしょう。聞くところによると、きれいなひとですってね。浅見クンだってかっこいいし、もしかすると、素敵な出会いだったのかもしれないわよ。お兄さんも言ってらしたけど、そろそろ結婚のこと、真剣に考えてもいいんじゃない？」

「ははは、それを言われると弱いんですよねえ。だけど望月さんだって、ひとのことは言えないんじゃありませんか」

「えっ、私？……ははは、私なんかもうだめよ。がさつで男みたいだって、母はすっかりサジを投げてるわ」

「そんなことはありませんよ。望月さんは魅力的な女性です」

つい本音が出て力が入ってしまったらしい。望月は怯《ひる》んだように視線を逸《そ》らした。

「いやだ、浅見クンにそんな目で見つめられるとドキッとしちゃうじゃない」

「あ、すみません」

「ははは、いやだいやだ、次元の低い話になっちゃったわね。いまはそんなことを言ってる場合じゃないんだ。さて、これをどうするかだわね……」

頭を抱えるようにしてデスクに向かった。そういう姿は、彼女自身が言うように、女性のハンディを感じさせない、堂々たる副知事ぶりであった。

「一応、仕事が終わりましたので、僕はこれで東京へ引き上げたいのですが」

浅見は言った。

「あっ、そうか、キミの本職は違うんだったわね。すっかり忘れてた。いつまでも傍にいてくれるものだと思ってたわ」

望月は顔を上げて、残念そうに首を振った。「いつまでも傍に……」という言葉が、浅見に留美子を連想させた。人にはそれぞれ、いつまでも傍にいてもらいたい相手を感じる瞬間があるにちがいない。それが望月の言う「素敵な出会い」というものだろう。それだけに留美子の「背信」は情けなく、悲しかった。

その夜、宿舎に帰って荷物の整理にとりかかった。辞令が出るのはまだ数日先になるのだろうけれど、いつでも引き上げられるようにしておくつもりだ。

遅くに陽一郎から電話が入った。

「リポートを読んだよ。よく纏《まと》まっている。そういうことがあったのだろうと私も思う。望月はなんて言っている？」

「どう処理するか、措置の方法で頭を痛めているみたいですよ。はたして蛮勇を揮《ふる》うかどうか、僕はやや悲観的ですがね」

「おいおい、そんな冷淡なことを言わずに、もう少し力になってやってくれよ」

兄も望月と同じようなことを言う。

「いや、僕の役目はもう終わりました。これから先のことは副知事や、それにそうだ、兄さんたちの仕事ですね。本部長以下、緩みきった県警の綱紀をどう粛正するのか、固唾《かたず》を呑《の》んで見守っています」

「ふん、高みの見物を決め込もうというわけか。フリーの人間は気楽でいいな。難しくなったらいつでも逃げられる」

確かに兄の言うとおりだな——と、浅見は少なからず反省した。自分はいつも逃げてばかりいるのかもしれない。結婚問題にしてもそうだ。これまでに何人もの女性と知り合い、おたがいにかなりその気になったケースもないではない。しかしそのつど、先に撤退したのはいつも浅見の側だった。「難しい」状態になることに、きわめて臆病《おくびょう》なのだ。

「僕なんかいなくたって、望月さんなら逃げずにやるのじゃないかと思うけど……」

そう言ったが、言い訳にすぎないようで、自信はなかった。

「逃げはしないだろうが、収束の仕方が問題なんだよ。すべてをオープンにして、片っ端から断罪すればそれでいいという、単純なわけにはいかない。摘出手術は成功したが、病人が死んでしまったというのではよくないだろう。彼女はそこに腐心しているはずだ。秋田県と県民が生きてゆくために、県政は機能しつづけなければならない」

理屈では分かる。分かるけれども、そういうことを聞くたびに、兄や望月との距離がどんどん遠くなるのを感じる。為政者と市民とは、所詮《しょせん》、拠って立つところが異なる——と思うほかはないのだろう。それにしても、同じ地面にいたはずの石坂家の連中でさえ、とどのつまりは住む世界が違ったらしい。

「とにかく、僕は帰りますから」

最後は宣言するように言って、浅見は電話を切った。

しかし、兄にはそう言ったものの、浅見の帰還はそう簡単にはいかなかった。リポートには不備な点や意味不明な部分もあったようだ。怒りに任せて書きなぐったところも少なくないのだから、望月にその点を衝《つ》かれると反論はできない。それからさらに五日間、浅見は望月にほとんど付きっ切りで「アフター・ケア」をつづけることになった。

その間に、警察庁が先に動いた。

四月二十日付で、秋田県警は警察庁長官主導による本部長以下の更迭人事を発表した。本部長は通常コースより二年早く東北管区警察局長に飛ばされた。その先の勇退も繰り上げて発令されるということだ。刑事部長は交通センター所長代理に、捜査二課長は鷹巣警察署長に、捜査一課長にいたっては県総務部文書課課長付への異動という、歴然とした降格人事である。異例も異例、まさに果断の処置というべきだろう。異動の理由は「人心一新」とだけあった。むろん、それに関連して細かい人事刷新と綱紀粛正は進むにちがいない。

浅見はこれでかなり溜飲《りゅういん》を下げた。その想いは浅見ばかりでなかった。横手の樋口保隆元秋田北署刑事課長からと、能代署の川添義博部長刑事から、あいついで電話がかかってきた。いずれも留守録にメッセージが入っていたのだが、震えんばかりの声で「やりましたね」と、まったく同じ言葉を発していた。浅見は感動しながら、二人のメッセージを何度も繰り返し聞いた。

つづいて秋田地検も動いた。所轄である秋田北署の署長も更迭され、「火達磨《ひだるま》」事件を再捜査することが決まった。

岩田一はようやく傷も癒《い》えて、捜査官の質問にも答えられるようになっていた。自分を襲ったのが千秋プロモーションの意を体した関西系暴力団員であったことに、相当なショックを受けたようだ。最後まで固かった、千秋プロに対する忠誠心もついに崩壊した。彼の口から語られる新事実に基づいて、次々に関係者が捜査の対象となり、さらに新たな事実が明るみに出た。

千秋プロモーションという企業のぬいぐるみを着た暴力団と、県議や県庁幹部との結びつき。さらには銀行幹部との癒着など、秋田杉美林センター問題を巡って繰り広げられた悪事の数々が白日のもとに晒《さら》されるのも、そう遠くないだろう。石坂・富田殺害の実行犯の氏名も明らかになり、全国指名手配が発令された。

県議会は蜂の巣をつついたような騒ぎになり、亀井議員はついに病気を理由に姿を消し、嘘か真かはともかく、家族から捜索願まで出される始末だ。

県庁内部はさらに深刻であった。すでに前知事が辞職した時点で、幹部クラスの粛清は終わったつもりでいたのが、またぞろどこかから不正がほじくり出されそうな雰囲気になってきた。この分だと、来期の選挙を待たずに現知事のクビも危ないのではないか——と噂された。
そうして、すべての不祥事が俎上《そじょう》にのぼったのを見極めたように、望月副知事が臨時の記者会見を開き、これまでの経緯を説明したあと、自らの引責辞任を発表した。就任以来、わずか二ヵ月のことであった。その潔さに記者席にどよめきが起こった。

エピローグ

記者会見は議会棟にある会議室で行なわれた。浅見は控室でスピーカーを通して望月副知事の記者会見を聞いた。望月がいつもどおりの張りのある声で、「県政を混乱させた全ての責任を取って、わたくしが副知事を辞職いたします」と語った瞬間、浅見は背筋がゾーッとした。鳥肌が立つような感動とはこういうことを言うのだろう。

望月はべつに気負った様子もなく、静かな足どりで記者会見場を出てきた。場内からは興奮した記者たちのざわめきが、閉めたドアを通して伝わってくる。

庁舎へ戻る長い渡り廊下を、浅見は望月より一歩下がって従った。中ほどまで来て、周囲に誰もいなくなったとき、望月はふと振り返った。

「浅見クン、東京へは、キミのソアラで一緒に帰ろうね」

そのとき、浅見は彼女の眸《め》にかすかに光るものがあったように思った。

「はい、お供します」

浅見は半歩近づいて、陽気な声で言った。豪胆が売り物だった副知事に、女性の優しさがあることを再発見して、嬉《うれ》しかった。

それにしても、なんと鮮やかな身の処し方だろう。やるべきことをすべてやり尽くし、今後予想される問題にも一応の手当てを終えている。県政は確かに一時的には混乱するだろうけれど、情報公開など、風通しはよくなるし、県民へのサービスはかなり明朗なものになるにちがいない。かつて「伏魔殿」などと呼ばれるほど閉鎖的で、「天皇」の異名のある知事を頭に、末端職員にいたるまでが、県政を私物化するような風潮があったのとは較《くら》べものにならない。

本来ならそれを成果として誇ってもいいものを、望月は逆に「混乱の責任」だけを強調して身を引いた。その出処進退の潔さは、かっこよすぎるくらいだ。

夕刊以降のマスコミ報道は、望月副知事の英断を高く評価し、勇退を惜しむ声ばかりが目立った。もちろん知事も驚いて飛んできて慰留に努めたが、望月の意思は変わることがなかった。

県庁内の各セクションとも、電話は鳴りっぱなし、インターネットのホームページもパンクしそうなほど、県民からの「辞めないでコール」が殺到した。わざわざ県庁を訪れて、副知事に辞任を翻意するよう求める人もたいへんな数にのぼった。中には知事や議会の副知事苛《いじ》めがあるのでは——という抗議もあって、望月はそれに対する釈明の記者会見をしなければならなかった。

そういう騒ぎも次第に収まった四月の末近く。ゴールデン・ウィークが始まる前に、望月と浅見は秋田を去った。望月は残務の引き継ぎなどで完全に足が抜けるにはまだしばらくかかるが、いったん上京して今後の身の振り方を模索しなければならないという。

ひっそりと帰るつもりだったのだが、地獄耳というのか、副知事の官舎前にマスコミ数社が張りついていた。門内から車で出発しかけたのを、望月はわざわざ下りて記者たちに笑顔をサービスした。

「若いハンサムとドライブですか」

記者の一人が冷やかした。

「そうよ、この特権を行使できるのも今日が最後ね」

望月は軽いジョークで返して、ドッと受けていた。

ソアラがスタートしようとしたとき、丹澤記者がタクシーを下りて駆けてくるのが見えた。「おーい浅見さん」と大声で呼んでいる。

「間に合った、間に合った」

丹澤は窓から無造作に手を突っ込んで握手を求めた。

「また会いたいだすね。今度は仕事抜きで秋田に来てくださいよ」

「ありがとうございます、必ず来ます」

浅見も丹澤の手を握り返した。

「そうそう、早刷りの夕刊を持ってきた。これ読んでください。いい記事が出てますよ。浅見さんの秋田観も少しは良好な方向に向かうかもしれない」

インクの匂いが強い新聞を差し出した。

車が遠ざかるのを、記者たちは信じられないほど長いこと見送っていた。

「うるさかったけど、いい連中だわね」

望月はしみじみと言って、浅見から受け取った夕刊を拡《ひろ》げた。

「あら、どういうことなの、これ？……」

ふいに驚いた声を出したので、浅見はあやうくブレーキを踏みそうになった。

「何かありましたか？」

チラッと横目をすべらせた先に、ゴシックの大きな活字が読めた。

美談？　怪談？／配達された一億円／差出人は「秋田県民」

「えっ、なんですって？……」

ちょうど交差点の信号が赤になった。浅見は望月の手から新聞を横取りするような勢いで顔を突き出した。

〔四月二十五日午後、千葉県「S」町役場に宅配便が配達された。宛て先は『S』町役場気付『秋美被害者の会』の皆様」。差出人は「秋田県民」とあるだけで、正確な氏名・住所はなかった。重量などから爆発物のおそれもあるとして役場職員が警察に届け、警察官立会いの上で荷物を開いたところ、中身は札束がぎっしり。本物の札で、金額は一億円。ワープロで印字した手紙には「秋田杉の家をお買い求めになった皆さんに損害やご迷惑をおかけしたことを、秋田県民は全員が申し訳なく思っています。」とあり、一億円を被害者の皆さんに配分して、せめてもの損失補塡《ほてん》に役立てて欲しいという趣旨のことが書かれている。文面から察すると秋田県民の有志が資金を集め、送ったものと考えられるものの、真相は不明。「S」町役場と同町の前記被害者の会（代表・奥村千鶴さん）は、これが善意から行なわれた美談なのか、それとも何か裏のある怪談なのか、扱いを決めかねている。もし前者だとすると、欠陥住宅問題で全国民の信頼を裏切り、県民の名誉を失墜した秋田県民が、せめてもの名誉挽回を図ろうとした行為であり、大方の共感を呼ぶにちがいない。」

記事はこのように書かれていた。

背後からいきなり、猛烈なクラクションが鳴らされた。気がつくと、とっくに信号が青に変わっていた。浅見は慌ててアクセルに足を移した。

「どういうことかしら？」

望月は同じ疑問を繰り返した。

「どういうことでしょうかねえ……」

浅見も仕方なくそう応じた。頭の中が空白になってしまったような気分だった。

「一億円といったら、たいへんな金額よ。いくら名誉挽回だっていっても、おいそれとは集まるはずがないわ。そう思わない？」

「はあ、そう思います」

「ここに『怪談』て書いてあるけど、犯罪がらみの金という可能性もあるわね」

「ありますね」

「それとも、本当に有志が集めたものなのかしら？」

「そうかもしれません」

「浅見クン」

「はい」

「どうしちゃったの？　おかしいわよあなた。まるで上の空じゃないの」

「は？　そうでしょうか。運転に気を取られているせいかもしれません」

「違うわね、絶対におかしいわよ。さっきまでのあなたとぜんぜん違うもの。この記事を読んだとたんおかしくなったのよ。何かあるわね、きっと。浅見クン、このこと知っているんじゃないの？　どうなの？　何か思い当たることがあるんじゃないの？」

（鋭い――）と、思わず叫びたくなるような望月の指摘だった。なんて頭のいい女性なんだろう——と、また尊敬してしまう。しかし浅見は「いや……」と首を横に振った。

「そんな大金、僕が知っているはずがないじゃありませんか。まあ、考えられることといえば、秋田杉美林センターを食い物にした連中の誰かが、罪滅ぼしのつもりで、儲《もう》けたか隠したかした金の一部を戻した——といったところではないでしょうか」

「ほら、ちゃんと分かっているじゃないですか。あなたは何でも知っているんですよ。きっとあれだわね、その金の出所もおおよそ推察できるんじゃないの？」

「知りませんよそんな……」

「いいのいいの、だからどうしろってことは言いませんよ。あなたには何の責任もないのだしね。何であれ、こういうことでもしなければ、秋田県民の信用は失墜したままだったでしょう。この程度のことで名誉が回復するとも思えないけど、何もしないよりはずっとましだわ。ほんと、嬉しいじゃないの。こういう善意の記事を読みながら東京へ凱旋《がいせん》できるなんて。苦労した甲斐があったというものですよ。ね、そう思うでしょう？」

「はあ、思います」

浅見は軽く言いながら、胸のうちではこれ以上はなく重く受け止めていた。

何度もかかっていた留美子からの電話の用件はこれだったのだ——と、いまさらながら冷淡に扱ったことを、浅見は後悔した。彼女と彼女の家族は、「桜井弁護士」がどうしても受け取ってもらうというあの大金を、どう処理すればいいか三人で相談して、その結果、最もいい方法を考えたのだ。そうして、どうやって「被害者の会」に金を渡すのがいいのか、その方法を浅見に相談したかったにちがいない。そして、とどのつまりは宅配便を利用した。おそらく鵜殿からの送金も宅配便を使ったのだろう。

父親譲りの正義感と潔癖性を兼ね備えた留美子が、「秋美事件」で秋田県と秋田県民の名誉が損なわれたことに、どれほどの痛みと悲しみを感じていたか、想像に難くない。その留美子なら、こういう結論を導き出すであろうことは、当然、予測できたはずであった。それに気づかずに、ただ彼女の背信を怒った自分が、浅見は消え入りたいほど恥ずかしかった。

秋田市街を抜けて、いつかパトカーに捕まった辺りに近づいた。間もなく秋田自動車道のインターに入る。

思えば短いあいだだったが、ずいぶんいろいろな出来事に遭遇したものである。その中で、石坂留美子とのことは永遠に忘れがたい記憶になるだろう。もしあのような誤解がなければ、ただの記憶にとどまらず、さらなる進展があったかもしれない。

(もしかしたら——)と考えていて、留美子が大学生であることを思い出した。

こんなのを妄想というのだろうな——と、浅見は自分の独りよがりがおかしくなって、つい頬が緩んだ。

「どうしたの？　いやだわ、思い出し笑いなんかして。今日の浅見クン、ちょっと変ね。おかしいわよ」

望月が気掛かりそうに覗《のぞ》き込んで、美しい眉《まゆ》を顰《ひそ》めた。

浅見はそれには応《こた》えず、「望月さんはもう、秋田は懲り懲りですか」と訊《き》いた。

「あら、どうして？」

「だって、ずいぶんひどい目に遭ったじゃありませんか」

「そうかなあ、そんなふうには思わないけど。世の中、もっとひどいことはいくらでもあるわよ。少なくとも県民はとても歓迎してくれたし……それより、浅見クンこそどうなのよ。最後のほうはすっかり落ち込んで、浮かない顔をしてばかりいたみたいだけど」

「ええ、一時は落ち込みましたね。正直言って、秋田県人が信じられなくなって、ひたすら早く帰りたいと思いました。しかし、それは誤解だったようです。秋田県人は、やっぱり僕が知っていたとおりの気のいい連中でした。この騒ぎが収まったら、また来るつもりです。ただし、その時は完全なプライベートで、です」

「ふーん、ずいぶんな変わりようだこと。それはあれなの？　この新聞記事のせいっていうことなの？」

「えっ、あははは、さあ、それはどうでしょうか……」

浅見は笑ってはぐらかした。

車は秋田自動車道を、早くも横手付近に差しかかっていた。樋口元刑事課長の家のある山裾《やますそ》の森が過ぎると、新緑に染まり始めた奥羽山脈が迫ってくる。間もなくトンネルに入ると秋田の旅は終わりに近い。

浅見の脳裏に石坂留美子の若い笑顔が浮かんだ。惜別の想いが湧いてくる。

彼女は自分以上に傷ついているのかもしれない。誤解とはいえ、心ないことをしたものだ――と悔いるばかりである。このまま引き上げることに強い罪の意識を覚えた。

「また来ますよ」

浅見は唐突に言った。望月にというわけではなく、自分自身に、そして自分の心の中に住む留美子の面影に向けてそう言った。

それから、大きく口を開けたトンネルに向かって、もう一度「必ず来ます」と言った。

自作解説——第四の故郷・秋田

子供の頃に戦争という大事件があったお蔭《かげ》で、僕はいろいろな土地と巡り合い、あちこちに土地鑑が生じた。

生まれは東京・北区西ケ原《にしがはら》で、小学校（当時は国民学校といった）四年の夏までは平々凡々の幼・少年期を過ごしている。これが僕の「土地鑑」の第一ページで、浅見光彦の住む街として、『後鳥羽伝説殺人事件』を皮切りに『佐渡伝説殺人事件』『金沢殺人事件』『隅田川殺人事件』『上野谷中殺人事件』など多くの作品の舞台になっている。

昭和十九年夏、太平洋戦争の敗色が濃厚となって、東京に空襲の危機が迫ってきた。五年生以下の生徒は防空体制上の足手まといになるのと、次世代の「戦力」を温存する目的から、集団疎開が推進され、僕はその第一陣として静岡県沼津《ぬまづ》市郊外の静《しず》浦《うら》というところに送られた。それが僕の半生にわたる「流浪の旅」の始まりであるのと同時に、東京以外の土地鑑が生まれた最初でもあった。この体験は作家になってから大いに役立った。『本因坊殺人事件《ほんいんぼう》』のプロローグで描かれた場所はほぼ、この地域である。『漂泊の楽人《ひょうはくのがくじん》』も『天城峠殺人事件』『喪《うしな》われた道』などもその流れの中から生まれたといっていい。

翌年三月十日、いわゆる東京大空襲で東京の下町一帯は焼け野原と化し、十万人にのぼる死者を出した。僕の父親は日本の勝利を信じて疑わないような、単純きわまる愛国者だったが、この大被害には震え上がったにちがいない。僕を疎開先から呼び戻し、茨城県古河《こが》市に診療所を開設する形で縁故疎開に踏み切ることになった。

ところが、引っ越しの前夜、四月十三日から十四日にかけての空襲で我が家はあっけなく全焼。引っ越し用に大荷物に纏《まと》めてあったために、家財道具を持ち出すすべもなく、医療器具もすべて焼失した。父は診療所開設を断念して、郷里である長野市の本家に一家六人が身を寄せる羽目になった。

善光寺《ぜんこうじ》の門前町・長野市では、曲がりなりにも平和な日々があったが、それも束《つか》の間、ここにも空襲のおそれが出てきた。長野市郊外の松代《まつしろ》には、「本土決戦」を控えて大本営と「皇居」のための大地下壕《ごう》を建設しつつあって、その情報がアメリカ側に洩《も》れ、早晩、大空襲があるというのである。いつまでも本家に居候をするわけにもいかなかったし、ちょうどその頃、たまたま長野市北西の戸隠《とがくし》村が無医村であったことから、再疎開先として戸隠へ移住した。雪深い山奥・戸隠での生活は東京生まれの僕にはまったくの別世界だっただけに印象が強烈で、それはそのまま『戸隠伝説殺人事件』の長大なプロローグを書かせることになる。また、デビュー作『死者の木霊《こだま》』や『多摩湖畔殺人事件』の重要部分にも長野市での経験が生きた。また、後の『軽井沢殺人事件』や『追分殺人事件』など、長野県がらみの作品の多くに、何らかの形で長野暮らしの影響が表れている。

戸隠での浮世離れした暮らしも長くは続かなかった。父の友人が秋田市郊外の八橋《やばせ》で石油採掘関連の会社をやっていて、当時としては羽振りがよかった。秋田県の寒村に無医村があり、村の有力者の依頼で、ぜひそこの診療所長に招聘《しょうへい》したいと言ってきた。例によって単細胞の父は二つ返事で引き受けて、秋田県雄勝《おがち》郡羽後《うご》町《まち》（当時・明《めい》治《じ》村）への移住が決まった。『「横山大観」殺人事件』に出てくる「竜泉寺《りゅうせんじ》」はそこにある古刹《こさつ》で、「信濃のコロンボ」の異名を取る竹村岩男《たけむらいわお》と『死者の木霊』で競演した「岡部和雄《おかべかずお》」はその寺の息子の名前である。また『戸隠伝説殺人事件』のヒロインともいうべき天道《てんどう》タキの「タキ」というのは、この村で知り合った少女の名前であり、いわば僕のほのかな初恋の相手でもあった。

さらに秋田ではもう一ヵ所、雄勝町《まち》（当時・秋《あき》ノ宮《みや》村）に引っ越した。この辺りから僕の記憶はかなり鮮明になってくる。『「横山大観」殺人事件』の冒頭、奥羽《おうう》本線の急行列車が大雪で立ち往生した横堀《よこぼり》駅や、事件解決のきっかけとなった舞台である湯《ゆ》沢《ざわ》市。『鬼首殺人事件』に出てくる、宮城県と秋田県の県境である鬼首《おにこうべ》峠や秋ノ宮、小野小町《おののこまち》生誕の地である小野《おの》村（現・雄勝町小野）にかけては、『本因坊殺人事件』にも描写されている。

よく第二の故郷などというが、東京を第一の故郷とするなら、静岡県は第二の故郷、長野県は第三の故郷、そして秋田県は第四の故郷と呼ぶにふさわしい。とりわけ秋田での思い出は思春期真《ま》っ只中《ただなか》だったせいか、いちだんと色濃く脳裏に刻まれている。その当時は直接訪れることがなかった場所も、何となく親しみを抱いていて、小説の舞台を設定する際にふと思い浮かぶことが多い。『恐山殺人事件』の田沢《たざわ》湖、十《と》和田《わだ》湖、角館《かくのだて》。『鄙《ひな》の記憶』の大曲《おおまがり》市。『はちまん』の舞台の一つとなった象潟《きさかた》や仁賀《にか》保《ほ》。そして本作品の『秋田殺人事件』に登場した秋田市、横手《よこて》市、湯沢市ほかの各地の風景や出来事は、すべてそういう記憶の底で眠り、無意識のうちに醸成されていたモチーフだったといえる。

その後、大阪に住んだ体験から『御堂筋殺人事件』が生まれ、『白鳥殺人事件』では大阪府北部地域が舞台の一つになった。『神戸殺人事件』の神戸、『明日香の皇子』『平城山《ならやま》を越えた女』『箸墓幻想《はしはかげんそう》』などの奈良県、『華の下にて』『崇徳《すとく》伝説殺人事件』における京都市も、作品中で描写された風景は、もちろん新たな取材を基にしているけれど、大阪時代の原体験が記憶の片隅から蘇《よみがえ》った部分が少なくない。

とはいえ、「故郷」という言葉の持つイメージからは、秋田までが僕の故郷ということになるのだろう。僕は生来の「人間大好き人間」で、よほどの悪人か偉ぶる人でないかぎり、テンから嫌いになるということはない。どの土地のどの人々にもそれぞれ懐かしさがあるけれど、とりわけ秋田は忘れがたい土地であり、一入《ひとしお》愛着がある。『秋田殺人事件』にはそうした秋田への僕のやみがたい想いが溢《あふ》れていたような気がする。

この作品のモチーフは、作中で「秋田杉美林センター（略称・秋美）」とした、秋田県と民間との共同出資による第三セクター企業が犯した事件で、これは実際に起こったことをモデルにしたものである。「秋美」は秋田杉と称して劣悪な材木を使用するなど、かなりあくどい詐欺まがいの商売をして、被害者に多大な損害を与えたばかりか、全国民の秋田杉や秋田県民に対するイメージを著しく失墜させた。そのことが「秋田ファン」である僕を悲しませ、怒らせた。『秋田殺人事件』はその怒りから生まれたようなものだ。

「秋美事件」は秋田県庁の堕落を象徴する典型的な出来事であった。公金の私物化や官々接待行政など、積年の悪政の結果といっていい。作品の中で、こうした県政の悪しき部分や、それを生んだ秋田県の風土的欠陥を僕は指摘したつもりだ。秋田県民は陽気で温和である反面、いわゆるナアナア主義に堕しやすい傾向がある。日本民族の特性といってもいいのかもしれない。ある意味ではそれが日本人特有の美風でもあるのだが、それをよいことに、為政者がしたい放題をやる。県政レベルどころか、日本の国政そのものがまさにそれで、官僚の公社・公団への天下りや、税金のむだな公共事業へのタレ流し、その結果生じる財政の欠陥を際限のない国債発行で糊塗《こと》しようとするなど、将来への展望もない無定見は目に余るものがある。国債のムーディーズによる「格下げ」など、むしろ当然の帰結であるのに、それを怪《け》しからんと言う政治家の自覚の無さを見ると、日本の将来が心底、心許《こころもと》なくなってくる。

それはともかく、こうした悲劇的状況にある秋田県に、同県にとって初めての女性副知事が着任した。これは現実にあったことで、秋田取材の帰途、秋田空港で偶然その女性副知事を見かけ、その瞬間に僕は、物語に「彼女」を登場させるアイデアがひらめいた。

『秋田殺人事件』のいわばヒロインともいうべき女性副知事・望月世津子はまことに颯爽《さっそう》とした才媛《さいえん》だが、現実の副知事さんも見た目にはもちろん、才能も実績もみごとなものだったらしい。ただし、僕が彼女をお見かけしたのはその一度だけで、言葉を交わしたこともなければ、彼女の業績をつぶさに調べたこともない。作中の副知事はあくまでも僕の想像上の産物であり、現実とは無関係であることはいうまでもない。

しかし、もし「女性副知事」の発想がなければ、『秋田殺人事件』のストーリーはまったく違ったものになっていただろう。遅まきながら、本物の副知事さんに感謝とお詫《わ》びを申し上げる次第だ。

『秋田殺人事件』では、僕が抱いた怒りや悲しみを浅見光彦と望月世津子が代弁し、事件解決へ向けて獅子奮迅《ししふんじん》の活躍をした。被害者の娘であり、もう一人のヒロインでもある石坂留美子の屈折した気持ちにどう対応すればいいか悩みながら、浅見はあざやかに事件を収束させる。浅見と世津子と留美子の胸のすくような行為は、「秋美事件」で地に堕《お》ちた秋田県と秋田県民のイメージを回復させる、一服の清涼剤になったと自負している。それもこれも僕の秋田に対する強く深い思い入れからきたものだ。

その後の秋田県がどうなったか、事件で負った深傷《ふかで》から立ち直ったのかどうか、「流浪の旅人」でしかない僕の窺《うかが》い知るところではないけれど、僕の脳裏にある秋田は、いまはもう美しく優しい風景を取り戻している。

いま、僕は長野県軽井沢《かるいざわ》に住んでいるけれど、ここは第五の故郷にはならないだろう。軽井沢の緑濃い風景は、やがてそのまま「青山」として僕を包むにちがいない。

二〇〇二年夏

内田康夫

本作は、二〇〇四年十二月に光文社文庫に、二〇〇八年十月に角川文庫に収録されました。

この作品はフィクションであり、文中に登場する人物、団体名は、実在するものとまったく関係ありません。なお、風景や建造物など、現地の状況と多少異なる点があることをご了承ください。

|著者| 内田康夫　1934年東京都生まれ。ＣＭ製作会社の経営をへて、『死者の木霊《こだま》』でデビュー。名探偵・浅見光彦、信濃のコロンボ・竹村岩男ら大人気キャラクターを生み、ベストセラー作家に。作詞・水彩画・書など多才ぶりを発揮。2008年第11回日本ミステリー文学大賞受賞。2016年４月、軽井沢に「浅見光彦記念館」がオープン。最新刊単行本『孤道』（毎日新聞出版）は、完結編を一般公募して話題となった。2018年３月13日死去。
ホームページ　http://www.asami-mitsuhiko.or.jp

秋田殺人事件《あきたさつじんじけん》

内田康夫《うちだやすお》

講談社文庫

定価はカバーに
表示してあります

2018年10月16日第１刷発行

発行者――渡瀬昌彦
発行所――株式会社　講談社
東京都文京区音羽2-12-21　〒112-8001
電話　出版（03）5395-3510
　　　販売（03）5395-5817
　　　業務（03）5395-3615

Printed in Japan

デザイン―菊地信義
本文データ制作―講談社デジタル製作
印刷―――慶昌堂印刷株式会社
製本―――株式会社国宝社

ISBN978-4-06-513286-9

講談社文庫刊行の辞

二十一世紀の到来を目睫に望みながら、われわれはいま、人類史上かつて例を見ない巨大な転換期をむかえようとしている。

世界も、日本も、激動の予兆に対する期待とおののきを内に蔵して、未知の時代に歩み入ろうとしている。このときにあたり、創業の人野間清治の「ナショナル・エデュケイター」への志を現代に甦らせようと意図して、われわれはここに古今の文芸作品はいうまでもなく、ひろく人文・社会・自然の諸科学から東西の名著を網羅する、新しい綜合文庫の発刊を決意した。

激動の転換期はまた断絶の時代である。われわれは戦後二十五年間の出版文化のありかたへの深い反省をこめて、この断絶の時代にあえて人間的な持続を求めようとする。いたずらに浮薄な商業主義のあだ花を追い求めることなく、長期にわたって良書に生命をあたえようとつとめるところにしか、今後の出版文化の真の繁栄はあり得ないと信じるからである。

同時にわれわれはこの綜合文庫の刊行を通じて、人文・社会・自然の諸科学が、結局人間の学にほかならないことを立証しようと願っている。かつて知識とは、「汝自身を知る」ことにつきていた。現代社会の瑣末な情報の氾濫のなかから、力強い知識の源泉を掘り起し、技術文明のただなかに、生きた人間の姿を復活させること。それこそわれわれの切なる希求である。

われわれは権威に盲従せず、俗流に媚びることなく、渾然一体となって日本の「草の根」をかたちづくる若く新しい世代の人々に、心をこめてこの新しい綜合文庫をおくり届けたい。それは知識の泉であるとともに感受性のふるさとであり、もっとも有機的に組織され、社会に開かれた万人のための大学をめざしている。大方の支援と協力を衷心より切望してやまない。

一九七一年七月

野間省一

講談社文芸文庫

福田恆存
芥川龍之介と太宰治
解説＝浜崎洋介　年譜＝齋藤秀昭
対照的な軌跡をたどり、ともに自死を選んだ芥川と太宰。初期の代表的作家論「芥川龍之介Ⅰ」はじめ「近代的自我」への問題意識から独自の視点で描かれた文芸評論集。
ふ－2
978-4-06-513299-9

道簱泰三編
昭和期デカダン短篇集
解説＝道簱泰三
頽廃、厭世、反倫理、アナーキー、およびそこからの反転。昭和期のラディカルな文学的実践十三編から、背後に秘められた思想的格闘を巨視的に読みなおす。
みM1
978-4-06-513300-2

伊藤理佐　女のはしょり道
伊藤理佐　また！　女のはしょり道
石黒正数　外《げ》天《てん》楼《ろう》
石川宏千花　お面屋たまよし
石川宏千花　お面屋たまよし 彼岸ノ祭
伊与原　新　ルカの方舟《はこぶね》
稲葉圭昭《よしあき》　恥さらし〈北海道警　悪徳刑事の告白〉
稲葉博一《ひろいち》　忍者烈伝
稲葉博一　忍者烈伝ノ続
稲葉博一　忍者烈伝ノ乱〈天之巻〉〈地之巻〉
伊岡　瞬　桜の花が散る前に
石川智健　エウレカの確率〈経済学捜査員　伏見真守〉
石川智健　エウレカの確率〈よくわかる殺人経済学入門〉
石川智健　60《ロクジュウ》〈誤判対策室〉
戌井昭人　ぴんぞろ
石田千　きなりの雲
井上真偽《まぎ》　その可能性はすでに考えた
井上真偽　聖女の毒杯〈その可能性はすでに考えた〉
内田康夫　シーラカンス殺人事件
内田康夫　パソコン探偵の名推理
内田康夫　「横山大観」殺人事件
内田康夫　江田島殺人事件
内田康夫　琵琶湖周航殺人歌
内田康夫　夏泊殺人岬
内田康夫　「信濃の国」殺人事件
内田康夫　鐘
内田康夫　風葬の城
内田康夫　透明な遺書
内田康夫　鞆《とも》の浦《うら》殺人事件
内田康夫　箱庭
内田康夫　終幕《フィナーレ》のない殺人
内田康夫　御堂筋殺人事件
内田康夫　記憶の中の殺人
内田康夫　北国街道殺人事件
内田康夫　蜃気楼
内田康夫　「紅藍《くれない》の女《ひと》」殺人事件
内田康夫　「紫《むらさき》の女《ひと》」殺人事件
内田康夫　藍色回廊殺人事件
内田康夫　明日香の皇子
内田康夫　伊香保殺人事件
内田康夫　不知火《しらぬい》海《かい》
内田康夫　華の下にて
内田康夫　博多殺人事件
内田康夫　中央構造帯(上)(下)
内田康夫　黄金の石橋
内田康夫　金沢殺人事件
内田康夫　朝日殺人事件
内田康夫　湯布院殺人事件
内田康夫　釧路湿原殺人事件
内田康夫　貴賓室の怪人〈「飛鳥」編〉
内田康夫　イタリア幻想曲　貴賓室の怪人2
内田康夫　靖国への帰還
内田康夫　若狭殺人事件
内田康夫　化生の海
内田康夫　日光殺人事件
内田康夫　不等辺三角形
内田康夫　ぼくが探偵だった夏

講談社文庫　目録

上田秀人　墨《ぼっ》痕《こん》〈奥右筆秘帳〉
上田秀人　天　下〈奥右筆秘帳〉
上田秀人　決　戦〈奥右筆秘帳〉
上田秀人　前　夜〈奥右筆外伝〉
上田秀人　軍師の挑戦〈上田秀人初期作品集〉
上田秀人　天主信長〈表〉〈我こそ天下なり〉
上田秀人　天主信長〈裏〉〈天を望むなかれ〉
上田秀人　波　乱〈百万石の留守居役(一)〉
上田秀人　思　惑〈百万石の留守居役(二)〉
上田秀人　新　参〈百万石の留守居役(三)〉
上田秀人　遺　臣〈百万石の留守居役(四)〉
上田秀人　密　約〈百万石の留守居役(五)〉
上田秀人　使　者〈百万石の留守居役(六)〉
上田秀人　貸　借〈百万石の留守居役(七)〉
上田秀人　参　勤〈百万石の留守居役(八)〉
上田秀人　因　果〈百万石の留守居役(九)〉
上田秀人　忖《そん》度《たく》〈百万石の留守居役(十)〉
上田秀人　騒　動〈百万石の留守居役(十一)〉
上田秀人　梟《ふくろう》の系譜〈宇喜多四代〉

内田　樹　下流志向〈学ばない子どもたち　働かない若者たち〉
内田　樹・釈　徹宗　現代霊性論
上橋菜穂子　獣の奏者〈I闘蛇編〉
上橋菜穂子　獣の奏者〈II王獣編〉
上橋菜穂子　獣の奏者〈III探求編〉
上橋菜穂子　獣の奏者〈IV完結編〉
上橋菜穂子　獣の奏者〈外伝　刹那〉
上橋菜穂子　物語ること、生きること
上橋菜穂子　明日は、いずこの空の下
上橋菜穂子原作・武本糸会漫画　コミック　獣の奏者 I
上橋菜穂子原作・武本糸会漫画　コミック　獣の奏者 II
上橋菜穂子原作・武本糸会漫画　コミック　獣の奏者 III
上橋菜穂子原作・武本糸会漫画　コミック　獣の奏者 IV
上田紀行　ダライ・ラマとの対話
上田紀行　スリランカの悪魔祓い
内澤旬子　おやじがき〈絶滅危惧種中年男性図鑑〉
We are宇宙兄弟！編　宇宙小説
嬉野　君　妖怪極楽
嬉野　君　黒猫邸の晩餐会

上野　誠　天平グレート・ジャーニー〈遣唐使・平群広成の数奇な冒険〉
うかみ綾乃　永遠に、私を閉じこめて
植西　聰《あきら》　がんばらない生き方
海猫沢めろん　愛についての感じ
遠藤周作　ぐうたら人間学
遠藤周作　聖書のなかの女性たち
遠藤周作　さらば、夏の光よ
遠藤周作　最後の殉教者
遠藤周作　反　逆(上)(下)
遠藤周作　ひとりを愛し続ける本
遠藤周作　深い河《ディープ・リバー》
遠藤周作　周作塾〈読んでもタメにならないエッセイ〉
遠藤周作　新装版　海と毒薬
遠藤周作　新装版　わたしが・棄てた・女
江上　剛　頭取無惨
江上　剛　不当買収
江上　剛　小説　金融庁
江上　剛　絆
江上　剛　再　起

大沢在昌　野獣駆けろ
大沢在昌　死ぬより簡単
大沢在昌　相続人TOMOKO
大沢在昌　ウォームハート　コールドボディ
大沢在昌　アルバイト探偵《アイ》
大沢在昌　調毒師を捜せ　アルバイト探偵《アイ》
大沢在昌　女王陛下のアルバイト探偵《アイ》
大沢在昌　不思議の国のアルバイト探偵《アイ》
大沢在昌　拷問遊園地　アルバイト探偵《アイ》
大沢在昌　帰ってきたアルバイト探偵《アイ》
大沢在昌　雪　蛍
大沢在昌　ザ・ジョーカー
大沢在昌　亡命者〈ザ・ジョーカー〉
大沢在昌　夢の島
大沢在昌　新装版　氷の森
大沢在昌　暗黒旅人
大沢在昌　新装版　走らなあかん、夜明けまで
大沢在昌　新装版　涙はふくな、凍るまで
大沢在昌　語りつづけろ、届くまで

大沢在昌　罪深き海辺(上)(下)
大沢在昌　やぶへび
大沢在昌　海と月の迷路(上)(下)
大沢在昌　C・ドイル原作　バスカビル家の犬
逢坂　剛　コルドバの女豹
逢坂　剛　十字路に立つ女
逢坂　剛　イベリアの雷鳴
逢坂　剛　重《じゅう》蔵《ぞう》始《し》末《まつ》
逢坂　剛　じぶくり伝兵衛〈重蔵始末(二)〉
逢坂　剛　猿曳遁兵衛〈重蔵始末(三)〉
逢坂　剛　嫁盗み〈重蔵始末(四)長崎篇〉
逢坂　剛　陰の声〈重蔵始末(五)長崎篇〉
逢坂　剛　北門の狼〈重蔵始末(六)蝦夷篇〉
逢坂　剛　逆浪《げきろう》果つるところ〈重蔵始末(七)蝦夷篇〉
逢坂　剛　遠ざかる祖国(上)(下)
逢坂　剛　牙をむく都会(上)(下)
逢坂　剛　燃える蜃気楼(上)(下)
逢坂　剛　新装版　カディスの赤い星(上)(下)
逢坂　剛　暗い国境線(上)(下)

逢坂　剛　鎖《とざ》された海峡
逢坂　剛　暗殺者の森(上)(下)
逢坂　剛　さらばスペインの日日(上)(下)
オノ・ヨーコ　飯村隆彦編　ただの私《あたし》
オノ・ヨーコ　南風　椎訳　グレープフルーツ・ジュース
折原　一　倒錯のロンド
折原　一　倒錯の死角〈201号室の女〉
折原　一　倒錯の帰結
折原　一　タイムカプセル
折原　一　クラスルーム
折原　一　帝王、死すべし
小川洋子　密やかな結晶
小川洋子　ブラフマンの埋葬
小川洋子　最果てアーケード
小野不由美　月の影　影の海(上)(下)〈十二国記〉
小野不由美　風の海　迷宮の岸〈十二国記〉
小野不由美　東の海神《わだつみ》　西の滄海〈十二国記〉
小野不由美　風の万里　黎明の空(上)(下)〈十二国記〉
小野不由美　図南の翼〈十二国記〉

講談社文庫 目録

2018年9月15日現在